望月《もちづき》の烏《からす》

阿部智里

文藝春秋

もくじ

用語解説 4
人物相関図 5
山内中央図 6
序章 11
第一章 俵之丞 15
第二章 桂の花 67

第三章　凪彦　121
第四章　松高　185
第五章　雪斎　229
第六章　澄生　285
終章　349

用　語　解　説

山　内（やまうち）

山神さまによって開かれたと伝えられる世界。この地をつかさどる族長一家が「**宗家**（そうけ）」、その長が「**金烏**（きんう）」である。「**真の金烏**」が存在しない間、「金烏代」がその代理を務める。東・西・南・北の有力貴族の四家によって東領、西領、南領、北領がそれぞれ治められている。

八咫烏（やたがらす）

山内の世界の住人たち。卵で生まれ鳥の姿（鳥形）に転身もできるが、通常は人間と同じ姿（人形）で生活を営む。貴族階級（特に中央に住まう）を指して「**宮烏**（みやがらす）」、町中に住み商業などを営む者を「**里烏**（さとがらす）」、地方で農産業などに従事する庶民を「**山烏**（やまがらす）」という。

登殿の儀（とうでんのぎ）

本来は有力貴族の娘たちが、次の金烏となる「**日嗣の御子**（ひつぎのみこ）」の后候補として「**桜花宮**（おうかぐう）」へ移り住むこと。今回はここで妻として見初められた者がその後正式な皇后となる。

山内衆（やまうちしゅう）

宗家の近衛隊。山内衆の養成所である「**勁草院**（けいそういん）」にて上級武官候補として厳しい訓練がほどこされ、優秀な成績を収めた者だけが護衛の資格を与えられる。

羽林天軍（うりんてんぐん）

北家当主が大将軍として君臨する、中央鎮護のために編まれた軍。「**羽の林**（はねのはやし）」とも呼ばれる。

谷　間（たにあい）

遊郭や賭場なども認められていた裏社会。かつては表社会とは異なる独自のルールによって自治がなされていた。

羽　衣（うえ）

人形（じんけい）から**鳥形**（ちょうけい）に転身する時、体に吸収される黒い衣。布で出来た衣をまとったまま転身することは出来ない。有事の際に転身の必要がある武人や、衣を買う余裕のない者は羽衣で過ごす。

飛　車（とびぐるま）

最下級身分の八咫烏（「**馬**」と呼ばれる）によって空を飛ぶ車。見た目は牛車に似る。

人物相関図

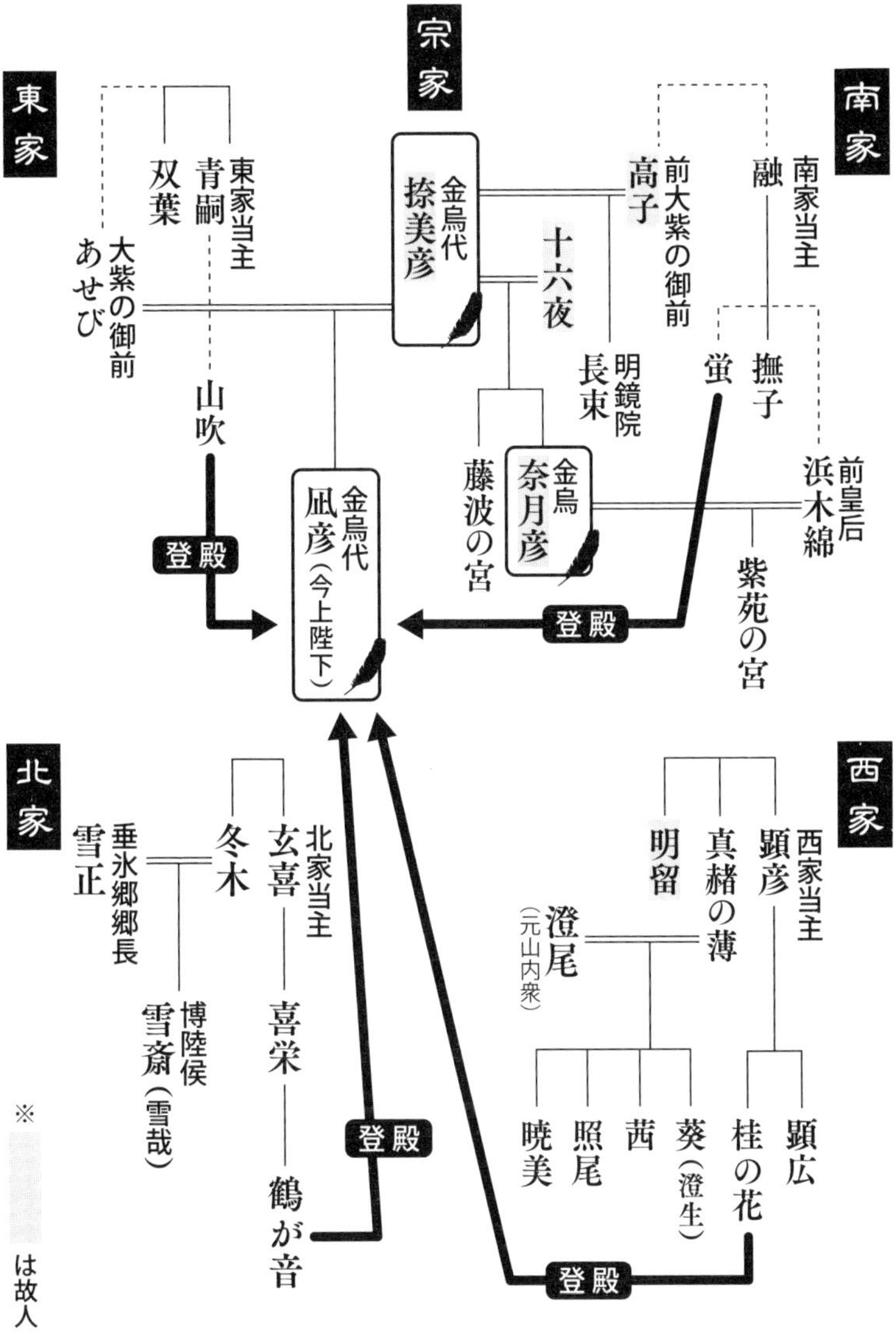
宗家
金烏代
捺美彦
大紫の御前
あせび
十六夜
前大紫の御前
高子
明鏡院
長束
藤波の宮
金烏
奈月彦
金烏代
凪彦（今上陛下）
東家
東家当主
青嗣
双葉
山吹
登殿
南家
南家当主
融
撫子
蛍
前皇后
浜木綿
紫苑の宮
登殿
北家
北家当主
玄喜
冬木
垂氷郷郷長
雪正
博陸侯
雪斎（雪哉）
喜栄
鶴が音
登殿
西家
西家当主
顕彦
真赭の薄
明留
澄尾
（元山内衆）
暁美
照尾
茜
葵（澄生）
桂の花
顕広
登殿
※
は故人

山内
中央図
東
神域
桜花宮
招陽宮
禁門
大門
中央山
山の手
港町
朱雀門
中央門
中央橋
大路

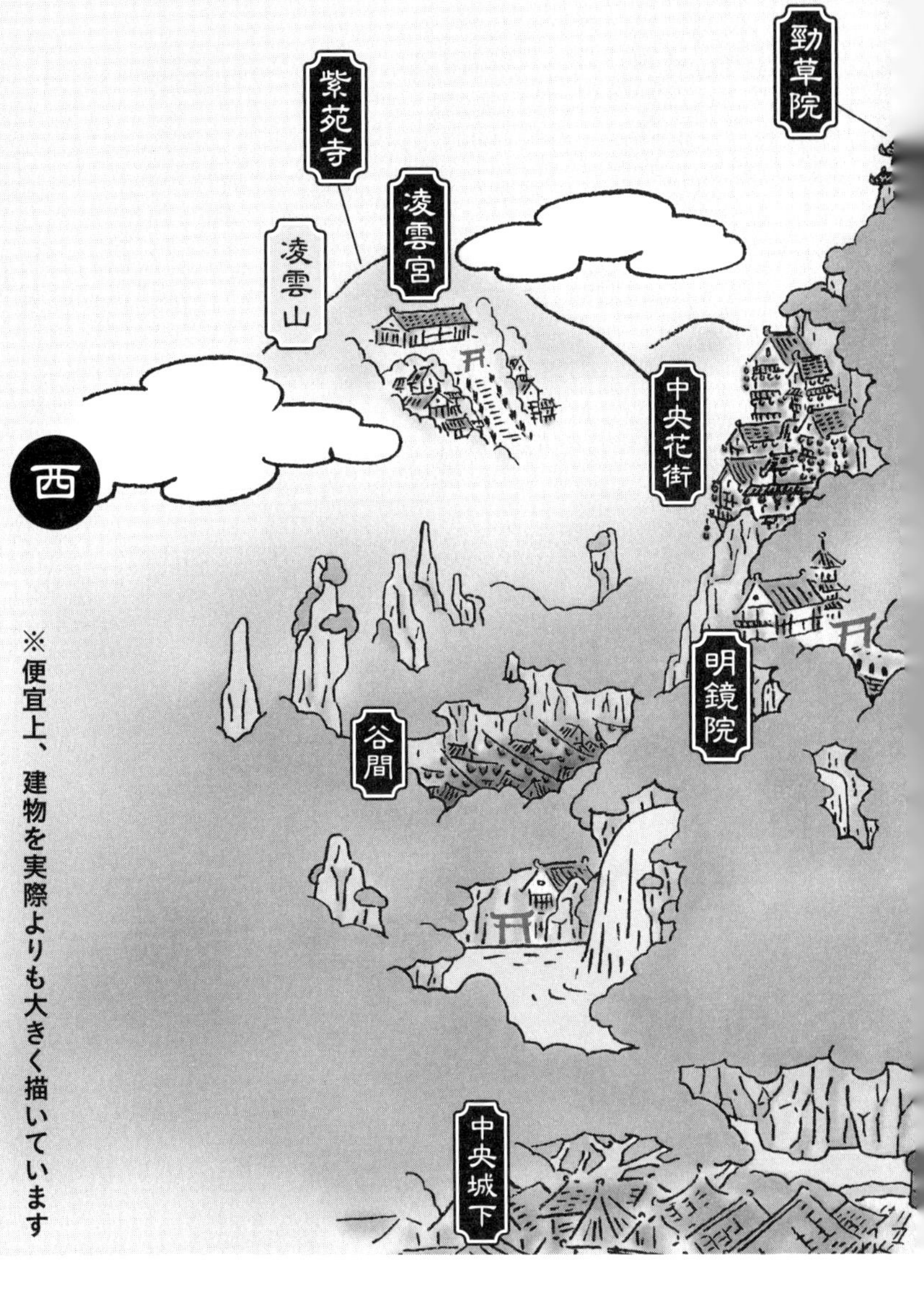

※便宜上、建物を実際よりも大きく描いています

画・上楽藍

装幀　野中深雪
装画　名司生

本書は書き下ろしです

望月の烏

序章

欠《か》けたところのない月が出ていた。

空にはちぎれ雲ひとつない。月光は洗われたばかりのように清く、山の端《は》を鮮やかに浮かび上がらせている。

湖面に張り出すようにして設けられた舞台の上ではきらびやかに装った楽人達が合奏し、秋の稔りの捧《ささ》げもののほか、見事な薄《すすき》が飾られていた。水面を渡ってきた風を受ける薄の白い穂は、女が手招いているかのようだ。

湖《うみ》に映った月は、蛟《みずち》の引く龍頭船《りゅうとうせん》の波を受けてゆらゆらと揺らめき、まるで楽の音に合わせて舞っているかのようである。

そんな光景を、治真《はるま》の主《あるじ》は船の上から静かに眺めていた。

博陸侯《はくりくこう》は日頃、身を粉にして山内《やまうち》のために働いている。せめてこの楽の音に浸るくらいの間は心穏やかであって欲しいものだ。

しみじみとそんなことを思った直後だった。

「これはいけない。博陸侯の杯が乾いておりまする！」

突然無粋な声が響き、治真はうっかり顔をしかめそうになった。

だが、その声の主はと見れば、博陸侯の伯父にあたる北大臣《きたのおとど》である。治真なんぞが不遜な態度を取って到底許される相手ではなく、狭い船上で慌てて身を引いた。

伯父から銀の酒器を差し出された博陸侯は口元だけで小さく笑みを作り、悠揚《ゆうよう》迫らぬ動作でそれを受け取った。

「これはこれは。北大臣手ずから、恐れ多いことです」

「なんの！　私と博陸侯の仲ではございませんか」

豪快な笑い声で、管弦の音が少しばかり遠くなる。

北大臣は船の奥で鎮座まします少年のほうにちらりと視線をやり、わずかに声をひそめた。

「先ごろ、我が孫娘の登殿《とうでん》が正式に決まり申した。少々特殊な形ゆえ、とにかく博陸侯のご指示に従うようにとよくよく言い含めております」

博陸侯はこれに、「お気遣い、感謝申し上げる」と密《ひそ》やかに答えた。

幼くして即位せざるを得なかった今上金烏代《きんじょうきんうだい》は、未だ皇后を迎えていない。

博陸侯のもと一致団結して今上陛下の即位を後押しした勢力にとって、此度《こたび》の皇后選びの儀式は、まさに待ち望んでいた瞬間であると言える。

しかしそれは、苦しい時を経てやっと、というよりも、これまでも実権を握っていた博陸侯の立場が名実ともにいよいよ盤石《ばんじゃく》になるという感慨を伴うものであった。

「今宵はまさに博陸侯の今を表したような夜でございますな」

笑顔でのたまう北大臣に、博陸侯は片方の眉《まゆ》をぴくりと震わせた。

「と、申しますと？」

「今、山内は博陸侯のもと、これまでにない繁栄の時を迎えております。この上、陛下が無事に皇后を迎えられるとなればもう」

――博陸侯の栄華《えいが》に一点の陰りなし！

「そう。まさに望月《もちづき》とたとえるにふさわしいではありませんか」

うまいことを言ったような顔をしている北大臣に、博陸侯は愛想よく微笑を返した。上機嫌のまま、今度は若き主君のもとに向かおうと伯父が背中を向けた瞬間、博陸侯の顔から笑みが抜ける。

声にもならない、ただ口の動きだけで呟《つぶや》かれた一言に気付いたのは、この世でただひとり、治真だけであったことだろう。

第一章　俵之丞

まるで遊女が着物を脱ぎ散らかしたかのように、床の上には鮮やかな絵の数々が広げられている。

そこに描かれているものは実にさまざまだ。

中央花街《はなまち》の遊女同士の大喧嘩に、新しく出来る時計塔の内部、地方で行われた盛大な餅つき神事のあれこれなど。

いずれの画題も、近頃、城下で話題になった事物であるという点については共通している。

そんな床一面にばらまかれた絵の間を、俵之丞《たわらのじょう》はゆっくりと歩いて回っていた。

名は体を表すというが、俵之丞はまさしく俵のように、矮軀《わいく》でありながら丸々とした体を持つ男であった。かつてすれ違った子どもから「あのおっさん、蟇蛙《ひきがえる》みたいな面《ツラ》してやがる」と聞こえよがしに言われたこともあったが、生意気なクソガキに指摘されるまでもなく、己の顔面はお世辞にも整っているとは言い難いという自覚もある。

間違っても他人から熱烈な視線を受けるような見目《みめ》ではないのだが、今はこちらの一挙手一投足を、立派な身なりをした里烏達《さとがらす》が目を皿のようにして窺《うかが》っていた。

どうにもやりにくいもんだと思いながらの歩みは重く、一歩踏み出す度に、板間がぎゅうっと不穏な音を立てている。

ふと、一枚の絵の前で俵之丞は足を止めた。

身をかがめて拾い上げたそれには、赤い下げ緒の刀を勇壮に掲げる山内衆《やまうちしゅう》が描かれている。

窓から差し込む光のもと、手元のそれを隅から隅まで眺めて、一言。

「――こりゃ、駄目そうだなあ」

顔を向けると、息を殺して俵之丞を見守っていた男達は、ああ、とあからさまな落胆の声を上げた。

「駄目ですかあ……。それ、絵師の力作なんですがね……」

俵之丞は山内衆の絵をひらひらと揺らした。

「いやあ、俺だっていい絵だと思うぜ。でも、それがいけねえ。ちょいと上手過ぎるな」

板間に並べられていたのは、全て『綺羅絵《きらえ》』の下絵であった。

綺羅絵とは、中央城下において発展した版画の一形態である。

もともと、『印刷』という技術は外界《がいかい》から山内に輸入されたものだ。輸入当初は貴族の間で独占されていたが、時代が下るに従いその技術は庶民にまで広まった。技術の向上により、絵師の肉筆画をうまく再現することが出来るようになった結果、あまりに美しいそれを賞賛して綺羅絵と呼ぶようになったのだ。

綺羅絵は、中央城下の大店《おおだな》が後ろ盾《だて》となって売り込みたい商品をうまく広めることを目的として発展してきた。有名な遊女や町の看板娘の描かれた美人画の中に新作の反物や小物などをさりげなく盛り込み、意図的に流行を作ってきたのである。

言ってみれば、綺羅絵は「庶民の文化」であったわけだが、しかし現在では純粋に「庶民のもの」とは言えなくなってきている。

全ての刷物《すりもの》に、朝廷からの許可印が必要となる決まりが出来たためだ。

お上《かみ》の許可なく勝手に刷られたものは『野良絵《のらえ》』と呼ばれ、その内容の良し悪しにかかわらず版元は厳しく罰せられる。

版元としては、商売にならない刷物をわざわざ世に出すうまみはないし、綺羅絵一枚を刷るための版木を作るにも多大な労力がかかるので、下絵の段階で朝廷側がどう判断するかが知りたい。なんとか事前に確認してもらえないかと要望を出したものの、役人からすると、そんなことをしても己の立身出世にはとんと関係がないので、やりたがる者は中々いない。

結果として、役人は役人でも俵之丞のような下っ端にお鉢が回ってくることになったのだ。

俵之丞はもともと、図書寮《ずしよりよう》が御書所《ごしよどころ》において、禁中《きんちゆう》の書物や画工の提出した絵の管理などを行う立場にあった。

基本的に、すでにあるものを損なわないようにすることが主な仕事であり、手柄などを立てる余地もなければ出世の目などもまるでない。一度そこに任じられたら、「紙魚《しみ》を生涯の友にするしかない」とまで噂《うわさ》されるお役目である。

俵之丞はこの仕事が決して嫌いではなかった。

地方の平民の出身である俵之丞は、若い頃は中央から流れてきた綺羅絵一枚にも大喜びしたものだ。

経験があったためだ。閑職と噂される御書所に配された当初は少なからず落胆したものだったが、初めて通された書庫において、膨大な書物と美しい絵の数々を見た瞬間に覚えた感動は本物である。

気が付けば、紙魚を友どころか仇敵《きゅうてき》とするようになって、十年以上もの月日が経っていた。めぼしい活躍の機会がないというのは、逆に言えば大きな失敗を犯《おか》す危険もないということである。退屈ながら穏やかな日々を送っていた折に、綺羅絵検分のお役目が回ってきてしまったというわけだ。

最初は手探りだったものの、今では中央城下の版元の店主達が集まり、近く刷る予定の綺羅絵の下絵を並べ、こうして俵之丞が一気に検分するのが定例となっていた。

俵之丞はがっかりした顔の版元の店主のもとに、たった今自分が弾いた下絵を差し出す。

「誰か分かっちゃったらいけねえってのが上からのお達しだからよ」

すまねえな、と一言謝ると、店主はなんのと応じる。

「俵之丞の旦那のせいじゃねえですし、今言ってもらってこっちは助かってるんで。刷った後にお咎《とが》めを受けるよりずっとましでさぁ」

そう言ってもらえるとこっちも助かるよ、と俵之丞はあえて軽い調子で返す。

規制される綺羅絵の対象は、主に政《まつりごと》を批判するもの、風紀風俗の乱れを助長するもの、そして、実在の貴人を取り扱うものとなっている。

綺羅絵の中でも、貴人を描いたものは特に『雲上絵《うんじょうえ》』と呼ばれる。描かれる貴人は架空の人物ということになっているが、実在する貴人を手本として描いている場合が多く、これが特に問題視されているのだ。

かつては多少名前を変えればお目こぼしされていたのだが、近年の取り締まりにより、「描かれた人物が誰か分かってしまうもの」は厳密に禁止されるようになった。以前許されていたことが新たに駄目になるというのは反感を買いやすいもので、俵之丞はいつもヒヤヒヤしながらこの仕事を行っている。

弾かれた絵を覗《のぞ》き込んだ他の版元の店主が、「こりゃあ、確かに良い絵だな」と呟《つぶや》いた。

「力作だからこそ駄目になるってのは、どうにもままならないもんですなぁ」

「山内衆は人気ですし、つい本物に似せて描きたくなっちまうみたいで……」

「その気持ちは俺だって分かる。山内衆、格好いいもんな」

俵之丞が同意を示すと、「顔だけ変えてなんとかなりませんかねえ」と食い下がられ、しばし修正の度合いについて話し合うことになった。

なんとか落としどころを見つけて一息ついたところで、店主の一人が唸《うな》った。

「しかし、山内衆でこうですと、四姫《よんひめ》はもっと大変になりますかね？」

これを俵之丞は笑い飛ばした。

「いやいや、四姫なんか実際に見られっこないんだから、山内衆よりずっと楽だろうさ！」

もうすぐ、宮中では次の皇后を選ぶ『登殿の儀《とうでんのぎ》』が始まろうとしている。

八咫烏《やたがらす》の一族が住まうこの山内の地には、族長たる金烏宗家《きんうそうけ》を中心として、四家《よんけ》と呼ばれる大貴族が存在している。東家《とうけ》、南家《なんけ》、西家《さいけ》、北家《ほっけ》からなるこの四家から、それぞれの家の顔となる姫がひとつの宮に集められ、金烏の寵《ちょう》を競うのである。

登殿の儀は、本来日嗣《ひつぎ》の御子《みこ》の正室《せいしつ》の座を競うものであった。

今上《きんじょう》陛下はよんどころない事情があって、妻を迎えぬまま若くして——というよりも、幼くして即位せざるを得なかった。

当然、正式な金烏として確固たる地位を築いてもらうためにも、早急に皇后を迎えて欲しいというのが臣《しん》の偽らざる願いであり、此度《こたび》の登殿の儀は「皇后を選ぶ」という意味で、かつてない注目のされ方をしている。

四家の姫は四姫と呼ばれ、絵師という絵師がこれを機に己の想像する最高に美しい姫君を描いてやろうと鼻息も荒く待ち構えているのだった。

綺羅絵の規制が始まって初の登殿であり、お上がどこまで許してくれるのかと、版元の店主達が不安がるのも当然である。

しかし、実際にその姿を見られる山内衆と異なり、絵師はどうあったって噂話から四姫の姿を想像せざるを得ないので、山内衆のような修正は生じないものと思われた。

「まあ、遊女っぽくならんようにだけは気を付けてくれよ」

「そりゃもちろん。せっかくの雲上絵なんですから、そこのうまみを損ねるような真似はしませんよ！」

「俵之丞の旦那は実際に四姫にお目にかかる機会があるんで？」

興味津々に問われ、俵之丞は呆れた。

「あるわけがないだろう。それこそ身内か陛下じゃないと、実際にお目見えなんて許されねえさ」

「まさに深窓《しんそう》の姫君でございますねえ」

いいなあ、ちょっとでいいから垣間見《かいまみ》してみたいもんだ、と誰かが呟くと、「いやいや」と返す者がいる。

「実物は見ないほうがいいんじゃないか？　さんざん期待して不美人だったら、せっかくの夢が壊れちまうよ」

「夢は夢のままにしておけって？」

「でも前回の登殿の四姫は本当に美しかったそうじゃないか」

「どんな見目の姫だってそういう噂になるだろうよ」

「なんの、なんの。実際お会いしてみると、噂ばかりとは思わなかったぞ！」

この言葉には、どこでそんな機会がと驚く者と、得心《とくしん》する者の両方があった。

「ああ、なるほど。真赭《ますほ》の薄《すすき》さまのことか」

前《さき》の登殿の儀において西家から登殿した真赭の薄は、結局正室には選ばれなかった。

その代わりに、宗家の女房として仕え、大戦の折に怪我をして退役した元山内衆のもとに下《か》賜《し》されたと聞いている。その後、貧民救済を行うべく療養院を立ち上げ、現在においても自身が働きながら運営を行っているという、なんとも奇特な人物として名を馳《は》せているのだった。

「確かに、お若い頃はさぞかしお美しかっただろうな」

中央城下で商売しているだけあって、店主達はいずれも耳聡《みみざと》い。

「そう言えば、真緒の薄さまのご息女《そくじょ》が朝廷に落女《らくじょ》としてお勤めらしいですな」

何気なく出された話題に、俵之丞はぎくりとした。

落女とは、女の戸籍を捨てる代わりに、男として生きることを許された者のことを言う。

過去には早くに父を亡くし、家を守るために落女になったという者もいるらしいが、近年ではもっぱら官人として働く女を指すようになっている。

もともとそう数の多い存在ではない上に、大貴族の血を引くお姫さまとも言うべき身分の者が落女となるなど前代未聞であり、城下でも噂になっているらしかった。

「これまた、お母上似のとんでもない美女でいらっしゃるそうで」

「初めて朝廷にやって来た時、あまりの美しさに音がなくなったとか」

「『傾城《けいせい》の落女』などと呼ばれているとも聞いたぞ」

口々に好き勝手なことを言った男達は、揃って俵之丞のほうを見た。

「本当ですか、俵之丞の旦那」

「そんなわけがないだろう！」

なんちゅう笑えないあだ名だ、と俵之丞は思わず天を仰いだ。

「以前、登殿したお姫さまの娘が、落女になっているのは事実だ。だが、『傾城の落女』などとは聞いたことがない。んなもんあって堪《たま》るかい。いいかげんなことを言ってくれるな」

これに、いい年をした店主達が一斉に不満を漏《も》らした。

「いいじゃねえですか、ちょっとした夢を見るくらい！」

「男装の麗人なんて、綺羅絵の題材としては最高ですよ。きっと人気が出る」

「四姫は無理でも、その方だったら実際に絵師が見られる機会もあるんじゃないか？」

「なんとかお目見えの機会を頂けませんかね」

俵之丞は意識して恐い顔となった。

「やめろやめろ、見世物《みせもの》じゃないんだ。落女になったとはいえ、生まれはお姫さまなんだからな！　下手したら俺もろとも厳罰を受けることになっちまうぞ」

駄目かあ、と店主達は一斉にため息をつく。

「いい画題になると思ったんだがなあ……」

呑気に言う連中に対し、俵之丞は心の内で舌打ちする。

――馬鹿野郎。これは、そんな可愛らしい話ではないのだ。

版元を出た後、中央門近くに預けた馬のもとまで、俵之丞は大通りを徒歩で進んだ。

中央城下は、いつ来ても華やかだ。

芝居小屋の周辺には幟《のぼり》が掲げられ、熱心な呼び込みがされる一方で、あちこちで芸人が軽業《かるわざ》などを見せており、笛や太鼓の音が絶えず聞こえている。

春先の浮かれた空気の中、朝に採って来たばかりの花を売るぼてふり、軒先にあふれんばかりに青物やら芋やらを並べる八百屋、飴屋、薬屋、呉服屋に湯屋。大店の商人達は珍《めずら》かな外界からの輸入品や大量の綿花などを取引している。

以前から中央城下は四領からありとあらゆるものが集められ、「山内にあって、ここにないものはない」とまでいわれるほどであったが、特にここ数年の中央の発展はめざましい。そしてそれは、ひとりの男の手によるものであった。

百官《ひやつかん》の長、黄烏《こうう》。

またの名を、博陸侯雪斎《はくりくこうせつさい》ともいう。

もとは先々代の金烏の懐刀《ふところがたな》と称された男で、大きな政変を経て朝廷を牛耳《ぎゆうじ》るに至った出来物《できぶつ》である。

彼は文化振興に対して、一際《ひときわ》熱心なのであった。

黄烏の座につくや、伝統文化を担《にな》う職人を手厚く保護し、楽人の働き先を新たに設け、朝廷がその運営を主導するようになった。

今まで里烏《さとがらす》に任せていた刷物を朝廷の一事業として執《と》り行うようになったのも、博陸侯の一声によるものだ。かつて政策の布告は立札《たてふだ》が主なものだったが、最近では朝廷で刷られた瓦版《かわらばん》が配られるのが主流となり、それまで各々に任されていた寺子屋の教材なども朝廷によって作られ、無償で配られるようにもなった。

山内の発展という意味では喜ばしい変化であろうが、その余波をくらい、中央城下の版元の検《あらた》めを俵之丞が行わなくてはならなくなったというわけだ。

近く、登殿の儀を模した芝居がかかり、その宣伝の綺羅絵が作られることになっている。内容が内容なので、そのあたりの確認もして来いと上の者に言われているので、またすぐこちらに足を運ぶことになるだろう。


朝廷に戻ると、御書所には何やら人だかりが出来ていた。

大勢の官吏《かんり》からのおべんちゃらを、ほほほ、と上品に笑って流す女がひとりいる。

頬は血色を透かして明るく、その唇は紅色《べにいろ》の蓮に乗った露のように瑞々しい。つやつやと、文字通り射干玉《ぬばたま》のような輝きを放つ黒髪は、長ければ天の河を思わせるほど豪奢であったに違いないが、今は首筋にもかからない、痛々しいほどの短髪だ。

彼女の纏《まと》う短袍《たんぽう》の水浅葱《みずあさぎ》は、通常、官人として最も下の位を表す色である。その色を着るのは、貢挙《こうきょ》を通ってかろうじて朝廷に足を踏み入れることを許された平民出身者か、貧乏貴族の子弟くらいのものである。

高位貴族の子弟が行儀見習いに宮中に上がる場合は童装束を用いるが、紫《し》宸殿《しんでん》以上の区画に昇殿することの許されない下級貴族は御曹司と同じ格好となることを憚《はばか》り、そのまま任官しても通用する形の短袍を好むからだ。

どちらにしろ、朝廷で働く上で最低限の略装である短袍を纏う者は下働きであり、特に水浅葱は誰からも敬意を払われないというのが通例である。

それなのに彼女が纏うとどうしたことか、最上級の絹どころか、天女の衣のようにも見えてくるではないか——とは、俵之丞の同僚が浮かれて口にした言葉である。

確かにあの女は、見た目だけならばけちのつけようのない美人だ。

ふと、長い睫毛が蝶の羽のようにはためき、きらびやかな瞳が俵之丞を捉える。

「俵之丞殿！」

げっ、と声を出す間もなく、こちらに気付いた女は足取りも軽く駆け寄って来た。

「今日が版元の皆さんとお会いする日だったのですね。もう、あれほどお願いしておりましたのに、どうしてお連れ下さらなかったのですか」

拗《す》ねたように問い詰められ、「いやあ……」と苦し紛《まぎ》れにお茶を濁《にご》す。

そんな俵之丞に対し、うらやましい、と言わんばかりの視線があちこちから突き刺さるが、代わってくれるなら代わって欲しいものである。

他でもない『傾城の落女』さまは、ここ最近、自分につきまとっているのだ。

＊　　＊　　＊

『傾城の落女』の名を澄生《すみき》という。

彼女がやって来た時に音がなくなったというのは、まったくのでたらめだ。実際は静まり返るどころか、ざわめきが朝庭を席巻《せっけん》していた。

若い官人は単純に彼女の美貌に浮足立って感嘆の声を上げ、古株の官吏達は全く違う意味で動揺し、しきりに囁《ささや》き合っていたからだ。

澄生は、暗殺された先々代の金烏、奈月彦《なづきひこ》に瓜二つの容貌をしていた。

澄生の母親である真赭の薄と奈月彦は従兄妹であったから、似ていたとしても不思議はない。だが真赭の薄は、一度は奈月彦の后候《きさき》補となった身なのである。候補から外れた後も長く宗家に女房として仕えていたため、隠し子ではないかと噂されたのだ。

落女となって官人を目指すというだけで尋常ではないが、しかも彼女はその出生によって官位が与えられる蔭位《おんい》の制《せい》を使わず、わざわざ地方の平民に混じって貢挙を受け、朝廷にまでやって来た。

何故そんなことをしたのかと博陸侯に問われた澄生は、「山内は女に厳しいから、こうでもしなければ認めてもらえないと思った」などと言ってのけたらしい。

貢挙に受かったはいいがすぐに確たる役職につけなかった者は、どこかに空きが出るまでの間、雑用をこなす形で朝廷のあれこれを学ぶのが通例である。

澄生も例に倣《なら》って使い走りとなったわけであるが、勤務の始まる日、「もし自分の使いとして来たら対応してやって欲しい」と、わざわざ西家当主たる西大臣《にしのおとど》自身が彼女を伴って関係各所に挨拶にやって来た。

これは、いずれ高官となることを約束された行儀見習い中の貴族の子弟とほぼ同じ扱いである。

西家は現在落ち目と言われているが、腐っても四大貴族のひとつなのだ。背後に西本家《にしほんけ》があると思えば邪険に扱えるはずもない。

博陸侯に対する恐れを知らぬ物言いといい、それを可能にするだけの生まれの良さといい、どれほどじゃじゃ馬なのかと官人達は固唾《かたず》を呑んでいたわけなのだが、実際に働き始めてみると、澄生は拍子抜けするほどに大人しかった。

何か手伝えることはないかとあちこちを訊ねて回りはするが、丁重に断ると「失礼しました」と言ってしおらしく引き下がり、必要以上に手を煩《わずら》わせることはしない。

そうなると調子のよいことに、今度は若く美しい落女の存在に自分から絡《から》もうとする者が出始めた。

少しでも彼女と言葉を交わせば「笑いかけてくれた！」などと、嬉しそうに報告する姿がちらほら見えるようになったと思えば、後は坂を転がり落ちるかのようだった。

彼女がやって来ると仕事を放り出してもてなし、我先に彼女の運んでいる物を代わって持ってやろうとする。本来、雑用を頼まれてこなすはずの下っ端ながら、彼女には箸《はし》以上に重いものなど持たせてたまるものかと執念を燃やす連中まで出てきた。

澄生に夢中になっているのは、何も若い中下級貴族だけではなかった。

当初、きな臭い噂に様子見を決め込んでいたというのに、四家のどの系列の者かは問わず、澄生に対し好意的に振舞う高位高官も現れ始めたのだ。

彼女が自分の部署にやって来ると呼び止めて談笑に興じる、というのはまだ良いほうで、ひどい場合だと彼女のために上等な茶菓子を用意して待ち構えている者までいるという噂だ。並の者ならば困惑しそうなものだったが、到底新入りが受けるべくもないその扱いを、しかし澄生は当然の顔をして受け入れていた。

それどころか、少しでも自分のご機嫌を取ろうとする信奉者らを破顔一笑で黙らせ、熱心に朝廷で生き抜くためのこつを教えたがる高官共を頷《うなず》きひとつで満足させるのだ。

過剰なほどの好意の数々への返礼を、「まあ、ありがとう」の一言だけで見事に完了させる手腕たるや、朝廷で官吏ごっこをしているよりも花街で太夫《たゆう》でも狙ったほうがよほど成功の目があるだろうと思わせた。

水浅葱の短袍を纏いながら、大貴族の姫君扱いを受け、ろくに仕事もしないまま、官位の上下を問わずあらゆる者にちやほやされている、男としての籍を持つ女。

何もかもがちぐはぐであった。

当然、澄生のことを歓迎しない者も少なからず存在していた。朝廷は女子《おんなこ》どもの遊び場ではないのだから、まっとうに働いている者にこそ彼女は目《め》障《ざわ》りだったのだ。そういった声があからさまに聞こえてこないのは、大貴族が背後にいる彼女にそれをぶつけられるほど、命が惜しくない者はいなかったというだけの話である。

俵之丞もその例に漏れず、隠し子云々の噂を抜きにしても澄生とは極力関わり合いになりたくないと思っていた。

女の身で朝廷に乗り込んできた時点で十分に常識を欠いているが、そもそもこれだけ面《ツラ》のいい女が性格までおしとやかなわけがないという、偏見込みの確信があったからだ。

何より、微笑《ほほえ》みかければ男なんて自分の思い通りになると信じて疑ってなさそうなところが、人として受け付けないと思っていた。

どうか、あんたのことが大好きな連中とよろしくやっといてくれ。こっちには金輪際《こんりんざい》関わってくれるな。

そう本気で考えていたというのに、現実とは思うようにいかないものである。

「それは処分してしまうのですか？」

城下から持ち帰った綺羅絵を整理している最中のことである。急に背後から声をかけられて振り返った瞬間、よい香りがふわりと鼻を掠《かす》めて、俵之丞は大いに怯《ひる》んだ。

件《くだん》の落女が、俵之丞の手元を覗き込むように間近に立っていたのだった。

「――いえ。版木の修正を頼んだので、その記録を残すために修正前のものを保管する必要がありまして」

悲鳴を押し殺し、なんとか無難に返答する。

どういう態度が適切なのかはさっぱり分からないが、とにかく失礼だと思われないようにと俵之丞は必死だった。

「それなら良かったですわ」

にっこり笑った落女は、とても良い絵だから捨ててしまうのは勿体ないと思ったのです、ななど言って手を伸ばし、丁寧に絵を持ち上げた。

「さぞや名のある絵師の方が手がけられた作品なのでしょうね。わたくし、こうした美しいものが大好きなのですよ」

微笑みかけられて、俵之丞はぎこちなく笑い返す。

「はあ、さいですか……」

「こんなに素敵な絵ですのに、どこが問題で修正となったのですか？」

無邪気に問われて、答えないわけにもいかない。

内心では早く去って欲しいと思いながら説明をしていると、澄生の到来に気付いた俵之丞の上役が、揉み手をしながらすっ飛んで来た。

「これはこれは、西家の姫さまではございませんか。うちの者が何か失礼を？」

「あら」

駆け寄って来た中年男に気付いた澄生は優雅に一礼をすると、上目遣いで小首をかしげてみせた。

「お仕事のお邪魔をしてしまい申し訳ありません。伯父より色々なことを学ぶようにと言われておりまして、あちこちでご指導を賜《たまわ》っているのです。綺羅絵などには特に興味があるのですが、もしよろしければ後学のためにも、度々こちらに伺うことをお許し頂けないでしょうか？」

――おいやめろうすらハゲ、迷惑だときっぱり断れ！

俵之丞は必死に目で訴えたが、上役はこちらには一瞥《いちべつ》もくれないまま、初恋に浮かれる少年のように頬を染めて答えた。

「いくらでもどうぞ」

この時点で思いっきり舌打ちをしそうになったが、その直後に続いた言葉に、俵之丞は上役を二度見した。

「そもそもコイツ、ろくな仕事をしておりませんので、お好きに使ってやって下さい」

てめえ、茶菓子の用意がないからと言って、代わりに俺を差し出すな！

そしてこれに、澄生は屈託《くったく》のない笑みを返したのだった。

「まあ、ありがとう」

いや、貴様もマアありがとうではないだろうよ。あからさまな世辞でも「そんなことないです、立派なお仕事です」くらい言ったらどうだ。

そんな俵之丞の心の声が聞こえていたわけではないだろうに、上役がじろりとこちらを睨《にら》んだ。

「文句はないな、俵之丞」

文句は山ほどあるし心底勘弁《かんべん》してほしいと思ったが、それを言えるほど俵之丞の立場は強くない。そしてこれを機に、『傾城の落女』さまは、本当に俵之丞のもとに足しげく通ってくるようになったのである。

「俵之丞殿のお仕事は、本当に綺羅絵と深く関わっているのですね」

暇があれば御書所にやって来て、傔之丞の仕事を隣で見ては、あれは何だこれは何だと説明ばかり求めるので、時間を食って仕方がない。

「アナタ、一応は西大臣のお付きってことになっているんでしょ。お傍に控えてなくていいんですか？」

御書所以外にも彼女が通っている場所はいくつかあるらしいが、それを踏まえて考えると、西大臣のもとにはほとんどいない計算になる。

なんとか本分の仕事に戻ってもらえないかと思ったのだが、澄生は頓着しなかった。

「伯父のところは、私が朝廷に入る前からとっくに人手は足りているのです。必要な時は呼ばれますので、ご心配には及びません」

にっこり微笑まれて「駄目か」と肩を落とした傔之丞だったが、その翌日、余計なことを言わなければ良かったと後悔した。

なんと澄生は、当の西大臣そのひとを傔之丞のもとに連れてきたのである。

「君が傔之丞だね？」

そう言った西大臣顕彦《あきひこ》は、四大臣の中では若手の優男《やさおとこ》だ。

傔之丞にとっては雲の上のひとであり、間近にするのはもちろん初めてである。

まさかこんな朝廷の僻地《へきち》に行列を作ってやって来るとは思いもよらず、上役達は雁首《がんくび》揃えて震えながら西大臣の一行を出迎えた。西大臣に名指しで呼び出された傔之丞は「気絶したらこのまま退勤させてもらえねえかな……」と真剣に思案したのだった。

小さくなる俵之丞にはとんと無頓着に西大臣は言う。

「面倒をかけて申し訳ないけれど、この子は絵とかお芝居とか、きらきらしたものが好きでねえ。色々教えてあげてくれないかな？」

ここで「嫌です」などと言ったら手打ちにされたりするのかもしれない。当然、俵之丞は生き残るためにも「ハイ喜んで」と答えるほかになかったのだった。

「俵之丞殿、わたくしが側仕《そばづか》えの仕事をおろそかにしているのではないかと心配して下さったではないですか。ならば伯父さまご本人から直接言って頂くのが一番よろしいかと思ったのです」

澄生にのほほんと言われて、もう二度と余計な口は叩《たた》くまいと心に誓ったのだった。

とにかく、西大臣からじきじきによろしくと言われてしまっては逃げ場がない。四大貴族の一角をなす当主さまに突撃される以上の面倒など起こるまいと思っていたのだが、それがとんだ甘い見立てだったと、すぐに俵之丞は思い知らされることになった。

俵之丞は、山の手の外れにある、寺社の多い地域に小さな屋敷を借りている。

参朝の際、飛車《とびぐるま》を使える身分の貴族達は大手を振って大門《おおもん》の真正面に乗りつけるが、馬や駕《か》籠《ご》を使う中下級貴族は、大門脇やその付近にある車場《くるまば》を利用する。大貴族達と鉢合わせしないよう、下の者が気を遣うのだ。

倀之丞は仕事の際は朝廷の馬を借りていたが、帰宅する際には駕籠を使っていた。いつも通り寺社前で駕籠を降り、夕飯に蕎麦でも食べようと参道を歩き始めた時だった。

「御書所にお勤めの倀之丞殿でいらっしゃいますね？」

知らない声に名前を呼ばれた時点で、嫌な予感がした。

恐る恐る振り返ると、そこには羽衣《うえ》をまとった若い男が立っていた。

仮にも貴族のための区画であるこの周辺で羽衣の者と言えば、大抵は寺男だ。しかし、倀之丞は直感的に、そいつは寺男などではないと思った。武具と思しきものは何一つ身に着けていないし、おそらく本人も寺男を装っているつもりなのだろうが、姿勢がいやにまっすぐなのだ。仮にも朝廷で働いている身として、こういう者には見覚えがあった。

「――山内衆？」

思わず呟けば、その男は否定も肯定もしないまま近付いてきた。

「倀之丞殿とお話をしたいと、私の主人が申しております。お時間を頂けますね？」

有無を言わせぬ物言いだ。

経験上、こういう時に抵抗をしたところで無駄だと分かっている。

一体どこに連れていかれるのかと戦々恐々としていたのだが、幸いにも、男が先導して入って行ったのは、すぐ近くの寺であった。

客殿の奥まで通され、締め切られた一室の前で男は膝をついて声をかける。

「お連れいたしました」

「通せ」

中からの声に応じて、男はすっと引き戸を開ける。

どうぞ中へと促されて覗き込んだ室内には、畳の上に座り、こちらを見ている者がいる。

「急に呼び出して悪かったな。まあ、そこに座りたまえ」

一見温和に見えるその顔を、俵之丞は知っていた。

「治真羽記《はるまうき》……」

薄明りの中で笑いかけてきたのは、博陸侯雪斎の右腕と名高い秘書官の筆頭、治真であった。その能力からすればもっと出世してしかるべきと囁く者も多かったが、平民出身という身の上が邪魔をして、今も博陸侯の秘書官という地位に甘んじている。

実際、物腰こそやわらかであるが相当な切れ者であり、博陸侯から最も信頼されている男であると言っても過言ではない。

博陸侯から直接言葉を賜る機会のない俵之丞のような下っ端にとって、治真の言葉はそのまま博陸侯の言葉に等しい。自分に何の用なのだと恐れ戦《おのの》く一方で、うっすらと用件が予想出来てしまうのが嫌だった。

震え声で自身の名前を呟かれた治真は、「話が早くて結構だ」とにこやかに応じる。

「君は最近、西家のお姫さまに随分と気に入られているらしいね」

ホラやっぱりな、と俵之丞は内心で悪態をついた。

「恐れながら申し上げます。気に入られているのは綺羅絵であって、自分ではありません」

実のところ、どうしてこんなに澄生が自分にまとわりついてくるのか、傔之丞はさっぱり分からない。

上役にああ言われたとはいえ、御書所には傔之丞以外にも官人はおり、しかも彼らはなんとか澄生の歓心を買おうと必死なのである。

そういった連中に比べれば、自分の態度などぶっきらぼうもいいところだ。なんとか嫌ってくれないかとわざとそっけなくしているというのに、澄生は全く気にしていないのが業腹《ごうはら》であった。

治真はこれを軽く笑い飛ばした。

「まあ、気に入られているのが君か君の職務かはどうだっていいのだよ。大事なのは現在、朝廷においてあの姫の一番近いところにいるのが君だということだ」

ふと、治真の顔から笑みが消える。

そうすると、周囲の空気が一気に冷たく変わるのが分かった。

「博陸侯は、朝廷の風紀の乱れを憂《うれ》いておいでである」

「風紀の乱れ、でございますか……」

「そうだとも。本人がどういうつもりなのかはともかくとして、あの姫御前《ひめごぜ》はどうにも美し過ぎる」

彼女の容姿を褒《ほ》めているというのに、治真の口調はそれを好ましく感じているようには聞こえなかった。

「何かがあってからでは遅いのだ。全ての職務に優先して構わないから、あの姫御前に対し、不届き者がよこしまな考えを起こさないようにして欲しい」

治真の意図が読めず、俵之丞は戸惑《とまど》った。

「そう言われましても、自分には武術の心得など何もないので、お役に立てるかどうか……」

「何も悪漢を撃退しろとは言っていない。朝廷にいる間、姫御前がひとりにならないようにさりげなく気を配って差し上げろという意味だ。君は独り身だそうだが、あの方に対してとても礼儀正しく、自身の立場を弁《わきま》えているようだと聞いてね。君になら任せられると思ったのだよ」

嫌って欲しいと思って接していたのが、まさかそのように捉えられているとは思わなかった。ちくしょう、何をやっても裏目に出やがる！

許されるなら俵之丞は頭を掻きむしりたかったが、そんなこちらの内面などとんと気付かぬように治真は続ける。

「これまで通りでいいのだ。公《おおやけ》に特別扱いをするわけにはいかないから内密にという形となるが、君が姫に張り付いている間、君のすべき業務が滞《とどこお》ったとしてもそれを問題にはしないと約束しよう」

やってくれるねと言われて、「はい」以外の何が言えるというのか。

「良かった。そう言ってもらえるととても心強いよ」

時間を取らせて悪かったなと言われ、俵之丞はこれ幸いにと深々と礼をした。

「とんでもないことでございます。羽記殿のお気持ちに添えるように全力を尽くします。それでは」

　早々に退出しようと、引き戸に手をかけた時だった。

「ああ、それともうひとつ」

　つい弾かれたように振り返ると、燈台のゆらぐ光の中で、ぼんやりと治真の笑みが浮かび上がっていた。

「あの姫が何を思って落女になったのか、君は聞いているかね？」

「いえ。あの、噂で博陸侯のお力になるためとおっしゃったとだけ伺っておりますが……」

「それは貢挙の際に博陸侯が下問なさった時の答えだな。ああいった場ではそれ以外の答えは聞けぬだろう」

　顔は笑っているというのに、全く笑っていない目でひたと治真はこちらを見据えた。

「あの姫は幼い頃に地方を回り、それで自分が落女にならねばと思ったらしい。私も活躍には非常に期待しているのでね。実際、何を考えて自ら朝廷にやって来るほどの目的意識を持つに至ったのか、是非知りたいと思っているのだ」

　――なるほど、こちらが本題というわけか。

「私《わたし》のような立場の者が問うたところで建前しか教えてはもらえぬだろうが、君なら本音が聞けるかもしれない……」

　口を閉ざしてこちらの反応を問うような視線を向けられ、俵之丞は如才なく頷いた。

「羽記殿のお考えとは全く関係なく、わたくしめも落女殿がどうしてあれほどの苦労をなさってまで朝廷においでになったのか、ちょうど気になっておりました。あくまで個人的興味で、あの方の内なるお考えを探ってみたく存じます」

この答えに、治真は今度こそにっこりと満足げに笑った。

「思った通り、君はとても優秀なようだ。また話を聞かせてくれたまえ」


さて、厄介なことになったものだ。

翌朝、いつも通りに朝廷に向かいながら、俵之丞は今後どうするべきかと頭を悩ませた。夕べの様子から察するに、上の連中もあの落女が朝廷に乗り込んで来た件に対して思うところがあるのは同じらしい。

うまく振舞えば上からの覚えがめでたくなるかもしれないという一方で、下手をすると使えない者として取り返しのつかない烙印《らくいん》を押される危険もある。

今のところ、うまくやった時の褒美を期待する気持ちよりも、手抜かりがあってはまずいという思いのほうがはるかに勝る。最悪なのは何も聞き出せないことよりも、自分の背後に治真がいると落女に気付かれてしまうことである。

とにかくそれだけは避けねばなるまいと心に刻んで御書所に入ると、そこにはすでに例の落女が待ち構えていた。

「おはようございます、俵之丞殿。本日は何をなさるご予定ですか」

相も変わらず涼やかに挨拶されて、こちらの苦労も知らず全く呑気なものだと歯噛みしたくなった。

「おはようございます。今日はいい天気ですから、仕舞《しま》いっぱなしになっていた綺羅絵を虫が食ってないか確認するつもりです」

本格的な虫干しは秋から冬と決まっているが、綺羅絵は枚数が多いので一気にやろうと思うと場所を取って仕方がない。そもそも管理を行う担当者が少ないというか、俵之丞しかやる者がいないので、条件さえ良ければ季節を問わず、状態の確認がてら外に出してやるようにしていた。

「ということは、もう城下では売っていない綺羅絵などもあるのですか？」

「そうです。今のような規制がなかった時代に発禁となったものもあるので、もしかしたら過激に感じられるものがあるやもしれませんが……」

言いながらもきっとそうはなるまいと思っていたが、案の定、澄生は目を輝かせてぽんと両の手を打った。

「素晴らしい！　わたくし、そういったものこそ見たかったのです。お手伝いいたしますので、是非とも拝見させて下さいな」

それで大人しくしていてくれるなら御《おん》の字である。

鍵を使って書庫の奥に入り、奉書紙《ほうしょがみ》を挟んで重ねた綺羅絵の入った塗箱《ぬりばこ》ごと引き出していく。

「お持ちしますわ」

「アナタに荷物持ちなんてさせたら俺は明日から居場所がなくなっちまうよ……」

何を言われるか分かったものではないと思って断ったのだが、「まあ面白い」と全く本気にされず、塗箱は奪い取られてしまった。

落女は俵之丞よりも背が高かったので、ひょいと持ち上げられてしまうと、もはやこちらにはなすすべがない。

風通しの良い場所に移動させるまでの間、あちこちから突き刺さる視線が痛かった。

出向いたのは、外に向けて開いている回廊である。

高所であるがゆえに見晴らしは良いが、北向きなので日光は入ってこない。今日は風もないので、飛ばされる心配もないだろう。

昼食《ちゅうじき》の頃にはここで飯を食おうとする者も少なくないが、この時間帯であればまだ人も少ない。

清潔な布を板間に敷き、その四隅に持参した文鎮を置き、一枚一枚を慎重に広げていく。

それなりに気を遣って春画ではないものを選んだのだが、やはり発禁となったほどの綺羅絵は、肌の露出が多かったり血なまぐさかったりするものが多い。

頰でも染めて目を逸《そ》らすくらいの可愛げはあるかと横目で見ると、落女は全く顔色を変えず、むしろ高尚な書画の類を鑑賞するのと同じ真剣さでそれらを吟味していた。

「作者の号には、今ではあまり見かけないお名前もありますね」

「朝廷の管轄になってから、締め付けが厳しくなりましたからね。昔は名をはせた絵師の中にも、それを嫌って中央から出ていった気の強い奴もいます」

「なるほど……」

熱心に見ている分には落女殿も静かである。このまま大人しくしていて欲しいと思いながら作業を続け、あらかたを並べ終えると、床の綺羅絵を見下ろしながら落女は言い放った。

「こうして見ると、規制を気にして作られている今の綺羅絵よりも、自由に描かれていた昔の綺羅絵のほうが、わたくしには好ましく感じられます」

俵之丞は、咄嗟《とっさ》に周囲へと視線を走らせた。

幸いなことに、こちらの声の聞こえそうな場所に人の姿は見えない。

そう言えば目の前の女は、職人の手仕事をことさらに大事にする西家の出身だった。博陸侯の文化政策によって発展した分野がある反面、お株を奪われたと感じている部分があるのかもしれなかった。

「そりゃ、ただ単に絵の良さだけでいうなら規制がないほうがいいに決まっていますが、それじゃ意味がないんですよ。今ある綺羅絵の規制は、風紀風俗の乱れを正し、勝手に貴族の似姿を金儲けに利用されないために生まれたもんですから」

俵之丞の説明に、落女は顔を上げた。

「絵姿を売られては困ると、どこかから苦情があったのですか？」

「この世で一番好き勝手に絵姿を描かれて迷惑しているのは博陸侯ですよ。その博陸侯がやめろと言ったら、そりゃあそうだと誰もが納得します」

ほら、と言って床から持ち上げて手渡した一枚は、『弥栄《いやさか》』と題された比較的新しい綺羅絵である。

博陸侯雪斎は、若い頃は全軍の参謀役を務め、猿との大戦時には自ら指揮を執《と》って山内を防衛した過去がある。猿退治の一幕を芝居とした『弥栄』なる演目が流行し、その博陸侯が山内の頂点に君臨した現在、『弥栄』は綺羅絵の定番にもなっているのだった。

血を噴き出して悶絶する化け猿を踏みしめ、高々と赤紐を巻いた太刀を掲げる若き武人の絵姿をまじまじと見つめた落女は首を捻《ひね》った。

「これ、博陸侯ご本人よりもかなりお顔の造作《ぞうさく》がよろしいのでは？」

別人のように美男子にしているのだから修正の必要はなかったのではと大真面目に意見されて、あまりの不敬に俵之丞は叫んでしまった。

「いや、自分は博陸侯のお顔をはっきりとは存じ上げませんので！　この絵は血の表現があからさまという点が問題になったんです」

「この血しぶきの表現だけで？」

やり過ぎではないのかというかすかな驚きと非難の意を感じ、俵之丞はそっと落女の手から絵を取り上げた。

「……正直、私も規制がないほうが良い絵だとは思いますよ。でも、上の取り締まりは年々厳しくなってます。私がそのままで良いって見逃したら、印刷した後に発禁処分をくらって、絵師や職人や売り手の努力が全部ふいになっちまうんです。そっちのほうが現場の損害は大きいんだから、少しでも疑わしければ『はいどうぞ』と言うわけにはいかねえのですよ」

落女の大きな黒々とした瞳が、俵之丞と綺羅絵を交互に見比べる。ややあって、「そうですか」と落女は素直に引き下がった。

「俵之丞殿のお立場を思えば、そうせざるを得ないのですね……」

何かに納得したように、こちらを見る。

「規制される前のほうが良い絵だと聞くと、ますます興味が湧いて参りました。やっぱり下絵の確認、わたくしも連れて行って頂くわけにはいかないでしょうか」

「それは」

思わず詰まった俵之丞に、落女は間髪《かんはつ》入れずに畳みかける。

「先日もお連れ頂けませんでしたが、わたくしに何か問題があるのでしょうか」

「問題というかですね、ご自分がどういう評判なのか自覚して頂きたいもんです」

何せ『傾城の落女』さまだ。美しいもの好きの版元の店主達が浮かれまくって大騒ぎになるのは目に見えている。

しかしこれに、落女は真顔で問うてきた。

「『男の仕事場を土足で踏み荒らす身の程《ほど》知らずのお姫さま』ですか？」

あまりにさらりとした言い方だったので、俵之丞は目の前の女が言っていることの意味をすぐには飲み込むことが出来なかった。

「……何ですと？」

「俵之丞殿のお仕事のお邪魔にならないように、出来ることは何でもいたしますから」

「いや違う。そうではなく、別に俺はそんなこと思っちゃいないです」

「では、『花街だったら太夫《たゆう》になれる勘違い女』のほうでしょうか？」

思わず口を閉ざし、まじまじと女の顔を見つめてしまった。

きっと比喩などではなく、実際に中央花街において一番の太夫になれるだろう美しい顔をした若い女は、真剣な眼差《まなざ》しをこちらに向けている。

「あんた――」

「意地悪を申し上げましたね」

にこっと笑った顔は、いつも通りのように見えて、どこか悪戯《いたずら》っぽくもあった。

「これでも、そのように言われているのは分かっているのです。でも、朝廷で穏便にやっていこうと思ったら、こうするほかにありませんでした。優秀な者ではなく、上の者にとって都合の良い者が認められるのが今の朝廷ですから。その点について、性別は関係がないと思うのですが」

違いますかと問われて、俵之丞はなんとも返答に窮した。

「いやしかし、出世したいからと言って、遊女扱いをよくもまあ笑って受け入れられるもんですね」

「あら。太夫に比されるなど光栄なことではないですか」

意地も誇りもないのかとそれとなく当てこすってやったつもりだったが、落女は頓着なく笑うばかりである。

「それに朝廷の殿方の多くは、血のつながらない身近な女と言えば妻か遊女しかご存じないのですもの。これくらいの無礼は許して差し上げなくては」

とんでもない上から目線に、傣之丞は顔を引きつらせた。

「これでも、こっそり抗議はしておりますのよ。わたくしにだって、今まで山内を守って来た方々に対する敬意がございます。窘《たしな》めて差し上げるにしても時と場は選びますわ。ここにやって来たのは、何も喧嘩が目的ではないのですから」

まるで念を押すかのように続けられて、傣之丞はふと、直接問うのは難しいと思っていたことが今なら自然に訊けると気が付いた。

「なら、あんたは何で落女になろうなんて思ったんだ？」

「博陸侯のお手伝いが出来ればと思ったのです」

悩んだ風のない即答であったが、あそこまで不遜な考えを持つ女の本意がそんな殊勝《しゅしょう》であるわけがないと思った。

「そういう建前はいいので」

これに、落女は苦笑した。

「わたくしは、博陸侯は山内のために身を粉にして下さっていると信じております。でも、統治は決して完璧ではないとも感じておりますので、わたくしならではの方法でそこを改善出来るのではないかと思ったのです」

ここまでは、博陸侯による下問への返答とあまり変わりはない。

「あんたほどの身分なら、何も貢挙を受けなくたって高官になれたでしょう。短袍なんか着る必要もない。そっちのほうが博陸侯の手伝いとやらは進んだんじゃないのか？」

「わたくしは女ですから、蔭位の制を使って朝廷に入っても侮《あなど》られるだけだと思ったのですよ。ちゃんと任官に足る能力があると分かって頂けたら状況も変わるかと思ったのですが……今のところはその甲斐なく、お客様扱いですね」

落女は苦笑して水浅葱の袖を撫でると、足元に広げられた綺羅絵へと視線を落とした。

「でも、朝廷に入らなければ分からなかったことはたくさんあります。正式にお役目を頂いたらこのようにあちこち見て回ったり出来なくなるはずですから、ふらふらするのが許されているうちに、たくさん勉強させて頂くつもりなのです」

俵之丞が黙っていると、落女はまるで仔犬のように純真な瞳をこちらに向けてきた。

「ですから、どうかお願いです。言って頂ければ出来ることは何でもいたしますので、俵之丞殿も、新入りにご指導を頂けませんか」

俵之丞は、ふと、この女の口調には子どもをあやすかのような響きがあると思った。

まるで、そちらを傷つけるつもりはない、どうか心配してくれるな、とでも言うような――強者の立場から弱者に声をかける時のような響きだ。

それが、高貴な生まれによるものなのか、俵之丞のほうを懐柔《かいじゅう》しようとしているせいなのかは、とんと判断がつかなかった。

いずれにしろ、俵之丞のすべきことに変わりはない。

ここまで言われたのを突っぱねては、もう二度と自分のもとにはやって来なくなるかもしれないのだ。そのほうが楽だろうと思う気持ちはありつつも、治真羽記の命令と心証を思えば、ここで自分が返すべき答えはやっぱりひとつなのだった。

「――下絵の確認にお連れ申し上げましょう」

諦《あきら》めて言えば、落女の顔がぱっと輝いた。

「ありがとうございます！」

「ちょうど今度、四姫の『登殿の儀』を模した大芝居があります。その本番前の稽古に絵師や絵草子屋の店主達もやって来る予定なので、手が空いていれば来てくれと言われているんです。俺に比べりゃ、高貴なお姫さまに関してはあんたのほうがよっぽど詳しいでしょう？」

奇遇ですね、と落女は頷く。

「此度、西家から登殿した姫はわたくしの従妹です。そして、その女房としてわたくしの妹が同行する予定です」

なんてこともないように言われて、本当にこの女は高貴なお姫さまなのだと、感心するよりも先に呆れてしまった。

「なら、余計にお誂《あつら》え向きだ。あいつらに助言でもしてやって下さい」

どこか投げやりに響いてしまった俵之丞の言葉に、落女はなんとも華やかに微笑んで見せたのだった。

「わたくしに出来ることでしたら、喜んで」

博陸侯の施策により、現在、山内のいたる所に大宅座《おおやけざ》と呼ばれる舞台が設置されている。楽人の集まる地である東領《とうりょう》において腕を持て余していた者を朝廷が囲い込み、朝廷の主導のもとで作らせた芝居などを演じさせることで、字の読めない者達にもお触れや最近あった事件などを伝えられるようにしたのだ。

このように中央のお墨付きを得た楽人達は公楽《こうがく》と呼ばれているが、中央城下の場合、この公楽の意味は少しだけ異なる。

もともと、中央には芝居小屋が多かった。

湖辺《うみべ》の盛り場には小規模な芝居小屋が立ち並び、城下町には当世において最も高い名声と人気を持つ一流の役者達だけが立つことの許される大山座《おおやまざ》が構えている。

博陸侯の手によって、大山座の運営は朝廷が行うこととなり、そこで芝居をする役者達も全員公楽という扱いになった。

地方で猿の残党による被害が出た際など、緊急を要する報《しら》せの時はあらかじめ決められた演目がかかる決まりになっているが、中央発信の報せを芝居の形で喧伝する場合はそうではない。

それらの芝居の大元《おおもと》となる形も、朝廷の意向を受けてここで練られ、新作が出来た時には必ず地方の大宅座から顔役がやって来て、その内容を持ち帰るようになっているのだ。

今回上演されるのは『登殿の儀』が始まったことを知らせるための芝居である。見目麗《みめうるわ》しい四名の役者達がこれでもかと着飾って舞う姿は、公楽の制度が始まって以来、初と言えるほどの華やかさだと噂されていた。

上演直前の稽古の内容は、本番とほぼ変わりない。

違うのは、客席にいるのが地方からやって来た公楽達と、芝居を絵にするために写生の道具を広げた絵師達、そしてそれを刷る予定の版元の店主達であるということだ。

綺羅絵の世界において、登殿する四姫は表向き「四季を司《つかさど》る女神」という態《てい》を装って描かれるのが常であるが、今回は大山座で『登殿の儀』の芝居がかかるのと同時に、その様子を華やかに描いた綺羅絵も売り出される予定となっている。

つまり、実際の四姫を絵師達が想像して描くものを『四季の女神』と題して売り出すのとは別に、役者絵としても『登殿の儀』を描くことになったのだ。

大山座の芝居は朝廷の意向が色濃く反映されている上、特に今回の綺羅絵の出来は本物の四姫の印象にも深く関わって来るため、俵之丞にもお呼びがかかったのだ。

俵之丞が稽古に立ち会うのは間違いなく仕事であり、こちらの顔を知らぬ者に立場を示すためにも、官服姿で行くことに躊躇《ためら》いはない。

問題は落女のほうである。

事前にあれほど噂になっていた『傾城の落女』を連れて行けば、騒ぎになるのは免《まぬが》れまい。

だが彼女だけ着替えろと言うのもおかしいし、身分を考えれば彼女の平服姿こそ注目の的になってしまう可能性も大いにある。迷った挙句、水浅葱の官服姿で同行させることにしたのだった。

しかし、周囲の反応は俵之丞の予想を大きく上回った。

朝廷の馬で城下に乗りつけた瞬間から、すれ違った者は老若男女問わず、まず全員が振り返るほどである。

これまで俵之丞が青い短袍姿で出歩いていてもこれほどの視線を受けたことはなかったので、この注目の理由は落女の物珍しさか、あるいは単純にその落女の美貌のせいだろうと思われた。

当の本人はと言えば、注目を浴びるのにはとっくに慣れ切った風情で、全く気にしていない。

「地方の芝居は見たことがありますが、大山座の公演は初めてですわ」

「ああ、そうかい……」

大山座は山内で一番大きな芝居小屋であり、大路沿いにあるので別に道案内も必要ないため、自然と俵之丞と落女は横に並んで歩く形になった。明らかに足の長さが違うというのにこちらが小走りにならずに済んでいるあたり、微妙に気を遣われているらしいのが癪《しゃく》に障る。

今日は大山座の前には呼び込みの姿はなく、代わりに若衆が客人達を出迎えていた。

青と水浅葱の短袍姿など朝廷においては下っ端もいいところだが、ここでは官服を纏っているというだけで最も気を遣うべき対象となるのだから皮肉なものだ。

「御書所の俵之丞さままでございますね！　本日はわざわざご足労頂きまして……」

すぐに俵之丞に気付いた若衆が笑顔で駆け寄って来たが、近くなるにつれて声が小さくなり、しまいにはぽかんと口を開けて落女に見惚れてしまう始末である。

頭痛を覚えてこめかみを押さえた俵之丞に代わり、落女が笑顔で言う。

「出迎えご苦労さま。俵之丞殿をお席まで案内して頂ける？」

「は、はい」

真っ赤な顔で中に案内され、これは考えていたよりもまずいかもしれないと思ったが、全ては後の祭りである。

「やあ、俵之丞の旦那」

来てくれてどうも、とこちらを見つけて陽気に言いかけた絵草子屋の店主は、俵之丞が何かを言う前に落女に気が付いてヒュッと息を飲んだ。

思わず、と言った態で、不躾《ぶしつけ》にも澄生を指さして叫ぶ。

「『傾城の落女』だ！」

これが皮切りとなった。

さして大声ではなかったというのに、こちらに挨拶にやって来ようと腰を上げかけていたいつもの連中が、脱兎《だつと》のごとく駆け寄って来たのだ。

「ええっ、本物？」

「俵之丞の旦那、わざわざ連れて来て下さったんですか」

「これはこれは、まさかこのような場所でお目通りが叶《かな》うとは！」

「お会い出来て光栄にございます。自分は中央城下にて宝屋《たからや》という絵草子屋を営んでおりまして――」

「お芝居にご興味が？」

「おい、誰か前にいる絵師を連れて来い！　登鯉亭《とうりてい》は？　今どこにいる？」

一瞬にしてしっちゃかめっちゃかになった現場に、「止《や》めい！」と俵之丞は悲鳴交じりの大声を出した。

「こいつは確かに噂の落女だが、別にてめえらの要望に応えて連れて来たわけじゃやねえ。たまたま、たまたま！　勝手に絵師を連れて来るな、我先にと話しかけるな」

これに店主達が一斉に抗議の声を上げたので、誰が何を言っているのかさっぱり聞き取れなかった。

「何やら、歓迎して下さっているご様子」

落女が喋った瞬間、全員が操《あやつ》られたようにぴたりと口を閉ざした。

全員の視線が自分に向かっていることを確かめてから、落女は莞爾《かんじ》と微笑んだ。

「わたくしも是非、皆さんとお話ししたく存じます。しかしながら、本日はせっかくのお芝居ですもの。改めてご挨拶の場を設けて頂いても？」

これに、店主達は揃って歓声を上げる。

「もちろんです」

「落女殿のおおせのままに」

「いいですよね、俵之丞の旦那」

こいつら俺の言うことは全く聞きやがらなかったくせに、と俵之丞は苦々しく思った。

後日、絵師に澄生を引き合わせる約束をしてやると、店主達は各自用意された席へと後ろ髪を引かれた顔つきで戻って行ったのだった。

「俺、舐《な》められてんのかな……」

「皆さんから親しまれているのでしょう」

取り締まる立場においてあそこまで慕われているというのは人徳ですよ、と楽しそうに囁いてきたので、俵之丞はやけくそになるしかない。

「そりゃどうも」

――これが人徳だというのならば、この女がたった一言で男達を思い通りに操るそれは、何と呼ぶべきなのだろう？

ただ単に見目が美しいというだけではなく、この落女にはどうも、自分が他人からどう見られているのかを自覚し、それをうまく利用しているところがある。

なんとなくうすら寒いものを感じながら、俵之丞は座元や大山座の運営担当の官吏達と挨拶を交わし、自分のために用意された席へと着いたのだった。

今回、登殿の儀を模した芝居は、四家の姫君の紹介が主題であり、その舞が主な見せ場となっているらしい。

此度、選ばれた姫こそが皇后となるのだ。ぺらぺらと姫達に語らせるのも格が落ちるというもので、四姫の高貴さ、その心映えの豊かさを、それぞれが舞いのひとさしで表すことになったという。

前評判に違《たが》わず、四姫の舞は見事なものであった。

姫としての気品を失うことなく、四名それぞれに特徴を出すための音楽にも工夫がこらされている。

南家《なんけ》の姫は重厚で、東家《とうけ》の姫は可憐、北家《ほっけ》の姫は勇壮であり、西家《さいけ》の姫は繊細に表現されている。

衣装はどれもこれ以上なく絢爛《けんらん》で、金糸《きんし》銀糸《ぎんし》がふんだんに使われ、頭はいかにも重そうな見事な簪《かんざし》の数々で飾られていた。

俵之丞はもっと男達が戦ったりぶつかり合ったりする芝居のほうが好きなのだが、それでも豪華さだけで、なるほど一見の価値はあると思わされた。

大山座の役者は呆れるほどの色男ばかりで、衣装にも道具にも惜しげもなく金をかけている気配がぷんぷんする。これは地方ではどのように再現されるのかが少しばかり気になるところだ。

公楽は、この場で勘所《かんどころ》を共有して地方に持ち帰った後は自分達の舞台に合わせて内容を多少改変することが許されている。大宅座では女舞も行われるから、女に四姫を演じさせる場合もあるのかもしれないが、それはそれで姫の印象に直接影響がありそうだ。

地方で自分と同じような役目を担っているだろう役人の苦労を思って、俵之丞はほんの少しだけ同情した。

　四姫の舞が終わった後、役者達と少し話が出来ることになった。

　大山座の者が地方の公楽達に色々稽古をつけるのは、その後になるらしい。

　まずは此度の芝居に直接関わった官人らと挨拶が交わされ、有難くも、さほど待たされることなく俵之丞が呼ばれた。

　贅を尽くした衣装をまとう当代最高峰の役者が四人立ち並ぶ様は壮観である。

　息を飲まれることに慣れた役者達は、見事に口角を上げて出迎えてくれたが、そんな彼らでも――もはやこの反応は俵之丞にとって慣れっこになりつつあったが――俵之丞の背後に立つ落女を見て軽く目を見開いたのだった。

　俵之丞は咳払いをして、なんとか自分のほうに注目を戻した。

「いやあ、いい舞台でした。簪が多いのはちょっと花街っぽいと感じましたが、まあ舞台の演出のうちですんで、上も問題にはしないでしょう」

　さっさと俵之丞が職責からの所感を告げると、「貴重なご意見、ありがとうございます」と座元と四姫役の役者達がにこやかに頭を下げた。

　そっちは何かないのかと視線を向けると、落女はいかにも楽しそうに頷いた。

「素晴らしい舞でございました。わたくしの母もかつて登殿したのですが、母の話に聞いた登殿の光景が、ありありと目に浮かぶようでした」

　この言葉に座元はぎょっとしたようだったし、四姫を演じた役者達も「なんと」と小さな声を上げた。

「これは、尊い身分の姫さまにご覧頂きまして、大変恐縮にございます」

「いえ。わたくし自身はただの下っ端役人でございますから」

「であったとしても、雲の上の世界をご存じでいらっしゃる。我々には想像でしか表現できない世界でございますゆえ、的外れになっているやもと思えばお恥ずかしい限りでございます」

座元の言葉に被《かぶ》せるように、南家の姫を演じていた役者が口を開いた。

「姫さまに対し大変恐れ多いのですが、実は、登殿について気になっていることがございまして。もしよろしければ、今後のために少しばかりご質問させて頂いてもよろしゅうございますか」

「わたくしに分かることでしたら、なんなりと」

突然請われて、愛想よく質問に答える落女には生まれを誇示する押しつけがましさは全くない。

あれこれ話し始めた役者と落女から一歩引いた場所に下がると、座元がいそいそと俵之丞に近付いてきた。

「中々稀有《けう》なお姫さまでいらっしゃいますね」

感心したように言われ、「そりゃ、見た目はいいですが」とぶっきらぼうに返す。

「いえ、見た目もさることながら、こいつらを前にして、こんな泰然としていらっしゃる女性のお客さまは初めてですよ。いつもと立場が逆です。うちの連中のほうが姫さまの歓心を買おうと必死だ」

言われて気付いたが、役者からすると城下の芝居を高位貴族が見に来るということ自体が滅多にないことなのだ。これは彼らにとって、大きな伝手《つて》が手に入るかもという絶好の機会なのかもしれない。単純に役の参考にしようというよりも、ここで贔屓《ひいき》を作りたいという気持ちのほうが強いのだろう。

対する落女の振る舞いは完全にいつも通りであるのが、安心というか、呆れてしまうというか。

質問が一段落したと思しき頃、北家の姫を演じていた役者が感嘆するように呟いた。

「いやはや、やはり高貴な姫君は違いますね。生まれ育ちの卑《いや》しい我々には到底出せない気品というものをお持ちでいらっしゃる」

しかしこれに、あら、と落女は目を瞬《しばた》いた。

「育ちで申すなら、わたくしは自力で薬代が払えぬような、貧しい子らに囲まれて育ったのですよ」

父親が元山内衆ということは知っていたが、彼女の育った環境については俵之丞にとっても初耳であった。

「幼い頃のわたくしの面倒を見てくれたのも、普段は馬として働いている方でした。父とはだいぶ緩《ゆる》い契約を結んでいたようで、好きな時に人形《じんけい》に戻ることが許されていたのです。それが世間的にあまりないことであると知ったのは、恥ずかしながらかなり大きくなってからでしたけれど、今でもわたくしは彼のことを育ての親のひとりと思っておりますよ」

とんでもないことを、ごく当たり前の調子で言う。

「もしわたくしのどこかに気品などというものを感じて下さったのならば、それは身分によるものではなく、わたくしを育ててくれた彼らの誠実さによるものでしょう」

落女は、言葉もなく自分を見ている四名の役者の顔を順繰りに見やった。

「品格というものに、他者の判ずるところの生まれの良し悪しは関係ないとわたくしは信じます。実際、先ほど拝見した四姫は、血ばかりを誇る宮烏《みやがらす》などよりもよほど気品に満ちていらした。皆さんこそ、本当の気品のありかをご存じでいらっしゃるからではありませんか？」

駄目押しとばかりに、『傾城の落女』はにっこりと笑う。

「一流の表現者たるあなた方に敬意を表します。願わくば、その道が正しく幸福に繋《つな》がるものでありますように」


「よくもまあ、ああもうまく男をたらし込むもんですね……」

「まあ、人聞きの悪い」

朝廷への帰り道、厩《うまや》への道を歩きながら俵之丞が苦言を呈《てい》すと、落女はころころと笑った。

別れ際、彼女は大山座の面々に「木戸銭《きどせん》はいらないから是非また来て欲しい」と熱心に請われたのだ。

自身もかつては大役者として鳴らした座元にも「今まで数多くのお忍びの貴族とお会いしましたが、本物の宮烏という存在を初めて目の当たりにしたような心地ですよ」などと言わせる始末だ。

どこまで意図してのことかは分からないが、相当なひとたらしであるのは間違いない。

「それにしても、さっきの育ての親が馬云々の話は本当ですか」

「本当ですよ」

落女は屈託なく答える。

八咫烏が馬となるには、二通りの方法がある。

すなわち、飼い主となる者との間で契約を行い、三本目の足を特殊な紐でしばり、契約を解除するまで勝手に人形《じんけい》に戻れないようにするか。あるいは、三本目の足を斬り落とし、永劫《えいごう》人形に戻れないようにするか。

「好きな時に人形に戻れるってことは、足を縛りもしていなかったってことだろ。馬でも何でもないじゃねえか……」

「今思うとそうなのですよね。言葉こそ少なかったけれど、とても博識で頼れる方でした。あの方からわたくしは、普段物を申さぬからと言って、何も考えていないわけではないということを学んだのです」

つと、落女の顔が曇る。

「――ですからわたくし、谷間《たにあい》整備の件を強く懸念しているのです。捕まえた者は問答無用に足を斬ってお終いだなんて」

「おい！」

考えるよりも先に、咎《とが》めるような声が出た。

六年ほど前、貧民とならず者の巣窟《そうくつ》だった谷間が、博陸侯によって整備の対象とされた。詳細は伏されているが、かなり荒っぽいことをしたという噂だけは伝わっている。根城《ねじろ》を明け渡すまいとした多くの荒くれ者が命を落とし、整備が完了した後、多くの二本足の馬が朝廷所有の労働力となった事実がそれを証明していた。

もともと谷間は、罪を犯して逃げ込んだ者の多い、問題の多い貧民街であった。

朝廷では整備は必要だったとされているが、それでも俵之丞は谷間の話をする時、つい周囲を窺う癖がついている。

澄生は俵之丞の制止に耳を貸さなかった。

「整備などという上品な言葉で表すには、あれは乱暴に過ぎました。今、馬として働かされている言葉を奪われた者達は、一体どれほど深い怨《うら》みを抱えていることでしょう。例の件に関わった高官達がどうして平然としていられるのか、わたくしは全く理解が出来ません」

「や、そのくらいで……」

「何を憚ることがあるのです」

落女は、不意に鋭い眼差しで俵之丞を射た。

「谷間が強引に潰《つぶ》されたことは事実ですし、博陸侯のなさりようはあまりに性急だと感じることが多々ございます。我々は貴族を名乗るからには統治をよりよい方向へと変えていく義務があるはずです。博陸侯の威光を恐れて何も言わなければ、それこそいずれ博陸侯の統治を危うくすることになるでしょう」

わたくしは黙りませんわ、と頑固に澄生は言い放つ。

「だってわたくしはちゃんと、わたくしの口で意見を申す権をまっとうな方法で手に入れたのですもの」

その一言で、俵之丞はこれまで見えていなかったことが一気に像を結んだような気がした。

「もしや、それが理由なのか？　『博陸侯のお手伝い』？」

落女ははっきりと頷いた。

「そうです。『せめて自分に出来ることをやれ』が、母の教えですので」

「――なるほど」

澄ました言いぐさに、俵之丞は思わず笑ってしまった。

「その自分に出来ることってのが落女になって朝廷に乗り込むことってんだから、あんたも相当に極端だな」

聞く分にはまっとうな教えを施《ほどこ》した母親も、まさか娘がここまで突飛《とっぴ》な行動に出るとは想像していなかったのではないだろうか。

澄生は「なんで笑うのですか！」と不満そうだった。

「だってわたくし、貢挙に受かるほどに頭が良くて、多少物言いをつけても潰されない程度には後ろ盾が強くて、意地の悪い陰口には負けないくらい聡明で、それでいて未来への希望を失わない性格の良さまで持ち合わせていたのですもの。『せめて自分に出来ること』の範囲が広過ぎたのですわ」

「性格については今一度てめえの人生を振り返ってよくよく考え直したほうがいいと思うが、まあ、その自信の持ちようだけは間違いなく天晴《あっぱ》れだと思うぜ」

澄生のむくれた顔は、どうにも子どもっぽい。

――思っていたよりも、ずっとこの女は単純なのかもしれなかった。

「そういやあんたのお母上、今は中央にいるんでしたっけ？」

無理やり話題を変えると、それ以上こだわることなく澄生はすんなりと質問に答えた。

「父と末の弟と一緒に、貧しい方や身寄りのない方の怪我や病を癒す手伝いをしております」

「末ってことは、兄弟が多いのか」

「妹が一人に、弟が二人。上の弟は勁草院《けいそういん》の院生で、次の端午《たんご》の節句の競馬《くらべうま》の儀式に花形射手《いて》として出ることになっております」

「へえ、そりゃすごい！」

競馬の射手は、前日に狩場で行われた狩りを儀式として再現するために、土器《かわらけ》で出来た鹿を射って見せるのだ。

特に花形射手は、身分の高さと実力を兼ね備えていないと務まらないお役目なのである。

「優秀なんだな」

「自慢の弟ですわ」

　この女の弟なら、さぞかし見た目も良いのだろう。もはや嫉妬の念も起きない。

「弟はともかく、今一番心配なのは桜花宮《おうかぐう》に行く妹なのですよ」

　ふと、澄生らしからぬ声の落とし方に俵之丞は目を瞬いた。

「ああ、なんだっけ。女房としてついていくっていう……？」

「はい。母方の従妹が登殿することになったので、妹の他にも、わたくし達と親しくしてくれた女房達も同行するのです」

　これまでお伽話《とぎばなし》のようなものとばかり思っていたが、目の前のこの女にとって、登殿は身近な話題なのだ。

「過去の登殿については母から色々聞いています。その時も非常に大変だったそうですが、今回も、前回とは違った意味で大変なのは目に見えているのですよ」

　顔を曇らせたまま澄生は言う。

「本物の桜花宮は、お芝居には出来ないくらい恐いところなのです。とにかく、何事もなく帰って来てくれればいいのですが……」

　ちらりと動いた視線を追って、山の上を見る。

　――今は雲の中に隠れている華やかな女達の宮殿で、一体何が起こるというのだろう？

第二章　桂の花

「これより、登殿《とうでん》の儀《ぎ》を執《と》り行います。この善《よ》き日に、山神《やまがみ》さまの祝福がありますように」

宗家《そうけ》の筆頭女房より、粛々とした宣言がなされた。

桜花宮《おうかぐう》が藤花殿《ふじのはなどの》の板間には、若き金烏《きんう》の皇后候補たる四名の姫と、そのお付きの女房達が勢ぞろいしていた。

本来であれば、春の花の美しく咲き誇る中庭を背にして座るべきであるが、今は中庭に面した格子に簾《すだれ》が下ろされている。

代わりに鬼火灯籠《おにびどうろう》を惜しげもなく飾った室内は明るかったが、それでも、めでたい席にはどこか似つかわしくない、暗く陰惨《いんさん》な空気が澱《よど》んでいるようであった。

「最初に、どうしても言わせて欲しいことがあるの」

桜花宮における決まりごとの説明に入ろうとした女房の声を遮るように、少女のような高い声が響いた。

その場にいる全員から視線を向けられた上座には、深い紫の大袖《おおそで》の衣と華やかな裙《も》をまとう女が座している。

丁寧に結い上げられ、紫水晶で出来た藤の花の飾りが挿されている髪は世にも珍しい薄茶色だ。その瞳は鬼火のもとで明るく輝き、肌は瑞々しく皺《しわ》のひとつも見当たらず、頬《ほお》はふわりとした桜色をしていた。

すでに齢《よわい》四十を超え、じきに十五を数える息子のいる母親とはとても思えない、なんとも若々しい美女である。

この山内において最も高位にある女宮――大紫《おおむらさき》の御前《おまえ》ことあせびの御方《おんかた》は、目の前に座して自分を見上げる四名の姫に向かって口を開いたのだった。

「皆さん、わたくしの息子のためにこうしてお集まり下さり、本当にどうもありがとう。どういう結果になろうとも、わたくしは皆さんのことを我が娘のように想っております」

そして、にこりと微笑《ほほえ》んで言う。

「どうか素敵な時間をお過ごしになってね」

板の間に伏すようにして深々と礼をした姫達に、それぞれに屋敷の鍵が貸し与えられる段となった。

ここでは、朝廷において強い力を持っている家ほど先に呼ばれる慣例がある。

女房に鍵を渡された大紫の御前は、四名のうちひとりの姫に視線を止め、花びらのような唇を開いた。

「北の家の姫」

「はっ」

はきはきした声が広間に響き、勇ましいほどの勢いで裾《すそ》を払って北家《ほつけ》の姫が立ち上がる。

祝の席にふさわしい松重《まつがさね》に、梅の文様を織り込んだ常盤《ときわ》色の唐衣《からぎぬ》を合わせている。

裳《も》の上に流れる髪はたっぷりとしているがややうねりがあり、骨格からしていかにも武門の血を感じさせる体格をしている。つまりは全身固く角張っている印象で、顔は少々えらが張っていた。

「北の家当主が一の娘、鶴《たず》が音《ね》が参上いたしました！」

堂々たる名乗りを上げた鶴が音に、大紫の御前は冬殿《ふゆどの》の鍵を差し出す。

「博陸侯《はくりくこう》にはいつも大変なお心遣いを頂いております。あなたが来て下さって、とても心強いわ」

博陸侯の名前が出た瞬間、鶴が音はパッと表情を明るくした。

「必ずやそのお気持ち、博陸侯にお伝えいたします」

鶴が音がもとの位置に戻ったのを見て取り、次の姫にお呼びがかかる。

「南の家の姫」

「はい」

応《こた》えた声は落ち着いて、凛《りん》と響いた。

静かに前に進み出た姫は長身だったが、すらりと細身であるせいで、大柄だとはあまり感じない。首が細い上に姿勢が良く、白に薄青、瑠璃紺《るりこん》と色を重ねた上に波模様の入った裳を引いている立ち姿はどこか幽玄《ゆうげん》ですらある。

顔は小さかったが、鼻は高く目尻は長く引き、筆先でちょんちょんと描いたような唇は小さく、なんとも貴族的であった。

「南の家二の娘、蛍《ほたる》にございます」

「来て下さって本当にありがとう。困ったことがあったら何でもおっしゃってね」

「お心遣い頂き、御礼を申し上げます」

鍵を受け取った蛍は足音も立てず、板間を滑るようにしてもとの座所へと戻った。

「東の家の姫」

「はい！」

応える声はうきうきと跳ねるようだ。

軽やかな足取りで進み出た姫は、髪の色こそ混じり気のない黒髪であったが、その雰囲気は大紫の御前とよく似ていた。

どこか稚《いとけな》さを残す丸顔をしており、上を向く睫毛を持ったとびきり大きな目は、桃の種のような形をしている。たおやかで華奢な体つきに紅の薄様《うすよう》まで重ねられてしまっては、見る者はなんと可憐な美少女だと感嘆するほかにない。

「東の家三の娘、山吹《やまぶき》です」

愛想よく笑いかけられた大紫の御前も、それに嬉しそうに微笑み返す。

「あなたが来てくれてとっても嬉しいわ。息子とも仲良くして下さる？」

「もちろんでございます」

気心が知れたように笑い合う二人こそ、母子のような趣がある。

いよいよ最後の姫を呼ぶ段になり、つと空気が変わった。

「西の家の姫」

「――はい」

直前までの空気が和やかであった分、応じた者の声と表情の硬さが余計に際立った。

緊張を隠しきれない少女は、決して派手ではないが、いかにも知的な風貌をしている。萌黄《もえぎ》の匂《におい》に蘇芳《すおう》の唐衣を合わせ、真新しい裳の上に広がる赤みがかった黒髪は本人の気質を表したようにくせひとつない。

思慮深そうな瞳と艶やかな髪は、若く毛並みの良い雌鹿を思わせた。

その表情はどこか険《けわ》しく、どうにも憂《うれ》いを帯びて見える。

「西家《さいけ》一の娘、桂《かつら》の花《はな》と申します」

他三名の時と異なり、大紫の御前は顔を曇らせると、同情心も露《あら》わに声をかけてきた。

「大変だと思うけれども、他のお三方と互いに助けあって、どうか良い時間を過ごして下さいね。決して後悔のないように……」

「お心遣い、痛み入ります」

思いやり深い言葉にも表情を和らげることなく、桂の花はそつなく秋殿《あきどの》の鍵を受け取ったのだった。

「さて。こうして無事に登殿が叶《かな》ったこと、まずは大変喜ばしく思います」

大紫の御前が退出したとみるや勢いよく立ち上がったのは、冬殿の御方こと北家の鶴が音であった。

「とっくにご承知かと思いますが、念のため申し上げておきます。あたくしはこの度の登殿において、陛下の后《きさき》に選ばれることはございませんわ」

きっぱりと言い切って、座ったままの三姫を威圧するように見下ろす。

「その代わり、あたくしはいずれ羽母《うば》として皇子を教育する立場となる道を博陸侯に期待されております。どなたが皇子を生んだとしても、長くお付き合いすることになるのは間違いないでしょう。各々方《おのおのがた》、どうかそのつもりでいらして下さいませ」

「博陸侯のご意向は承知しております」

静かな口調で返したのは、夏殿《なつどの》の御方こと南家《なんけ》の蛍である。

「末永くお願い申し上げたいところではございますが、まずは入内《じゅだい》をしなければお話になりません」

蛍の声からは、その感情は窺《うかが》い知れない。

鶴が音の言葉に乗ってはいるが、彼女の押しの強さから距離を置いている風に見えなくもなかった。

しかし鶴が音は、どんと自らの胸を叩《たた》いてみせた。

「勿論、まずは蛍さまがつつがなく入内出来ますよう全力でお支え申し上げるつもりでございますとも！　ああ、山吹さまが側室《そくしつ》になったあかつきにも同様にいたしますのでご心配には及びませんよ」

「鶴が音さまがおいでなら何も心配ありませんね」

無邪気に喜ぶ山吹に、鶴が音は満足そうに首肯《しゅこう》する。

「博陸侯は、一刻《いっこく》も早く陛下の御子《みこ》が生まれることをお望みなのです。お二方には頑張って頂かなくては」

そして最後に、鶴が音はじろりと桂の花を見やった。

「……それにしても桂の花殿、あなたの置かれた状況には同情申し上げます」

三名の姫の視線が桂の花に集まった。

いつのまにか一対三の構図になっていることに気が付いたが、気が付いたところで、桂の花にはそれをどうすることも出来ない。

「でも、どうか恨まないで下さいましね。これも山内の安寧《あんねい》のためなのです。どうか身の程《ほど》を弁《わきま》えて、愚《おろ》かな夢など見たりなさいませぬよう、お願い申し上げますわ」

突き放した風の鶴が音の言葉に、桂の花は黙ってただ頭を下げるほかになかった。

秋殿に入るや否《いな》や、我慢の限界を迎えたように茜《あかね》が言い放つ。

「あれは、あまりに礼を失してございます」

怒りの滲《にじ》む一言に、桂の花に付き従っていた女房達がわっと追随する。

「本当、ひどい態度でしたこと」

「とても対等の立場の姫に対するものとは思えません」

「お館《やかた》さまに申し上げて、厳重に抗議するべきでは？」

自分に代わって怒ってくれる配下の気持ちは有難いものの、このままでは収拾がつかなくなりそうな勢いだ。

桂の花は諦念《ていねん》まじりに声をかけた。

「みな、落ち着きなさい。こうなるのはあらかじめ分かっていたことでしょう」

「でも、あれはいくらなんでも――」

「お前達、いいかげんになさい！」

なおも言い募《つの》ろうとする女房達に、筆頭女房の菊野《きくの》が主《あるじ》に代わって一喝《いっかつ》した。

「一番疲れていらっしゃる主人を放ってこんな所で騒いでいるなんて、それでも西家の女房ですか。まずは桂の花さまに一息ついて頂かなくては」

「菊野」

菊野は前の登殿の際にも筆頭女房として務めた、経験豊富な女房である。流石《さすが》は菊野だとほっとした桂の花に、しかし当人は粛然と続けた。

「悪口で盛り上がるのはそれからです。勿論わたくしも参加いたします」

「菊野！」

つい悲鳴を上げてしまった桂の花に対し、女房達は「流石は菊野さま！」と歓声を上げる。

思わず咎《とが》めるような視線を送ってしまったが、それを受けた菊野は苦り切った顔で弁明した。

「すみません、桂の花さま。でもわたくし、もう腹が立って仕方なくて……！」

前回の登殿でも色々な事件があった分、どうやら思うところは人一倍あるようである。

正装から小袿《こうちぎ》に着替え、あたたかい茶を出してもらったところで、ようやく人心地ついて話せるようになった。

桂の花のすぐ隣に座って茶を差し出してきたのは茜である。

浅黒い肌の、いかにも利発そうな黒々とした瞳を持つ茜は、桂の花の従姉に当たる。

その母は他でもない、前回、西家から登殿を果たした真赭《ますほ》の薄《すすき》であり、茜の双子の姉である葵《あおい》は現在、澄生《すみき》と名を改めた上で落女《らくじょ》として朝廷で働いている。

茜は、彼女の母親や姉のようないかにも華やかな美貌でこそないが、童顔ぎみで可愛らしい顔立ちをしていた。

小柄で、笑うとあどけないほどであるが、非常に真面目でいつも落ち着いているので、笑った顔は滅多に見られなかった。その表情は内面の聡明さをあらわにして、凛々《りり》しささえも感じられるほどだ。

桂の花にとって少し年嵩の茜は、頼りになる姉のような存在であった。

登殿が決まって思い詰めていた折、彼女が今回の登殿に同行してくれると分かった時は、それだけでなんとかなりそうだと思ったほどだ。

困りごとがあって相談した時はいつも冷静な意見をくれる茜であるが、しかし先ほどの三姫の態度には怒りを隠しきれていなかった。

「とにかく、鶴が音は桂の花さまに対して非常に無礼であったと思います。まるで自分こそ桜花宮の主だと言わんばかりの態度。傍《はた》から見ていて非常に不快でした」

「前回は若宮殿下の妹君が登殿を取り仕切っておられましたが、あの方よりも今日の北家の小娘のほうが、ずっと偉そうな態度でしたよ」

全く何を勘違いしているのだか、と忌々《いまいま》しそうに呟《つぶや》く菊野に、桂の花は力なく言う。

「勘違いしているというよりも、それが許されていると考えるべきかもしれません。現に、我々は何も出来ませんもの。先ほどお父さまにお願い申し上げてはどうかと誰かが言いましたけれど、今の朝廷での西家の状況を考えれば、それも厳しいでしょうね……」

茜はむっつりと押し黙り、菊野は棒を飲んでしまったような顔になった。

「――前の登殿の時とは、本当に状況が違うのだと思い知らされた心地です」

良くも悪くも前回の登殿では、日嗣《ひつぎ》の御子《みこ》たる若宮《わかみや》が誰を選ぶつもりか分からないという緊張感があったと菊野は語る。

本人がどう考えていたかは分からないが、若宮が四家の思惑を全く気にしない問題児だったのは確かであり、結局、登殿の期間は誰のもとにも通わなかったのだ。そういった意味では、桜花宮内で四姫《よんひめ》の間に明確な序列は生まれなかったとも言える。

しかし今回、趨勢《すうせい》は既に決まっている。

東家《とうけ》の姫が金烏の母という座に君臨して十余年。いよいよ順番がきたという趣で、今度は南家の姫が后として選ばれることになっていた。

――現金烏が即位するまでには、なんとも血なまぐさい経緯《いきさつ》があった。

前回の登殿において、桜花宮に通うことをしなかった若宮の名を奈月彦《なづきひこ》という。

彼は四家の力を均《なら》すという方針を採《と》り、結局、南家を出奔《しゅっぽん》した後見のない姫をわざわざ后に迎えていた。当然、蔑《ないがし》ろにされた貴族達からの覚えはめでたいとはとても言えず、即位後に志半ばで呆気なく殺されてしまったのである。

暗殺される以前、奈月彦の統治を熱心に支えていたのは、その兄である明鏡院長束《めいきょういんなつか》と、北家出身の側近である雪哉《ゆきや》、そして奈月彦の母の生家である西家であった。

長束の母であった高子《たかこ》は南家出身で、登殿の儀を経て正式に皇后となった女である。息子の長束を即位させようとやっきになっていたというのに、当の長束には全くその気がなかったのが、思えば悲劇の始まりであった。彼を足掛かりに朝廷での地位を確立しようとしていた南家系列の貴族達の反感を買ってしまったのである。

奈月彦暗殺の黒幕は、表向き、息子の践祚《せんそ》を目論《もくろ》んだ高子であるとされている。逆賊の血を引く長束は母親もろとも失脚し、代わって、位を退《しりぞ》いて隠遁《いんとん》していた奈月彦と長束の父親が金烏の座に返り咲くことになった。

そして、奈月彦の后候補としてかつて登殿していた東家の姫――あせびの君《きみ》が、返り咲いた金烏との間に、新たに皇子を設けていたことが明らかになったのである。

それこそが今、登殿の儀において皇后を選ばんとしている今上金烏代《きんじよう》、凪彦《なぎひこ》であった。

重祚《ちようそ》の後、いくらもしないうちに父が病死したことで、凪彦は若くして金烏の座につくことになった。

東家はまんまと新しい金烏の外戚《がいせき》におさまり、そのためのお膳立てを南家が整えた形である。

実際、南家が落ち目に見えていたのは暗殺直後だけであり、凪彦即位後の新体制においては、まるで高子による暗殺事件などなかったかのように南家は不動の地位を築いている。

他方、異色の動き方をしたのは、北家であった。

奈月彦の御代《みよ》から多少なりとも不穏視されていた東家と南家とは異なり、北家は主君に対して不満を持っている様子は全くなかった。

ところが、主君が死んだと分かった瞬間、北家は恐ろしいほどの変わり身の早さで、凪彦の味方についたのである。『金烏の懐刀《ふところがたな》』との呼び声が高かった北家の雪哉が、あっさり主君を弑《しい》した側に寝返ったのが一番の理由であった。

それ以降の北家の雪哉の手腕は、控えめに言ってもすさまじいものがあった。

彼は、表向き南家が沈まざるを得なかったほんの一瞬の隙を見逃さなかったのだ。

瞬《また》く間に東家との間に渡りを付け、南家よりも強力に凪彦の擁立《ようりつ》に動いた。山内において最も強大な武力を持つ北家を前にして、奈月彦暗殺に憤っていた勢力は声を上げる間もなく叩き潰《つぶ》されたと言ってよい。

雪哉は、奈月彦を支える勢力の陣頭指揮を執っていた張本人だ。陣営のどこに急所があるのかを誰よりも熟知しており、動きを殺すのに大した手間はかからなかった。

母親の煽《あお》りで失脚した明鏡院長束は新体制においても浮上出来ぬまま、西家も朝廷での力を失って今に至る。

おぞましくも天晴《あっぱ》れとしか言いようのない手腕に、西家の内部では、北家の雪哉こそが金烏暗殺の首謀者だったのではないかという噂《うわさ》まで流れているほどだ。

凪彦の即位に強硬に反対した奈月彦の正室と、その一人娘の身柄を取り逃がしたことだけが、彼の唯一の手落ちであると言われている。

逆に言えば、それ以外に雪哉のやり口に抜かりはなかったということだ。

彼の主が必死に取り上げた四家の利権を再分配する形で、雪哉は貴族達からの絶大な支持を取り付けた。

分裂する朝廷をとりまとめるためという名目で、四家のいずれにも属さず、妻帯せず、子も儲けないという意思表示のために髪を下ろし、歴代最年少の黄烏《こうう》、博陸侯雪斎《せっさい》となったのだ。

過去の黄烏には子を儲けた後にその座についた者もいたが、そういった意味で雪斎は非常に潔癖であったとも言えよう。

しかし、雪斎と北家との深い関係は疑いようもなく、今回北家から登殿した鶴が音は、雪哉の従姪《いとこめい》に当たる。万が一彼女が后となれば、私心なしと示すためのこれまでの努力が無駄になりかねないため、鶴が音には羽母となるようにという命令が内々に下されたのだろう。

東家はもともと、自ら表立って権力を握りにいくよりも、他の家との力関係を利用することを得意としている。あせびの御方が大紫の御前の地位にいる今、東家から皇后を出すのはやり過ぎの感があり、むしろその座を他の家に譲ることによって恩を売りたいと考えた結果、山吹を側室にと望んだものと思われた。

言い換えれば南家は、現体制を整えるために高子を蜥蜴《とかげ》の尻尾として差し出したことで、次の皇后の座を買い取ったとも言える。

――つまりはお偉方の間で、政治上の調整はとっくに済んでいるのだ。

南家の蛍を皇后に、東家の山吹を側室に、そして北家の鶴が音を羽母に。

登殿の儀の都合上、形式だけでもやって来ざるを得なかった西家の桂の花だけがお呼びでない。

桂の花は今の己が置かれた状況を痛いほど自覚していたし、早く家に戻りたいとも思っていた。幸いなことに、親からは無事に戻って来さえすればそれでいいと言われている。

「わたくし、どんな無礼をされても構いません。家に帰ることが出来れば、それで十分です」

桂の花が呟くと、菊野が心配そうに眉根《まゆね》を寄せた。

「……他の姫のことも心配ですが、わたくしは何より、あせびの御方を警戒すべきと思います」

「大紫の御前を？」

前回の登殿の折、あせびの御方があくどい手を使って他の姫達を陥れようとしていたとは聞いていた。

「でも、桜花宮においてわたくしは無力なのですよ？　他の姫君達と后の座を競い合っていた頃ならともかく、今になってわたくしに何かしようなどと思われるかしら」

困惑しながら桂の花が言うと、菊野は恐い顔になった。

「何が起こるのか分からないのが、桜花宮でございます。ささいなことでもあの方の勘気に触れれば、何をされるか分かったものではありません」

前回の登殿の際、あの女は真赭の薄に対し、とんでもないことをしたのだと菊野は言う。

「登殿当初こそ些細な衝突がありましたが、若宮殿下がおいでにならない時間が長くなるにつれて、真赭の薄さまは次第にあの方と仲良くしたいとお考えになるようになりました。他の姫に意地悪をされたあの方を秋殿にお匿《かくま》いになり、親切にして差し上げたこともございます」

それなのに、と菊野は唇を噛む。

茜のほうを見て何も言えなくなった菊野に、茜は静かに頷《うなず》いて見せた。

「大丈夫よ、菊野。私も知っていますから」

「……一体、何があったのです？」

思わず声を低めて桂の花が問えば、菊野に代わって茜がそれに応えた。

「母の寝所に、暴漢を引き入れたのです」

桂の花は思わず口を両手で覆《おお》った。

「そんな、まさか！」

桜花宮は男子禁制だ。

外部との書簡のやり取りさえ厳しく制限され、女宮の護衛を務める藤宮連《ふじみやれん》が、絶えず敷地内を警戒している。

そんなことが出来るわけがないと思ったが、実際、その暴漢はすぐに捕まって首を刎《は》ねられたらしい。

「誓って申し上げますが、暴漢は真赭の薄さまには触れてもおりません！」

菊野は慌てたように声を大きくしたが、ついで、がっくりと肩を落とした。

「それでも、姫さまには本当に恐ろしい思いをさせてしまいました……」

女房となってからというもの、真赭の薄は相当長い間、独り身で生きていくつもりであったらしい。

本人はそれとこれとは関係がないと言い張っていたが、奈月彦の后になれなかったというだけではなく、あの暴漢の影響もあったのではないかと菊野はずっと疑っていたのだ。

「これを口にするのは初めてですが、わたくしは随分気を揉んでいたのですよ」

菊野はぽつりと呟く。

「あの時、わたくしがもっと警戒していればと、何度後悔したか知れません。お優しかった奈月彦さまならあるいはと思いましたが、結局、側室の打診も真赭の薄さま自身がきっぱり断られてしまいました……」

だからこそ、真赭の薄が自ら望んで伴侶を得て、こうして茜のような元気な子にも恵まれたことに、菊野は本当に安堵したのだ。

「まあ、だからと言って澄尾《すみお》殿と何がどう転んでこんなことになったのか、そこは全く分からないのですが」

急に憮然《ぶぜん》とした口調になった菊野に、茜が呆れた顔になる。

「菊野ったらそれ、毎回言うよね。そんなにお父さまのことが気に入らなかったの？」

「勘違いしないで下さいまし。澄尾殿は素晴らしい方だと思っておりますよ。ただ澄尾殿のお人柄と、私が納得がいくかどうかは全く別の問題でして……」

ぽかんとする桂の花に気付き、菊野は我に返ったように咳払いする。

「個人的に思うところがないわけではありませんが、独り身で十分幸せだと笑っておっしゃっていた真赭の薄さまが、それでもなお一緒になっても良いと思えるほどの殿方と出会えたのは、紛れもなく幸運なことであったとわたくしは思っております」

だが、真赭の薄が登殿時に、大きな心の傷を負ったことは間違いないのだ。

「真赭の薄さまの名誉を守るために例の事件は伏せられましたが、それでも、暴漢を真赭の薄さまの寝所に通そうとしたのはあせびの御方なのです」

どうかくれぐれも油断なさりませぬようにと言われて、桂の花は震え上がって頷いたのだった。

登殿の儀のすぐ後には、上巳《じょうし》の節句《せっく》が待ち構えている。

山内の貴族達の間では、その家の未婚の子女のため、雛人形を作って川に流す『巳《み》の日の祓《はらえ》』が重要な行事となっていた。

娘の姿を模して作らせた雛人形を豪華な船に乗せて、朝廷内の小川に流すのだ。小川は巳の日の祓のためだけに作られた、滝の水を引いてきた緩《ゆる》やかな流れのものである。その両脇には貴族達のための座席まで用意されており、儀式の間、船がゆっくり流れていくのを見物出来るようになっている。

この行事は元来、穢《けが》れを人形に移して流し、その娘の健《すこ》やかな成長を祈願するものであった。だが、人形が豪華になるにつれ、深窓《しんそう》の姫君の面影《おもかげ》をそれとなく知ってもらうという意味を持ち始め、現在では巳の日の祓の後に縁談が進むという話がしばしばあった。

登殿の儀が行われている間、桜花宮の四姫の雛人形は儀式の主役であると言ってよい。

当然、四姫の雛人形を最も良い席で観覧するのは今上陛下である。

この儀式の後、最も気に入った雛人形の持ち主のもとに一番にやって来るとも言われており、四家は家の威信をかけて、少しでも出来の良いものを作ろうと努力するのだ。

桜花宮では登殿に雛人形を持参し、ずっと身近に置いておき、儀式の日に女房の手で舞台に並べられ、それを山内衆《やまうちしゅう》が小川まで運ぶ手はずとなっていた。

当然、桂の花の雛人形も相当の吟味を重ねて準備してあった。しかし、此度《こたび》の登殿では人形の出来不出来にかかわらず自分のもとにお渡《わた》りがあることはまずないと分かっている分、いくらか気楽な心持ちである。

登殿の儀における不躾《ぶしつけ》な顔合わせ以降、桂の花は秋殿に閉じこもるようにして暮らしている。他の三姫の間では茶会が開かれるなどの交流があるようであったが、桂の花に声が掛かることもなければ、桂の花のほうからそれを望むこともない。

幸いにも、桂の花はそれをさして苦にしない性分であった。

菊野や茜を始めとして、頼もしくも親しい女房達に囲まれているのだ。家族に会えない寂しさに目を瞑《つむ》れば、これまでの暮らしぶりとあまり変わりはない。

茶会の席で話題が出れば互いに雛人形を自慢しあうような場面もあったかもしれないが、どうせ他の姫と顔を合わせたところで嫌な思いをするだけなのだ。それくらいなら、このまま誰とも関わりなど持たぬまま、無難に登殿の期間を終えたいと思っていた。

そんな状況が変わったのは、いよいよ上巳を明日に控えた朝のことであった。


「大紫の御前が……？」

雛人形を持って藤花殿に集まるように、という藤宮連から伝えられた命令に、桂の花は己の耳を疑った。

「それは、今すぐにということか？　いささか急なのでは？」

信じられないという顔をした菊野が問うも、宗家に忠実な女官は顔色を変えぬまま「はい」と答えた。

「運び出しを明日に控えた今ならば、全ての支度が整っているだろうとのおおせでございます。大紫の御前のお気遣いであるとお考え下さいませ」

この期《ご》に及んで、まだ支度が出来ていないからなどという理由で断ることは許されない。

命令には従うほかになく、困惑しながらも雛人形と共に藤花殿に向かうと、夏殿と冬殿の女房達も大慌てで人形を運び入れているところであった。

蛍と鶴が音の姿はまだなかったが、山吹は一足先に雛人形を並べ終わり、ひとりだけ悠々《ゆうゆう》と座って他の姫を待っているところであった。

自分から挨拶すべきか逡巡《しゅんじゅん》しているうちに、山吹と目が合ってしまった。

「ご機嫌よう、秋殿の御方」

山吹のほうから屈託《くったく》なく笑いかけられて、桂の花は一瞬面食《めんく》らった。

「春殿《はるどの》の御方は、お早いお着きでございますね」

「それが、ちょうどわたくし、大紫の御前に雛人形をお見せしていたところだったのです」

少しばかり困ったように彼女が言うには、山吹の雛人形を目にした大紫の御前が、「せっかくなら他の姫の雛人形も見てみたい」などと言い出してこのような次第となったらしい。

わずかに声をひそめて、山吹は申し訳なさそうに言う。

「結果、急なお声がけになってしまって、ごめんなさいね」

「いいえ。春殿の御方が気になさるようなことではございませんので……」

上座から見えやすいように設置された山吹の雛人形は、その仮名《かりな》の表す通り、鮮やかな黄の連なりが美しい山吹の匂を基調とした装束をまとっていた。

子どもっぽくならない程度に紅の刷《は》かれた頬はふくふくとして、笑《え》みを湛《たた》えた唇は明るい桃色だ。彼女の華やいだ雰囲気をよく表した雛人形である。

そうこうしているうちに、鶴が音と蛍のものも、その隣に並べられた。

蛍の雛人形は、装束も小物もとにかく繊細で格調高くまとめられている。

襲《かさね》の色目は藤であり、唐衣こそ白であるものの、なんとも挑発的なことに禁色《きんじき》にぎりぎり引っ掛かるか引っ掛からないかの紫を各所に用いている。人形はどこか澄ました顔をしているが、それが全体の色調とよく合っていた。

山吹と蛍の人形の出来が良い一方、鶴が音のものはなんとも面白みがない。

一目で高級と分かる重厚な織物を贅沢に使っているが、全体的にかなり地味な色目に抑えられており、その顔立ちもあまり本人に似てはいなかった。

「おや、秋殿の御方が昼日中に顔をお見せになるとは珍しい」

雛人形を見つめている間に、その元になった張本人達が連れ立ってやって来た。

挨拶もそこそこに桂の花を珍獣扱いしたのは鶴が音である。

背後の菊野が微妙に殺気立つのを感じながら、桂の花は「大紫の御前のお呼びでしたので」と控えめに言うに留めた。

蛍は軽く目礼を寄越しただけで、特にこちらに絡《から》むでもなく、さっさと自分の雛人形の後ろの座所へと座る。

しかし、鶴が音は自分の座所に向かうことなく、ひとり上座に回り、真正面から四体の人形をじろじろと見比べ始めた。

無遠慮な眼差《まなざ》しに居心地の悪い思いをしていると、鶴が音は桂の花の雛人形の前で足を止め、露骨にぎゅっと眉を寄せた。

「これは……」

言いさして、今度は口をへの字にして、人形の前に屈み込む。

桂の花の雛人形は、薄蘇芳《うすすおう》を重ねた牡丹《ぼたん》の襲《かさね》をまとっている。

深い光沢のある蘇芳の衣は西領《さいりょう》の特産とも言えるものだったが、この時期に合わせると重くなるため、春らしさを優先して軽やかに仕立て上げたのだ。

宝冠は西領の職人達が全力を尽くしてとびきり細やかな細工にしてくれた。

身内の贔屓目《ひいきめ》を抜きにしても、上品で趣味の良い雛人形になっていると思う。

「あの、当家の人形に何か……？」

痺《しび》れを切らした菊野が声をかけると、鶴が音は姿勢を正して言い放った。

「この雛人形はいけません。今から、もっとお立場にふさわしいものに作り直して頂きたい」

えっ、と桂の花は思わず声が出た。

直接問うた菊野も一瞬啞然《あぜん》として、すぐに「馬鹿な」と言い返した。

「一体、どこが問題だというのです」

「言わなければ分からないのですか？」

菊野を心底軽蔑する目で見て、鶴が音は言い放つ。

「蛍さまのものよりも派手で目立つではありませんか！」

いずれ皇后たる方を差し置いて、分《ぶん》を弁えない振る舞いだ、と。

冗談でも言っているのかと思ったが、鶴が音は大真面目だった。

桂の花は、動揺しながらも反論した。

「しかし……お分かりでしょう。現実的に考えて、今から作り直すなど不可能です」

縫い上げるだけでも、最低二月《ふたつき》はかかる。

小物は一年以上前、布や柄の選定などを含めるともっとかかっているのだ。それを明日までにやり直せというのは、どう考えても無茶である。

「知ったことではありません。ちゃんと準備が出来ていないあなた方が悪いのです」

自分だって同じような工程を踏んで人形を作ったのだろうに、鶴が音の反応はそっけない。

「こういう時こそ、職人の西家の本領発揮なのでは？　顔や髪の素材は使えるのですから、女房総出で頑張れば、最低限、明日までに見られるものは出来るはずです」

「そんな……！」

いくらなんでもあんまりだと叫びそうになった時、それまで微動だにしなかった蛍が動いた。

「お止め下さい、鶴が音の君。わたくしは、秋殿の御方の雛人形がことさら目立っているとは思いません」

自分が立てたつもりの蛍の君に窘《たしな》められて、鶴が音は少しく怯《ひる》んだ。

「しかし――」

「大紫の御前のおなりにございます」

鶴が音はなおも何か言おうとしていたようだったが、藤宮連の言葉を受けて、慌てて自身の座所へ向かった。

四姫の準備が整ったのを見計らったように、大紫の御前が姿を現す。

こちらの心中など知るよしもなく、並んだ四体の雛人形を見て、わあ、と無邪気な歓声を上げる。

「どれも本当に素敵！」

私的な場であるせいだろうか。儀式の時に比べて、大紫の御前がその身に纏《まと》う衣はぐっと砕けたものとなっている。

白から薄紫、濃紫の色を重ねてゆるりと流し、淡い色の髪をやわらかに解き放したその姿は、あまりに神々しく華やいで見えた。

山吹は彼女によく似た美人だと思ってはいたが、こうした格好をされると、大紫の御前の若さと美しさが異常なほどであることがよく分かる。

似たような色を上手に使った蛍よりもはるかに高貴で、二十以上若い山吹よりもあどけなくすら見えるのだから恐ろしい。

若かりし頃のあせびの御方と、他の三姫の容姿は全く見劣りしなかったと聞くが、かつての登殿はどれだけ華やかであったのだろうと、桂の花はしびれたような頭で思った。

ようやく人形から目を離した大紫の御前は、その持ち主達に朗《ほが》らかに笑いかける。

「急なお願いにもかかわらず、こうして大切なお人形をお見せ下さって感謝いたします」

「いいえ。陛下にもご覧頂く大切な雛人形でございますもの。大紫の御前がご確認になりたいとお考えになるのは当然のことかと」

誰よりも早く言った鶴が音に、「そう言ってくれるとありがたいわ」と大紫の御前は機嫌よく返す。

「本当は、前から是非拝見したいと思っていたのだけれど、まだ準備が出来ていなかったら申し訳ないと思って控えていたの」

「そんな、遠慮なさらずともよろしかったのに。登殿に際して万全に支度を整えておくのは当然でございますれば！」

言いながら鶴が音は、ちらりと当てつけるような視線を桂の花に寄越した。

「でも、わたくしが登殿した時にはまだ雛人形がなかったのよ」

大紫の御前に苦笑ぎみに言われて、自信満々に返答していた鶴が音は固まった。

「それは……」

「ああ、大丈夫よ。ちゃんと儀式には間に合ったわ。わたくしは姉の代わりとして登殿したものだから、大急ぎで作り直さなければならなかったの」

上巳の直前に雛人形が送られてきたので、巳の日の祓において東家が恥をかくことはなかったが、急だったので仔細は本人にも知らされていなかったのだという。

「お恥ずかしいことに、わたくしはずっと東領《とうりょう》の別邸で暮らしていたものだから、中央貴族の巳の日の祓についてよく知らなくて。自分の雛人形として、こんなに小さな形代《かたしろ》流しに使うものをお出ししてしまったわ」

もの知らずの田舎者だったの、と、現在山内において最も力のある女君は、両の掌《てのひら》をそっと重ねてはにかんだ。

「とっても恥ずかしかったのだけれど、その時に雛人形について詳しく教えて下さったのが、あなたの叔母さままでいらっしゃる真赭の薄さまだったのよ」

そう言って桂の花に笑い掛け、幸せな過去を懐かしむように両眼を細める。

「まるで、昨日のことのようによく覚えているわ」

鋭く息を飲む音がした。

思わず視線を向ければ、すぐ横の菊野が急な病かと疑うほどに真っ青な顔をして、視線を床に落としていた。

そんな菊野には全く気付いた風もなく、大紫の御前は邪気のない笑みを浮かべたまま、四姫のひとりひとりへと目を向ける。

「色々あったけれど、そうやって一緒に登殿したお友達に親切にして頂いたおかげで、わたくしはこうして今、ここに立てているのです。人生は、何が起こるか分からぬもの。それぞれの配下の方も同じよ。皆さんもどうか、お互いを思いやって、仲良くお過ごしになってね」

——彼女の過去の行いを知っていたとしても、この場において、一体誰が反駁《はんばく》することなど出来るだろう。

姫達と女房は、揃って深々とお辞儀をしたのだった。

満足気にその様子を見やり、大紫の御前は軽やかに立ち上がる。

「お人形、どれもとっても素敵でした！　きっと、息子も気に入ると思うわ」

そして、どこか悪戯っぽく付け加える。

「孫の顔を見られる日を、本当に楽しみにお待ちしています」


結局、桂の花の雛人形は、どこにも手を加えることなく儀式の場へと運ばれて行った。

つつがなく朝廷において巳の日の祓が終了したと聞いた時には、桂の花は全身から力が抜けて、しばらく立てなくなるほど安堵したのだった。

そして上巳の後、さして日を置かずして金烏代よりお召しの声がかかった。

案の定、最初に声がかかったのは、南家の姫、夏殿の御方こと蛍の君であった。

「まあ、予想通りでございますね」

どこか不満気に言った菊野に、茜は苦笑した。

「ここで桂の花さまのほうにお声がけがあっても困るでしょうに」

「それはそうなのですけれど。どう考えても人形の出来は桂の花さまが一番でしたので、なんだか悔しくなってしまって……」

西家は職人をことさら大切にする家だ。

四姫の雛人形の出来はそれぞれの家の威信をかけて作られるが、西家の手掛けた桂の花の雛人形は、そもそも職人の腕が違う。

確かに、見る者が見れば「質が良い」と分かるものなのだ。

鶴が音に目を付けられたことを思えばわざと地味なものにするべきだったのかもしれないが、それでも西家の誇りにかけて、最高のものを出すべきだと思ったのだから仕方がない。

雛人形の出来は桂の花だけの問題ではなく、多くの貴族達が見るものなのである。

ただでさえ西家系列の者は肩身の狭い思いをしているというのに、この上、恥ずかしい思いはさせたくないという気持ちは確かにあったので、ああしたことに後悔はない。

実際に並べられたものを思い出してみると、鶴が音の雛人形は他の三つに比べて確かに地味であった。

嫌がらせではなく本気で桂の花の雛人形は華美に過ぎると思ったのかもしれないが、それにしたって一目置いている相手にあんなことを言うはずもなく、やはり桂の花の桜花宮における立場が低いのは疑いようのない事実なのだ。

「上巳のことについて、あれこれ考えるのはもうよしましょう。あの人形が無事に巳の日の祓で使えただけでわたくしは満足よ」

桂の花が言うと、菊野は苦い顔をして黙り込んだ。

主が閉じこもっているからと言って、その配下の女房達まで秋殿から出ないわけではない。

むしろ、気を利かせた秋殿の女房達は積極的に噂話を集めてくるようになり、陛下のお渡りについても色々と聞こえて来るようになった。

蛍の君へのお渡りは、本当に何事もなく終わったらしい。

陛下がやって来る際、門から目当ての姫の居室までの道は鈴と紐で飾られ、他の屋敷に続く門は閉め切られることになる。

最初のお渡りでは語り合うだけと決まっているものの、ふたりが会っている間は筆頭女房すら同席は許されず、次の間にて主人に呼ばれるのを待たなくてはならない決まりがあった。

当然、何を話したのか、どのような様子だったのかを直接見聞きする術はないわけだが、それでも大きな問題はなく、再びの来訪を約束して陛下が帰ったという情報は伝わって来た。

それからいくらの間も置かず、今度は春殿の山吹のもとにお渡りがあった。

その一報を聞いた時も、菊野はやはり悔しそうだった。

「山吹の君よりも、桂の花さまのほうが絶対にお美しいのに！」

これには、思わず桂の花も笑ってしまった。

「それは贔屓目が過ぎるというものよ」

菊野が本気でそう思ってくれているのは分かっているのだが、ついどこかで、真赭の薄さまではあるまいし、と思ってしまう自分もいる。

桂の花は、自分の顔を気に入っているし、己は決して不美人ではないとも思っている。

だがそれと同時に、絶世の美姫《びき》と称された叔母に比べればどうしたって見劣りがするとも思っていた。

それに、単純に四姫の見た目を比べたら一番見目《みめ》がいいのはどう考えたって山吹だろう。

桂の花と鶴が音は本家の生まれであるが、山吹と蛍は系列貴族の中で見繕《みつくろ》われた養女であると聞いている。

現南家当主には年頃の娘がいなかったので家の関係を考慮して蛍が選ばれたが、山吹に至っては、その優れた容姿を買われてわざわざ傍流《ぼうりゅう》から選ばれたらしい。

実際、山吹の君の見た目は愛くるしく、その性質も明るく朗らかで、桂の花に対しても同情的に振舞ってくれている。

なんとなく、陛下が実際に女性として好きになるとしたら、それは山吹なのではないかという予感があった。

山吹のもとへのお渡りも特に問題なく終了し、さて、今度は再び蛍に声が掛かるものと思っていた矢先、ささやかな番狂わせがあった。

なんと、入内はないと再三言われていた鶴が音のもとにもお渡りがあったのだ。

おそらくは北家への義理を果たすためと思われたが、それまで、陛下のお渡りについては「つつがなく終わった」「次の来訪を約束した」程度にしか流れて来なかった情報が、これを機に一気に増えることになった。

情報源はひとつしかない。鶴が音である。

「何も、あたくしにまでわざわざお渡り頂かなくても結構ですのに！」

そう言いつつも、鶴が音は自分にお渡りがあったことに喜びを隠せず、配下の女房らに陛下との一夜を事細かに語って聞かせているようだった。

なんでも、髪の色は光り輝くように淡く、中々の美男子で、思いやり深くて、「金烏にふさわしいお方」らしい。

もともと、自分が桜花宮の女主人になったかのごとき振る舞いをすることはあったが、陛下のお渡りを受けて以降の鶴が音はあきらかにはしゃいでいるというか、どうにも目に余る部分があった。

「蛍の君も、鶴が音の君の口の軽さを問題視していらっしゃるという噂がありますね」

茜の言葉に、菊野は「そりゃそうですよ」と怒ったように言った。

「冬殿の御方の振る舞いは、いずれ和子《わこ》さまの羽母となる者とはとても思えません。主君の見目について品定めのような真似をなさるなんて、もってのほかでございます」

噂は真であったらしく、それからしばらくして、鶴が音が茶会において蛍から苦言を呈《てい》されたようだと伝わってきた。

だが、それでも鶴が音は自分の振る舞いの何が問題かを理解出来なかったらしい。

「お気持ちはお察しいたしますが、どうか見当はずれな嫉妬などお止め下さい。あたくしはあくまで羽母となる身なのですからね！」

そのように返されたという蛍がどんな顔をしていたのか、桂の花は想像するしかない。

次の皇后と目される蛍の苦言すら聞かない鶴が音を他の誰かが止められるはずもなく、面倒ごとを避けるために、桂の花はとにかく冬殿とだけは関わらぬようにと女房達にきつく命じたのだった。


それは、あたたかな春の昼下がりだった。

いつも通り、実家から送られてきた書を読んでいると、バタバタと桜花宮ではあまり聞かない足音が近づいて来た。

「大変です、桂の花さま！」

足音の主は茜であった。

いつもは菊野よりも大人びたところのある従姉の珍しい姿に、何か尋常でないことが起きたのだと悟る。

「どうしたの」

「秋殿に、陛下のお渡りがございます」

一瞬、何を言われたのか分からなかった。

「どういうこと？　秋殿に？　わたくしのところに、陛下がいらっしゃるというの？」

思わず裏返ってしまった確認の声に、茜は重々しく首肯した。

「明日の晩だそうです。今、菊野が急いで準備を整えています」

耳を澄ませば、お渡りがあると女房達にも報《しら》せが行ったのか、秋殿のあちこちで悲鳴が上がっているのが聞こえる。

　無言のまま見つめ合い、桂の花は弱々しく呟いた。

「――何かの間違いではないの？」

「残念ながら間違いではございません。四家への礼を失しないように、最初は全員に声をかけようという算段なのでしょう」

　あちらにどういう意図があるにせよ、反射的に桂の花は「会いたくない」と思ってしまったが、こちらから断る術などあるわけもない。

　それから丸一日かけて、迎えの支度を整えることになった。

　陛下を饗応《きようおう》する部屋は隅から隅まで清められ、最高級の漆器を持ち出し、指のあとひとつ残らないように完璧に磨き上げられる。

　鶴が音にお渡りがあった時、車の到着する舞台に面した土用門《どようもん》から冬殿までの廊下に鈴が飾られたのを目にしていたが、今度はその鈴が秋殿まで飾られたのだ。

　現実感のない光景にくらくらしてしまう。

　今になって、今上陛下とふたりきりにさせられるのだという実感が湧いてきたが、こんな時に思い出されるのは、よりにもよって叔母の寝所に忍び込んで来たという暴漢の話なのだからひどい。

　兄弟や父とだって、閉ざされた空間にふたりきりにさせられたことなどないのだ。

　その最初の相手が、よりにもよって叔母に暴漢を差し向けた大紫の御前の息子で、桂の花にとっても大切な人を殺してその座についた男で、しかも今後一緒になることが絶対にないとされている相手なのだ。

日が傾《かたむ》いた頃になり、まだ冷たい水で禊《みそぎ》をし、湯殿《ゆどの》で体を洗い清めた後、まだ一度も袖に手を通したことのない萌黄の一装《ひとよそおい》を身に着ける。

淡い緑の領巾《ひれ》を背後から腕にかけて来た茜に、思わず桂の花は囁《ささや》いた。

「茜ねえさま。わたくし、恐い」

つい、いつもの調子で呼びかけてしまった。

茜はふと手を止めると、わざわざ桂の花の真正面に回り込み、いつの間にか細かく震えていた桂の花の手を取った。

「――大丈夫よ、桂の花。私も菊野もすぐ次の間に控えています。もし何か嫌なことをされたら遠慮なく声をお上げなさい。陛下なんか、ねえさまがぶっ飛ばしてあげるわ」

「でも」

「家のことは忘れて大丈夫。あなたが何をしたところで今更大して変わりはしないし、もし陛下があなたに恐い思いをさせたら、西家の者はそのことにこそ怒り狂うでしょう」

いいわね、としっかり手を握られながら囁かれ、桂の花は泣きそうになりながら「うん」と頷いたのだった。

そして、いよいよその時がやって来た。

女房達が次の間へと引っ込んでから桂の花がその手で閉めた鍵の音が、やけに大きく聞こえた。

完璧に準備が整えられた静まり返る板間で、桂の花はぽつねんと座して若き金烏の来訪を待った。

儀礼的に整えられているだけとは言え、酒席の場の奥に整えられた御帳台《みちょうだい》が重苦しい存在感を放っている。

やがて、静まり返った空間に、廊下を踏みしめる音が響いた。

閉め切られた扉の前で、待ち人の来訪を告げる鈴の音が鳴る。

金烏代お付きの女房――藤宮連の声がかかった。

「陛下のおなりにございます」

お渡りを受け入れることを示すためには、姫本人が鍵を開けて金烏を歓迎する意思を示さなければならない。

緊張のあまり出迎える手順も何もすっ飛んでしまったが、慌てて戸に向かい、鍵を開く。

藤宮連によって押し開かれる扉を前に、さっとその場に跪《ひざまず》いて頭を下げた。

「顔を上げられよ」

響いたのは、声変わりに差し掛かった、やわらかなかすれ声だ。

恐る恐る視線を上げた先、鬼火灯籠の光に照らされる中に立っていたのは、思いのほか静かなたたずまいをした少年であった。

「迎え入れてくれてありがとう、桂の花殿」

そう言った彼こそが、今上金烏代、凪彦であった。

手足が細く、まだ背が伸びきっていないのが明らかな体つきをしており、首のあたりがなんとも頼りない。顔立ちそのものは彫りが深く、きりりとした形の眉をしているのに、母親譲りの薄い髪色も相まってか、どこかぼんやりとした印象がぬぐえなかった。

無事に凪彦が迎え入れられたのを見て取り、藤宮連が控えの間へと下がっていく。

鍵を閉め、凪彦と桂の花は本当にふたりきりになった。

用意した席に座った凪彦に酒を供しながら、桂の花はどこか狐につままれたような気持ちだった。

桂の花が対面に座るのを待ってから、凪彦は口を開く。

「まずは、登殿に応じてくれたことに礼を言う」

「そんな、もったいなきお言葉でございます」

桂の花は自分でもやり過ぎと思えるほどに深く頭を下げた。

「こちらの生活で何か困っていることなどはないか？」

「何もございません」

そう答えても言葉が上滑りするだけと分かっていたが、他に言いようがないのだから仕方ない。

あちらも緊張しているのか、そうか、という一言で、会話が完全に途切れてしまった。

手持ち無沙汰に凪彦が酒を飲んだ時、気まずい沈黙に耐えかねて、つい桂の花は呟いてしまった。

「まさか、わたくしにまでお渡りがあるとは思ってもおりませんでした……」

　ぴくりと、酒器を摑《つか》む手が震える。

「――ないほうが望ましかったか？」

「とんでもないことでございます！」

　失言だったかと震え上がった時、そっと酒器が漆塗りの高坏《たかつき》に置かれた。

「そのような要望があるなら、今ここで正直に言ってもらって構わない。どこまで聞き入れられるかは分からないが、出来る限りそなた達には誠実でありたいと思っている」

　桂の花は目をぱちぱちと瞬き、目の前の少年の顔を見た。

　少年は力なく笑っていた。

「こうして他に聞く者がいない状態であなたと私が話せるのは、これが最初で最後になるやもしれぬ」

「それは……」

　思いがけず踏み込んだ話になり、桂の花はたじろいだ。

　凪彦は訥々《とつとつ》と続ける。

「私は此度の登殿を経て、南家の姫を皇后に、東家の姫を側室に迎えるだろう。そして北家の姫は新たに生まれた子の羽母におさまる。そなたらの容貌や内面の良し悪しとは何の関係もなく、すでにそのように決まっているのだ。それなのに、そなたにはこのような場所にわざわざ来させてしまったことを心苦しく思っている」

どんな男かと思っていたが、少なくとも愚鈍ではないし、悪いひとでもないようだ、と思った。

「誰のもとに渡るかも、私の一存では決められぬ。今後、もしあなたが私の来訪を望み、それが叶わなかったとしても、それはあなたに不足があったわけではないということはどうか理解して欲しい」

困り果てたような顔で言う姿には、傲慢《ごうまん》さの欠片《かけら》も感じられなかった。

「そこまでお心遣い頂けるとは……恐縮でございます……」

躊躇《ためら》いながらもそう返すと、うん、と軽く頷かれる。

「今日はそれを伝えるために参ったのだ。私に何を言われても虚しいだけであろうが、許せ」

許せという割にその表情からは何を思っているのか窺い知れなかったが、さりとてこちらを騙《だま》そうとしているようにも見えず、なんとも言えぬもの悲しさがあった。

結局、その晩はそれ以上、深く踏み込むことは出来なかった。

桂の花はぽつぽつと家のことを語り、凪彦は時々それに相槌《あいづち》を打つだけで、自分から何かを熱心に語ろうとはしない。

夜明けが近付き、桂の花としても話せることは何もないという頃合いになって、凪彦は「そろそろ良かろう」と立ち上がった。

「今宵はあなたと話せて良かった」

藤宮連を呼び、護衛の支度が整うのを待ちながら凪彦は別れを告げてきた。

「さようなら、桂の花殿。どうか健《すこ》やかにあれ」

なんの未練もなく閉まった扉を前にして、桂の花はしばらく動けなかった。

ややあって、「桂の花さま?」と、隣室から菊野の声がした。

「もう入ってもよろしゅうございますか……?」

「ああ、ごめんなさい。もう大丈夫よ」

そういった瞬間、間髪《かんはつ》入れずに戸が開き、心配そうな顔をした茜と菊野と女房達が雪崩《なだれ》を打って駆け込んで来た。

「大丈夫ですか、桂の花さま」

「お声が小さくて何をお話しになっているのかよく聞こえず……」

「何か嫌なことを言われたりされたりしませんでしたか」

矢継《やつ》ぎ早《ばや》に問われ、ようやくいつもの調子を取り戻してほっと息をつく。

「わたくしは大丈夫よ。何も問題はなかったわ」

会う前の懸念は、全て杞憂《きゆう》に終わった。

凪彦が、本音と思しき部分でこちらに気を遣ってくれるとは夢にも思っていなかった。素直に認めたくはなかったが、不思議な魅力のある少年だった、と思う。

うっすらと、とんでもない嫌な男に違いないと思っていた自分に気付き、いや、むしろ嫌な男であって欲しいと願っていたのだと気付かされた。

思えば、凪彦については悪いほうにばかり事前に聞かされる情報が多く、どんな男かを真剣に考えたことは今まで一度もなかったかもしれない。

――兄が暗殺されたことでその座についた、博陸侯の操り人形。

実際に会ってみると、何故か手助けしてあげたくなるような空気をその身にまとっていた。あの年にしては少年らしい溌剌《はつらつ》さがなく、何か、全てを諦《あきら》めきってしまっているような空虚さが、見る者にそのような印象を与えるのかもしれない。

男として魅力的であったとか、恋心を抱いたとかとは全く違うけれど、少なくとも人として好感を抱いてしまった自分が、桂の花は信じられなかった。

秋殿にお渡りがあったことは、瞬く間に桜花宮中に知れ渡った。

本人ですら予想出来ていなかったのだ。どの家も、不測の事態に慌てふためいているのは手に取るように分かった。

桂の花は余計なことを一切言わなかったが、しかし、それで許される立場でもない。

それからいくらもしないうちに、登殿して初めて、蛍から茶会への招待があった。

固辞しようとしたものの、何度かのやり取りをして、これ以上は本当に角《かど》が立つというところまで来てしまい、とうとう桂の花は蛍の茶会に出席せざるを得なくなってしまった。

恐る恐る出向いた夏殿の主殿に入った瞬間、桂の花は思わず息を飲んだ。

「ごきげんよう、秋殿の御方。どうぞお座りになって下さい」

そう言って桂の花を出迎えた蛍の両脇には、山吹と鶴が音が打ち揃っていたのだ。

まるで尋問を受けるかのように、問答無用《もんどうむよう》に下座へと通される。

ある程度覚悟していたとはいえ、三姫が並んでいるのを見た瞬間、慄《おのの》くのを通り越して、何故か笑いたくなってしまった。少し前なら本当に恐かっただろうが、凪彦がやって来る直前の恐怖を思うと、どこか余裕がない顔をしている姫達は、なんだか可愛く思えてしまったのだった。

だが、そう思っていたことがどうも表情に出ていたらしい。

桂の花が口を開くよりも先に、鶴が音が厭味《いやみ》ったらしく苦言を呈してきた。

「陛下からお渡りがあったことで調子に乗っているようですね、桂の花殿」

「そんな、まさか」

慌てて否定する桂の花に、蛍と山吹は表情を変えなかったが、鶴が音は一段と目元を険《けわ》しくした。

「勘違いなさらないで下さいまし、秋殿の御方。陛下がいらっしゃったのは、あくまで西家の面目を保って差し上げるための気遣いに過ぎません。決して、陛下のお気持ちゆえではないのですよ」

居丈高《いたけだか》な鶴が音に、桂の花は殊勝《しゅしょう》に応じた。

「承知しております。陛下にもそのように言われましたので」

「――陛下と、そこまで踏み込んだお話を？」

思いがけず、蛍が声を上げた。

おや、と思ってそちらを見れば、先ほどまで無表情だった蛍は、わずかに顔を強張《こわば》らせていた。

もしやこれはまずい話だったかと思ったが、口にしてしまった以上はどうしようもない。

「踏み込んだ話と言えるか分かりませんが、今回いらっしゃったのは、家の関係を考慮してのことであるとおっしゃられました。ですので、今後わたくしのもとに陛下がお渡りになることはございませんでしょう」

これで溜飲《りゅういん》を下げてくれればいいと思ったのに、鶴が音は口を真一文字にし、蛍も黙りこくってしまった。

山吹が、おずおずと口を開く。

「家の関係についてなど、わたくしは恐れ多くてとてもお話し出来ませんでした。どういった流れでそこまでのことを話し合うまでになったのか、少し気になります」

「流れも何も……。冬殿の御方のおっしゃる通り、陛下がわたくしの立場に気を遣っておっしゃって下さったというだけです」

「そうですか」

こちらはそうとしか言えないというのに、山吹も納得のいかない面持ちをしている。

「あくまで、白《しら》を切るおつもりなのですね？」

鶴が音は、明らかに癇《かん》に障《さわ》った様子で桂の花を睨《にら》みつけた。

「白を切るなどとんでもない。わたくしはただ、何事もなく家に帰りたいだけです」

「本当にそうお考えならば、秋殿の御方はお渡りを辞退すべきだったのですよ」

「そんな……」

上巳の一件といい、出来るはずがないことを、どうしてそう簡単に言えるのだろう。

鶴が音は止まらなかった。

「分不相応な雛人形を作ってきたことを考えても、桂の花殿は自分の置かれた立場がまるで分かっておられないように見えます。どんな淫《みだ》らな手《て》管《くだ》を使ったかは知りませんが、陛下を自分の思い通りに出来るなどと勘違いなさらないことです」

これ以上、どう弁明したらよいのか分からない。

冷え冷えした空気に声が出ないでいると、「恐れながら申し上げます」と、すっと桂の花の前に進み出た者があった。

茜である。

「我が主は、別に白を切っているわけでも、陛下に対して恥ずかしい手管とやらを使ったわけでもございません。淫らなど、そんな発想が出て来る鶴が音さまのほうこそ己を恥じるべきなのではございませんか？」

「たかが女房の分際で、なんと身の程知らずな……！」

顔を真っ赤にして叫んだ鶴が音に、桂の花は慌てた。

「茜、もういいから」

「失礼いたしました」

しれっとしつつ、言葉と仕草だけは丁重なまま茜が引き下がる。

だが、この茜という名前に鶴が音は目を瞬き、「ははあ」となんとも嫌な感じに笑った。

「なるほど？　そなた、山烏《やまがらす》のもとに下賜《かし》されたという、先代の秋殿の主の娘か」

視線を伏せたままだった茜の肩が、ぴくりと動いた。

鶴が音は、扇を広げてせせら笑う。

「山烏なんぞの子だから、貴族の礼儀がまるで分かっていないと見える。絶世の美姫と呼ばれた西家の姫も没落を苦にして、娘の教育すらままならなかったと思えば憐《あわ》れなことよ」

茜が顔を上げるよりも早く、菊野が声を上げるよりも先に、桂の花は叫んでいた。

「無礼者！」

桂の花さま、と驚く茜を庇《かば》うように桂の花は立ち上がる。

「そこもとが山烏と蔑《さげす》んだ澄尾殿は、その腕ひとつで勁草院《けいそういん》を首席で卒院し、正式に貴族の位を得たお方であるぞ。真《しん》の金烏陛下のもとで最側近にまで上り詰められた素晴らしい殿方に、一体何の不足があろうか。己で伴侶を見出されて、望み通りの夫を得た真赭の薄さまをうらやましく思うことはあれど、見下げる理由などありはせぬ！」

つられたように鶴が音も立ち上がる。

「何が素晴らしい殿方だ。任務中に下手を打って、二目《ふため》と見られない姿になったと聞きましたよ。今はろくに動けもしないのでしょう？　西家の姫は、態《てい》のいい厄介払いをされたに過ぎぬわ」

これに、今度は菊野が叫んだ。

「澄尾殿の怪我は主君を守るために負ったものです。名誉の戦傷です」

「そんなもの、何の意味もありはしません！　結局、その主君は殺されたではありませんか」

鶴が音は、醜悪《しゅうあく》に顔を歪《ゆが》め、傲然《ごうぜん》と手を広げてみせた。

「こ、ここで」

空気が凍り付いた。

鶴が音さま、と彼女付きの女房がぎょっとして止めようとしたが、本人は聞いていなかった。

頬を紅潮させ、目を炯々《けいけい》と光らせながら言う。

「北家の情報を舐《な》めてもらっては困ります。あたくしは知っているのですよ。あの夜、金烏に付き従っていた蔵人《くろうど》は西家の者だったと。そのご立派だという山烏の護衛も、西家出身の側近も、結局は自分の主君をお守り出来なかったではありませんか」

無能ばかりしか手元に集められなかった奈月彦さまが憐れだ、と鶴が音はこれ見よがしに嘆《なげ》いてみせた。

「北家ならば、絶対にそんな下手は打たなかった。あの場に博陸侯がいらっしゃれば、絶対に金烏陛下を守りきれたことでしょうに」

高揚のまま、歌うように鶴が音は告げる。

「つくづく、あの場に博陸侯がいらっしゃらなかったことが悔やまれます」

蛍も山吹も、気圧《けお》されたように無言だ。

ただ鶴が音は自分の言葉に陶酔するように、勝ち誇って言い切ったのだった。

「今になって、役立たずの西家が口を開く権などないわ！」


秋殿に入った瞬間、桂の花はこらえきれなくなって大声で泣いた。

今回は、誰も止める者はいなかった。茜も菊野も、その場にいた女房達全員が、同じように泣いていたからだ。

「明留《あける》叔父さまのことまであんな風に言うなんて……！」

嗚咽《おえつ》交じりに叫ぶと、菊野が自身の立場も構わずに、桂の花を抱きしめた。

「明留さまはご立派でした。どうか、どうか誇りに思って下さいませ」

桂の花と茜の叔父に当たる明留は、奈月彦が殺された時に主君を守って絶命した。

その場所は他でもない、この桜花宮である。

奈月彦と明留、そして山内衆の護衛一人が襲われた藤花殿の中庭は、すさまじい戦闘で損壊した遺体の血肉が飛び散り、酸鼻《さんび》極《きわ》まる有様《ありさま》であったという。

あまりの惨状に、今もその場には白石が敷き詰められ、草も生えていないのだ。

めでたい席において、藤花殿の中庭に目隠しがされていたのはそのためである。

たくさんの鬼火灯籠が飾られていた登殿の儀があれほど昏《くら》く感じられたのは、単純に日の光が差さなかっただけではなく、心理的なものもあったのだろう。

――桂の花は、藤花殿の前を通る時につい速足になるくせがあった。

主君を守ろうとして亡くなった叔父のことを、桂の花はよく覚えていない。

だが、とにかく優しかったことだけは記憶にあった。妻子がなかった分、姪達に甘かったのだ。己が子にするように、もしくはそれ以上に可愛がってくれたのだと思う。

それなのに、最期のお別れもろくに出来なかった。

あまりに状態が酷《ひど》かったので、遺体はすぐに荼毘《だび》に付されたと聞いている。詳細は伏せられていたが、その後、明留の顎《あご》は砕かれて顔の下半分がなくなっていたのだと話しているのを盗み聞いて、吐いてしまったことがあった。

叔父が死んだことが悲しくて、それなのにその死にざまを想像すると、どうしても怖くて堪《たま》らなかったのだ。

優しかった叔父の存在が怖くなってしまって、自分はなんて薄情者なのだろうと思って育った分、ここに来てからも叔父の死についてはどこか禁忌《きんき》のようであり、自分からはどうしても触れられずにいた。

それがまさか、あんな場面で鶴が音の口から聞くことになるとは夢にも思っていなかった。

鶴が音の叔父への悪罵《あくば》は看過《かんか》出来ず、しかし西家の失態として批判されてしまえば、桂の花には反論することも出来ないのだった。

「わたくし、何も言い返せなかったわ。無力でごめんなさい」

「桂の花さまは、私の父に関して怒って下さったではありませんか。無力だなんて、そんなことありません」

茜の泣き声まじりの慰めに、菊野が力強く言葉を重ねる。

「そうですよ。お館さまがおっしゃっていたでしょう。桂の花さまは無事に帰れば、それだけで万々歳です。大丈夫。陛下も明留坊ちゃまの御霊《みたま》も、わたくし達をきっと守って下さいますよ」

あれほど姫さま方を愛して下さったのですもの、もうお忘れですか、と言い募る。

菊野が口を滑らせた『陛下』が、凪彦ではなく、亡くなった奈月彦を指しているのは間違いなかった。

「……奈月彦さまは、私にもお優しかったわ」

ぽつりと茜が呟く。

当時、茜は奈月彦の一人娘、紫苑《しおん》の宮《みや》の羽母子《めのとご》として過ごしていたので、奈月彦と接する機会は決して少なくなかったのだ。

「会う度に、いつもお菓子を下さったの。膝をついて、わざわざ私と目を合わせて、お話しして下さった。紫苑の宮さまを頼むと言われたのに……」

奈月彦の死後の動乱の最中、その娘である紫苑の宮は、母親である浜木綿《はまゆう》の御方と共に宮中を去り、現在まで行方不明となっている。

それきり、茜は何も言わなくなってしまった。

重苦しい沈黙の中に、すすり泣きだけが響く。

――最初から自明であったが、この登殿は、西家にとっては苦行でしかないのだった。

＊　＊　＊

秋殿には、しばらく暗澹《あんたん》たる空気が続いていた。

だが、西家の面々にとって、楽しみな行事が待ち構えていた。

端午《たんご》の節句の『競馬《くらべうま》』である。

この競馬が行われる馬場はいくつか候補があり、毎年山神の神意を受けた神官《しんかん》がどこにするかを決めることになっている。今年は、桜花宮に面した馬場が選ばれたのだ。

巳の日の祓が青年貴族に年頃の姫達の姿を偲《しの》ばせるものであるならば、端午の競馬はその逆の役割を持っているとも言える。

競馬の儀式では、土器《かわらけ》で出来た赤い鹿が桜花宮の崖に面した岩の上に飾られる。この岩と桜花宮側の観覧のために設けられた席の間を、美しく着飾った射手が馬に乗って飛び回り、鹿を射るふりをして前日に行われた狩りを再現するのである。

射手となれるのは年頃で未婚の貴族の子弟ばかりであり、桜花宮に上がった女房と縁付く可能性がある者が少なくないため、青年貴族の側も、それを見物する女房の側も、そういった意味で気合が入っていた。青年貴族は少しでも見栄えよくしようと苦心し、女房達も御簾《みす》からちらりと出す衣の端をいかに美しく見せるかに執念を燃やすのだ。

青年貴族の多くは馬に乗って飛ぶだけであるが、花形射手だけは、土器の鹿を実際に射ち抜く必要があった。

鹿の中には餅が仕込まれているものがあり、飛び出てきた餅は金烏に献上された後、桜花宮の面々へと他の薬材と共に分け与えられる流れになっているからだ。

そしてこの花形射手として、茜の弟が参加することに決まったのである。

香りのよい薬玉《くすだま》のかけられた観覧の席は、横に長く据えられ、家ごとに区画が分かれている。お互いが話そうと思えば移動も出来るが、先日の一件が尾を引いている今、わざわざ桂の花に話しかけて来る者はなく、桂の花も三人をあからさまに避けていた。

彼女らと話さずに済むのなら、華やかな儀式の見物は楽しいし、桂の花にとっても従兄の活躍は純粋に楽しみなのであった。

「照尾《あけお》だわ！」

弟を見つけた茜の、嬉しそうな声が響く。

初夏の光の中、颯爽《さっそう》と馬を乗りこなしてやって来た着飾る貴公子達の中に、従兄はいた。

彼は、見た目に関しては平民出身の父そっくりだ。茜ともよく似ており、やや小柄ながら勁草院での成績はすこぶるよく、非常に優秀なのだと聞いていた。

御簾がかかっているのでこちらの姿は見えていないだろうが、出衣《いだしぎぬ》で西家の面々に当たりを付けたのだろう。

こちらに最も接近した瞬間、パッと白い歯を見せて笑い、一瞬だけ馬の上で逆立ちをして見せたのだった。

きゃあ、という悲鳴を物ともせず、危なげなくもとの姿勢に戻ると、気障《きざ》っぽくこちらに手を振って去って行った。

――この間、ほんの十数秒である。

「あんの馬鹿……」

先ほどまであれほど嬉しそうにしていたのに、額に青筋を浮かべる剣幕で茜が呟いた。

女房や女童《めわらわ》たちは盛り上がっているし、あまりにおどけた姿に桂の花も笑ってしまったが、確かに儀式の場ですることではない。

照尾は、見た目こそ父親にそっくりなのだが、生真面目一本で硬派だった父親とは異なり、とにかくお調子者で女好きときていた。

どうして真面目と真面目が一緒になって不真面目の極みみたいなのが産まれちゃったんだろうねえ、などと西家当主たる桂の花の父は嘯《うそぶ》いていたが、やんぬるかな、そう嘆いている張本人に似てしまったのだと西家の中では盛んに噂されている。

茜は本気で怒っていたが、照尾のおかげで西家の面々の気分が良くなったのは間違いない。

興奮気味に囁き、「かっこいい！」と楽しそうに言い合う女房達の姿を見ていれば、桂の花も従兄に感謝したくなった。

やがて、桜花宮の席よりも下の位置にある岩棚に、狩装束《かりしょうぞく》を身に纏った金烏が現れた。

その姿を初めて見た女房達の間に、緊張と熱がこもる。

彼自身に思うところはないものの、桂の花の胸中は複雑だった。

自分達を取り巻く状況も、彼のお渡りがあったことで引き起こされた一件も、簡単には忘れられるものではない。

ぼんやりと目で追っているうちに、ふと、凪彦の周囲の空気が変わったことに気が付いた。

それまで凪彦は、土器で出来た鹿の周囲を貴公子達が馬に乗って飛んでいる様子を、ぼんやりと眺めているように見えた。

だが、その眼差しが、馬を追わなくなっているのだ。

よく見れば凪彦以外の男達も、どこか一点を——儀式の雑用をこなしている下級官吏《かんり》を見つめているようだった。

その視線を追い、それが誰かに気付き、桂の花は「あっ」と声を上げた。

直接に眩《まばゆ》い日光が当たる中、その水浅葱《みずあさぎ》の短袍《たんぼう》は晴れ渡った空を切り取ってきたかのように見える。

白い肌は光り輝き、黒髪にははっきりとした艶が輪を描いていた。

この位置からでも、その顔《かんばせ》が化け物じみた美しさを誇っているのは見て取れる。

——あれは間違いない。澄生だ。

茜と照尾の姉にして、桂の花の従姉。西家の後ろ盾を持ちつつ、女としての身の上を捨てて朝廷に乗り込んで行った彼女が、せっせと下働きをしているのだ。

その動きはあまりに優雅で、割れた土器の破片を掃《は》き集める姿すら、舞っているかのようである。

次第に、桜花宮の面々も澄生の存在に気付き始めた。

「ねえ見て。あのひと、すごく恰好いいわ」

「待って、髪が短い」

「もしかして落女？　あれがそうなの？」

あまりの花貌《かぼう》に、あれは誰だ、何者だ、と他をそっちのけで囁き合っている。

いつしか儀式の主役は、凪彦でも花形射手でも姫達でもなく、素顔をさらして雑用をこなす澄生となっていた。

周囲の視線を集めていることなど全く気にも留めず、澄生は土器の中から飛び出た餅を手際よく集め、器に盛って金烏のもとへと走っていく。

その瞬間、全く自分でも思いがけないことに、ああ、やめて、という叫びが桂の花の口から飛び出そうになった。

今回の登殿において、皇后となるのは蛍で、側室となるのは山吹。その羽母となるのは鶴が音と決まっている。凪彦の意思は一切関係なく、いくら彼の歓心を買おうとしたところで無意味であるということは、周知の事実。

――そのはずだった。

だが今、明らかに凪彦は、目の前の澄生に目を奪われていた。

世にも美しき落女と、若き金烏代が向かい合う。

その光景は、見ている者を無条件に高揚させるようでいて、どこか不穏な、波乱の予感を感じさせるに十分なものであった。

第三章　凪彦

凪彦《なぎひこ》にはふたりの母がある。

ひとりは我が身をこの世に産み落としてくれた実の母、あせびの御方《おんかた》である。大紫《おおむらさき》の御前《おまえ》とも呼ばれるこの母が声を荒げたところを、凪彦は今まで一度も見たことがない。いつも優しく、たおやかで美しい、その身分を忘れたとしてもこの世で一番の自慢の母だ。

もうひとりはその母の姉であり、羽母《うば》として自分を熱心に教育してくれた育ての母である。名を双葉《ふたば》の君《きみ》と言う。

双葉は優しい女だったが、母とは違って厳しくもあった。

幼い頃、凪彦は控えめに言っても活発で悪戯《いたずら》好きな子どもであった。もっぱらの遊び相手である女房や蔵人《くろうど》らと相撲や追いかけっこをし、小弓で見事な絵の描かれた屏風に穴をあけ、触《さわ》ってはいけないと言われていた鬼火《おにび》灯籠《どうろう》の仕組みが気になって二度と戻せない形にしてしまったこともあった。

幼くして山内《やまうち》において至高の地位についた凪彦に対し、しかし双葉は臆したりしなかった。

危ないことをすれば容赦なく叱られたし、勉学や礼儀作法を疎《おろそ》かにすれば、どうしてそれをしなければならないのかを懇々《こんこん》と教え諭した。口うるさい双葉のことをそれでも凪彦が大好きだったのは、その厳しさが愛情からのものであると誰よりもよく分かっていたからだ。

熱を出した晩、一睡もせずに看病をしてくれたのは双葉であり、凪彦が新たな漢詩を諳《そら》んじる度に、誰よりも喜んでくれたのもまた双葉であった。いつも凪彦に寄り添い、共に机を並べて学び、相談に乗り、褒《ほ》めるべき時は褒め、叱るべき時は一切躊躇《ためら》わない。

素晴らしい育ての母である双葉は、しかしある時だけ、平静を失うことがあった。

それは他でもない、彼女の妹であり、凪彦の産みの母であるあせびの御方と関わった時である。

最初にそれを知った時、すでに凪彦は金烏《きんう》の座についており、女屋敷を出ていた。後宮にある母とは生活の場が異なり、会う機会はそれほど多くはないという状況にあった。

たまの面会の際、母は本当に凪彦と会えることを喜んでくれた。

何か困っていることはないか、朝廷で嫌なことはなかったかと心配し、甘いお菓子や珍しい玩具などをほうぼうから取り寄せ、一緒に遊んでくれたのである。

時に小弓などまで持ち出して的当てをして、相撲を自ら取ってくれたこともある。

中でも忘れられないのは、母との合奏だ。

母は長琴《なごん》の名手であり、宮廷の楽士《がくし》に比べても全く遜色のない腕を持っていた。

凪彦が頼めば、どんな難曲でもたちどころに弾きこなし、まだ拙《つたな》い凪彦の竜笛《りゅうてき》に合わせて即興で演奏をしてくれるのである。

表にいる時は厳しくその立ち居振る舞いを制限される立場であったからこそ、母との一時は、凪彦にとって何にも代えがたい貴重な時間であった。

しかし母との面会の際、双葉は必ず部屋の隅に控えて、あせびと積極的に関わりを持とうとはしなかった。あせびのほうから何かと声をかけたり質問したりはするのだが、彼女は慎み深く視線を落としたまま、ただ淡々と答えるのみなのである。

あまりに素っ気ない態度に、母が寂しそうな顔をしたのに気付いた凪彦は、後宮を出てから双葉に訊《たず》ねてしまった。

「どうして双葉は、母上にいじわるなのだ？」と。

――その瞬間の双葉の激情は、すさまじいものがあった。

凪彦の手の中には、母から与えられたばかりの手車《てぐるま》があった。中央城下で流行っているという繊細な銀細工と赤い硝子で出来たもので、うまく回すとちりちりと音を立てる玩具である。それを、有無を言わさずに取り上げて床に落とすと、全身の力を込めて凪彦の目の前で踏み潰《つぶ》したのだ。

お付きの者達の短い悲鳴が上がったが、その後はしんと静まり返った。

突然の凶行に、凪彦はただ呆気にとられていた。

凍り付いたようになって瞳だけで見上げれば、双葉は何の表情も見せぬまま、真っ黒い目でこちらを見つめていた。

「——今、陛下は何を思われていますか？」

双葉の声は不気味なほどに穏やかであった。

「なんて酷《ひど》いことをするのだろう。双葉が許せない……そう思っているのではありませんか？」

凪彦は声が出なかった。

実際、そんなことは思っていなかった。双葉のあまりの豹変《ひょうへん》に面食《めんく》らい、そこまで思考がまわっていなかったのである。

そして双葉は、固まっている凪彦の返答を待たなかった。

「そのように思って当然です。大切にしているものを壊されたら、誰だってそう思いますもの」

そして、と真っ黒い目のままに言う。

「あなたの母はかつて、わたくしにこういうことをしたのです」

——それなのにあなたは母を庇《かば》い、わたくしが意地悪だと責めるのですね？

誰も、何も音を立てなかった。

気付けば、布越しに破片が突き刺さったのか、双葉の袴《はかま》に血が滲《にじ》み始めていた。

「双葉、けがをしている」

動揺しながらそう言うと、不意に、双葉の気配が緩《ゆる》んだ。

小さなため息と共にそっと衣の裾《すそ》を引いて、傷ついた足元を隠しながら言う。

「……事情を知らぬ陛下に言っても、詮無《せんな》いことを申しました。手車は、すぐに新しいものを用意させましょうね。これよりも、もっとずっと良いものを」

にっこりと笑った双葉はすでにいつも通りだったが、凪彦にとってこの一件は、羽母が実母に対して尋常ならざる感情を抱いていると知るには十分な出来事だったのだ。

それからいくらもしないうちに新しい手車が三つも届いたが、凪彦はそれで遊ぶ気持ちには到底なれなかった。

かつて、母と羽母の間に何があったのか。

気になって周囲の者に訊ねても、自分付きの女官や蔵人は、はっきりと教えてはくれなかった。単に知らない者もいれば、気まずそうに言葉を濁《にご》す者もいたので、幼心に、彼女らの間に何か大事があったのは確かなようだと思った。

これに多少なりとも答えてくれたのは、双葉より以前、まだ物心つくかつかないかの頃に自分の面倒を見てくれていた、女房のうこぎであった。

うこぎは既に結構な高齢で、高貴な身分にあった者の出家寺である紫雲院《しうんいん》に尼として暮らしていた。そこと隣り合った敷地には宗家のための神寺である凌雲院《りょううんいん》がある。

金烏代としての制約が多い中、凌雲院への参拝は凪彦に許された数少ない外出であった。参拝時はうこぎとも顔を合わせることが出来たので、母と双葉の一件を語って聞かせたのだ。

「なんと、陛下の前でそのような……」

話を聞く間にみるみる顔色を悪くしたうこぎに、凪彦は勢い込んで訊ねた。

「うこぎは、何があったのか知っているのだな？」

一体何があったのだ、申せ、としつこく命じると、最初は言い渋っていたうこぎもとうとう口を割った。

「陛下がお生まれになるより、もっとずっと昔のことです。宮中に上がる名誉なお役目を、東《とう》家《け》の中からひとりだけ選ぶことになりました。最初は双葉さまがそうなる予定だったのですが、不幸な事故があって、あせびさまが代わりに宮中に向かうことになったのです」

「不幸な事故とな？」

「はい。あせびさまには双葉さまに取って代わろうなどというお気持ちは一切ありませんでしたが、双葉さまは、あせびさまがわざとそうなさったのだと勘違いをされたのです」

凪彦はそれは大変だと思った。

「その勘違いをといて差し上げねば、母上がお可哀想ではないか！」

すれ違いによって双葉があせびを恨んでいるのだとすれば、それは双方にとって不幸である。

「私が教えて差し上げれば、ふたりは仲直り出来るだろうか」

俄然《がぜん》やる気になって言えば、「なりません！」とうこぎは悲鳴を上げた。

「そう思って、うこぎも含め、多くの者が誤解を解こうといたしました。勿論、あせびさまご本人もです。しかしうまくはいきませんでした」

「なぜだ？」

「双葉さまご自身が頑《かたく》なになっていらっしゃって、耳を貸して下さらなかったからです」

後で知ったことであったが、うこぎの言う「宮中に上がる名誉なお役目」とは、当時の日嗣《ひつぎ》の御子《みこ》の后選《きさきえら》び、ほかならぬ登殿《とうでん》の儀《ぎ》であった。

双葉は、自分と年頃の近い若宮《わかみや》が生まれた時から、后候補として育てられてきた。それなのに、直前でその座を妹に奪われる形になってしまったのだ。

誰かを恨まずにはやっていられなかったのだろうとうこぎは双葉を憐《あわ》れむように言った。

「名誉なお役目には、家の利益も深く関わっているので、周囲の者は自分に都合の良いことばかり真《まこと》であると口にするものです。双葉さまも、あせびさまと双葉さまが不仲であったほうが得をする者達があせびさまの悪口をたくさん申し上げたので、それを信じてしまわれたのですよ」

嘆《なげ》かわしいことだと、うこぎは苦い顔になる。

「いいですか、陛下。きっとこれから、陛下にもお母上の悪口を吹き込もうとする者達がたくさん現れるでしょうが、決して信じてはなりません」

真剣な眼差《まなざ》しで言われて、凪彦は何度も頷《うなず》いた。

「心配するな。母上がそのような方ではないことは、私がいちばんよく分かっている」

これを聞いて、うこぎはほっと表情を緩めた。

「わたくしも、もう年でございます。尊い大紫の御前になられたというのに、昔と同じように純真なままであられるあせびさまが、わたくしはずっと心配で心残りだったのです。どうか、陛下だけはお母上を信じてあげて下さいませね。うこぎに代わって、どうかこの先も、お母上を守って差し上げて下さいませ……」

お願い申し上げます、と伏したうこぎの手を取り、凪彦は力強く請け負った。

「もちろんだ。ちゃんと母上をお守りする。うこぎとの約束だ！」

これにうこぎは「なんと頼もしいこと」と凪彦の手を押しいただくようにして、涙を流して喜んだのだった。

以来、凪彦はそれとなく母と羽母の仲を取り持とうと試みたものの、これは全くの徒労に終わった。

事情を知ってから見ると、二人の仲が冷え切っているのは明らかであった。

母のほうは何かと双葉に気を遣っている節《ふし》があるのだが、双葉のほうには本当に取りつく島がない。見かねた凪彦がつい母の肩を持つようなことを言うと、どんなに些細な話題であろうと、双葉はあからさまに機嫌が悪くなる。

例の手車の一件より前は、あせびへの嫌悪をなんとか隠そうとしていたのかもしれないが、一度あれを見せてしまったことで、箍《たが》が外《はず》れてしまった部分があったのだろう。

「わたくしは大紫の御前に対し、ちゃんと礼を尽くしております。この上、何をしろとおっしやるのです？　陛下は大紫の御前さえよければ、わたくしの心が壊れても構わぬとおっしゃるのですか？」

あせびがどれだけ自分に悪いことをしたのか知らないくせにとねちっこく言い募《つの》り、凪彦が謝って双葉の言い分が正しいと言うまで許してくれないのだ。

だが、凪彦の中には母を庇いたい気持ちと、羽母を慕う気持ち、その両方がある。

双葉が大紫の御前という地位にあるあせびに嫉妬しているのは明らかであり、双葉の言い分をそのまま信じることは出来ないと思ってもいた。

あせびの名前が出る度に豹変する双葉は怖かったが、それにさえ気を付けていれば彼女は良い羽母であったので、いつしか、それとなく双葉の機嫌を窺《うかが》う癖がついてしまったのだった。

無分別で腕白でいられた時代の終わりであり、しかしその癖は、以後の凪彦をある意味で助けてくれることにもなった。

凪彦は、生まれながらの皇子ではない。

ほとんど覚えていない父は、凪彦が生まれた時、すでに上皇の身であった。生まれて来るはずのなかった凪彦は、ただ、さる高級貴族の庶子《しょし》として神寺《しんじ》に入り、神官《しんかん》として一生を終えるはずであったのだ。

真《しん》の金烏とされていた次兄の死と、その死に関連して失脚した長兄に代わり、やむなく親王《しんのう》宣下《せんげ》を受けた身なのである。

その時点で次の金烏となるのは間違いないと目されていたが、父がそれからいくらも経たずに病死したせいで、思いのほか早くに即位することになってしまった。

当然、幼い凪彦に政治のいろはが分かるはずもなく、凪彦に代わって朝廷の実権を握ったのは、百官《ひやっかん》の長、黄烏《こうう》こと博陸侯雪斎《はくりくこうせっさい》であった。

凪彦の役目は、博陸侯の言う通りにすることだ。

博陸侯に逆らってはいけないのだということを、凪彦は骨の髄《ずい》まで理解していた。別に大声を出されたり、あからさまに恫喝《どうかつ》されたりした経験があるわけではない。むしろ、博陸侯の振る舞いは他の者に輪をかけて丁重で、不敬なところは何一つなかった。

しかしその実、凪彦を一切敬《うやま》ってなどいないことは明らかだったのだ。

それを思い知ったのは、高官達しか出席の許されない、朝廷において最も重要な御前《ごぜん》会議に初めて出た時のことである。

長時間大人しく座っていなければならないというのが退屈で、凪彦はつい、隣の博陸侯に抱っこをねだってしまったのだ。

――その瞬間、凪彦に向けられた眼差しと言ったら！

博陸侯は凪彦を宥《なだ》めることも咎《とが》めることもしなかった。ただ、ちらりとこちらを見遣《みや》っただけだ。だが、その目に浮かんでいたのは間違いなく蔑《さげす》みであり、凪彦にとって、それは生まれて初めて突き刺さった、他者からの嫌悪だった。

双葉をはじめ、悪さをして女房や蔵人に叱られた経験はあった。母の件で、双葉の不機嫌にさらされる場面もままあった。

だが、博陸侯の眼差しは、明らかにそれらとは違っていた。

その一瞬で、凪彦は気が付いた。

このひとはおそらく、凪彦のことが大嫌いだ。自分が彼の機嫌を損ねれば、きっと自分を廃するのに何も躊躇いはしないと、本能的な部分で悟ってしまったのだ。

それまで丁寧に接してくれていた分、その落差があまりに衝撃で、心底震え上がったのを覚えている。

以来、凪彦は朝議の場でぐずったことは一度もない。

それを見ていた蔵人はよく頑張ったとしきりに褒めてくれたが、なんてことはない。ただ、凪彦は博陸侯が恐ろしくて堪《たま》らなかっただけなのだ。

周囲の人々がどれだけ耳に心地よい言葉を自分に投げかけても、その全てはうつろなのだと気付いたのはまさにこの時であり、凪彦は自分の立場の危うさを博陸侯の眼差しを通して知ったのである。

どんなに身近な女房にも、蔵人にも、その背後には博陸侯の影がある。

時々交流を持つ同年代の貴族の子弟は、いずれもいつか自分の臣下になるべき者達であるし、その背後には四家の目が光っていると思えば、気安い関係には程《ほど》遠い。

長じるにつれて、年々金烏としての責は重くなるばかりで、心が軽くなることは一向にない。

誰に対しても気を遣い過ぎて、正直、疲れてしまった部分はあった。

度々、いっそ傲慢《ごうまん》に振舞えたらどれだけ楽だっただろうと思うことがある。だが、凪彦は己の足元の危うさを既に知ってしまった。知ってしまったが故に生きづらくなったと思う反面、そのおかげでなんとかここまで生き延びてきた、という感触があるのもまた事実なのだった。

博陸侯のあの眼差しの意味に気付かぬほど鈍感であれば、きっと自分は他の誰かに挿《す》げ替えられていたはずだ。

自分のために博陸侯がいるのではなく、博陸侯のために自分はいる。

兄達が凪彦の存在を知らなかったように、凪彦の知らない凪彦の代わりもきっとどこかにいるのだろうという気がしている。

恐らく自分は一生、誰かのために、誰にも気を許さずに生きていくしかない。しかしそれは、宗家《そうけ》に生まれた以上、仕方のないことなのだ。

そしてそれは、自分の妻となるかもしれない女達に対しても何も変わらなかったのだった。

＊　＊　＊

「ご覧下さい、陛下。あの出衣《いだしぎぬ》の華やかなこと！」

競馬《くらべうま》のための式場に足を踏み入れた瞬間、蔵人が白々しい声を上げた。

視線を向ければ、確かに断崖にせり出すように設けられた観覧席から女達の装束の端が覗《のぞ》いている。

初夏の光を浴びた衣の色は鮮やかで、その色合いで、四名の后候補達の誰がどこにいるのかはなんとなく察せられた。

「あの御簾《みす》の裏側から、美しい姫君達が熱心に陛下をご覧になっていると思えば、中々いじらしく思えてきませんか？」

ちらりと意味深長な眼差しを向けられて、思わず苦笑する。

「姫達が今見ているのは私ではなく、射手《いて》であろうよ」

「そんなことはございません。ほら、あの紫の薄様《うすよう》など、蛍の君《ほたるきみ》に間違いありませんよ。手を振って差し上げたらきっと喜ばれます」

「そうだな」

そのように返しつつも凪彦は手を振りはしなかったので、蔵人は少々困った顔になる。

「……蛍の君はお気に召しませぬか」

この柔和な顔立ちの蔵人は名を佳通《よしみち》といい、幼い頃から今に至るまで熱心に仕えてくれている。いわば守《も》り役といったところで、凪彦にとっては最も身近な秘書官でもあった。

佳通がこれほど熱心なのは、登殿の儀が始まっても凪彦が姫達に心を動かした気配を全く見せないからだろう。

南家《なんけ》の蛍は、すでに朝廷において、自分の正室《せいしつ》になることが確定している姫君だ。

果たしてどのような女傑《じょけつ》かと、ほとんど恐れるような心地で出向いた夏殿で凪彦を迎えたのは、拍子抜けするほど物静かな女であった。

少し話をしたが、何を考えているのかはよく分からず、表情も薄い。

向こうも緊張していたのだろうが、およそ親しみを感じないまま、無難な話をして初めての訪問は終わってしまった。教養豊かで、入内《じゅだい》への覚悟もあるのだろうが、このひとが妻になるという実感には乏しく、一生を共にする相手として特別に感じる部分もなかった。

「別に気に入らぬというわけではない。あの者を正室として選びさえすれば、私の気持ちなどどうだってよいだろうに……」

そう言えば、佳通は驚いたように首を横に振った。

「いいえ、陛下。確かに、皇后さまを選ばれるのは大事ですが、それだけではいけません。山内に新たな皇子が必要な今、陛下が心から慕わしいと感じられる女君が必要にございます」

日嗣の御子の不在は朝廷にとっても重要な問題であり、凪彦は一刻《いっこく》も早く子を儲《もう》けるようにと言われ続けている。

しかし、己の出生が出生である分、もし自分の身に何かあったとしても、四家の適当な御曹司を宗家に迎えればどうせそれで済んでしまうだろうという思いがあった。

新たな皇子を、という声を聞く度に、凪彦としてはどこか冷めた気持ちにならざるを得ないのだ。

鼻白んだふうの凪彦に、佳通はますます熱を込めて言い募る。

「では、東家の山吹《やまぶき》の君はいかがです？　大変、可愛らしいお方だと伺っております」

「山吹の君か……」

言われて、夏殿《なつどの》への訪問を終えて、いくらも置かずに向かった春殿《はるどの》のことを思い出す。

山吹は顔を合わせた瞬間、頰《ほお》を染めて初々しく微笑《ほほえ》みかけてきた。

いかにも凪彦のことが好きでたまらない、とでもいうような彼女の表情を見た瞬間、ああ、このひとはきっと頭がとても良いのだろうな、と凪彦は思った。

山吹自身に非は全くない。だが、本心を押し殺し、全力で歓心を買おうとする連中に囲まれて育った分、彼女の表情が意図して作られたものであると自ずと分かってしまったのだ。

そして山吹は、自分を売り込むことにいかにも手慣れていた。

自分がどのような所で生まれ育ち、凪彦に憧れていたか、こうして后候補になれたことがどれだけ嬉しいかを、押しつけがましくならない程度に熱っぽく語ってきた。

軽く酒食を楽しんだ後、相当な努力の痕跡が窺える長琴も披露された。

とても上手だったたと褒めると、では次は共に合奏を、という約束まで取り付けられたのだ。

別れ際、もし入内出来れば全力で支えると言われたし、実際そうしてくれるだろうとも思ったが、側室《そくしつ》候補としてあまりに完璧な振る舞いであったせいで、山吹自身の本心は何も分からないままであった。

完璧に可愛らしくいじらしく、であるがゆえに、嘘つきだと思ってしまったのである。

笑顔で隠されていない分、まだ蛍のほうが分かりやすいというのが、正直な感想なのだった。

「――確かに、可愛らしい方だったな」

気のなさが声に表れていたのか、佳通はあからさまにがっかりした顔になった。それ以上余計ごとを言われる前に、ほら、と前を向かせる。

「儀式が始まるぞ」

渋々姿勢を正した佳通越しに、青嵐《せいらん》に揺れる出衣《いだしぎぬ》をちらりと見やる。

佳通は名前を出さなかったが、他の登殿した二人の姫にも、凪彦は女性として特別な感情を抱く自分が想像出来なかった。

特に北家《ほっけ》の姫は論外である。

何せ、鶴《たず》が音《ね》は凪彦の訪問を受けると、こちらが困惑するほどに大騒ぎをしたのだ。顔を合わせて開口一番、「あたくしのもとにお渡《わた》りになるなんて他の姫さま達に失礼でしょう！」と苦言を呈《てい》してきたのだが、その割には凪彦がやって来たことを誰よりも喜んでいるように見えた。実際、本人の言う通り家の関係を配慮して挨拶に行っただけだったのに、やけにはしゃいでいるのでどうにもいたたまれなかった。

自分がいかに博陸侯を尊敬しているか、北家がいかに素晴らしいかを滔々《とうとう》と聞かせてくるのだが、間に入って止めてくれる者が誰もいない。夜明け間際になってようやく解放された時には、つい安堵の息をついてしまったほどだ。

鶴が音とは反対に、その繊細さが不憫《ふびん》に思えたのは西家《さいけ》の桂《かつら》の花《はな》である。

秋殿《あきどの》を訪れることになったのは、桜花宮《おうかぐう》での一騒動が原因であった。

当初、西家の姫への訪問は予定になかったのだが、直前の上巳《じょうし》の節句《せっく》の際に、どうも北家の鶴が音から嫌がらせめいた仕打ちを受けたらしいと聞いた。

とても可哀想だったので気遣ってあげて欲しいと母から言われ、「秋殿には行かなくて大丈夫なのか」と念のため博陸侯に打診したところ、ではお渡りをという話になったのだ。

何でも、朝廷のほうでは西家の出して来た巳《み》の日の祓《はらえ》の雛人形の出来が良かったことで、西家系列の貴族達の間で「これで西家の姫だけお渡りがないのは不公平ではないか」という声が上がっていたらしい。

西家自体がさして力を持っていない現状、無視してもさしたる問題はないのだが、ここで余計な波風を立てたくないというのが博陸侯の考えのようだった。

秋殿に訪ねてみると、平静を装いつつも、桂の花はひたすらに狼狽《ろうばい》していた。

自分のもとに来るなんて、と憤慨《ふんがい》してみせた鶴が音などよりも、よっぽど自分に声がかかるとは予想していなかったのだろう。己の置かれた立場をよくよく心得ているようで、他の三姫よりもずっと話は通りやすかった分、怯《おび》えた様子なのが可哀想だった。

色とりどりの衣の裾が風になびいているのを、凪彦はぼんやりと見つめる。

四姫《よんひめ》のもとを訪れてみたところで、凪彦が感じていたのは彼女達に対する負い目だけである。

双葉や母を思うにつけ、凪彦は不安になるのだ。

父に先立たれた母は気丈に振舞っていたが、そんな母を冷然と見やる双葉の目は憎悪にまみれている。両人はこの山内で最も高貴な女君の立場でありながら、凪彦の目には、完璧な幸福を手にしているようにはとても見えなかった。

博陸侯は「あなたは金烏としてのつとめを果たすことを第一に考えていればよろしい」など

と言い、とにかく蛍を正室に迎え、誰ぞに子どもを産ませさえすればそれでよいとの構えだ。

凪彦には、妻となったひとを幸せにしてやれる自信がない。

せめて誠実でありたいとは思ったけれど、結局のところそう思うだけで、凪彦が彼女達のためにしてやれることなど本当に何もないのだった。

儀式が始まってすぐに、何やら、式場の空気がおかしいことに気が付いた。

きらびやかに着飾った青年貴族よりも、注目を集めている者がいる。

周囲の者の視線の先には、初夏の爽やかな風の中を、颯爽《さっそう》と駆けまわる水浅葱《みずあさぎ》の短袍《たんぽう》があった。

髪の短さに、それが先頃話題になっていた落女《らくじょ》だと気付き、ついで、遠目に見たその横顔にハッとなった。

すっと通った鼻筋と、顎《あご》から首にかけての造形が、あまりに美しかったからだ。

今まで、そのような部位を魅力に感じた経験などなかった。

年頃の娘が昼日中に素顔を露《あら》わにしている姿には、何やら見てはいけないものを覗き見てしまったような感もあるというのに、どうしても目が離せない。

確か彼女は、西家当主の姪だったはずだ。

最近、桂の花のもとを訪ねるために西家の係累は確認したばかりである。

彼女の母である真赭《ますほ》の薄《すすき》は、暗殺された兄と縁の深いひとだった。きっと自分に良い感情は抱いていないだろうなと思い至り、どうにも苦い気持ちになっていると、不意に彼女がこちらを振り向いた。

目が合って怯《ひる》んだ凪彦に、しかし彼女は、鮮やかに微笑んで見せたのだ。

――その時の衝撃を、何と表現したらよいだろう。

彼女の笑みは、凪彦の知る笑みのどれとも違っていた。

媚《こ》びるでも、恐れるでもない。

ごく自然に、しかし挑戦的に、凪彦を見て彼女は笑った。

そして、未だ動揺のおさまらない凪彦のもとに彼女はまっすぐに駆けて来たのだった。

優雅に膝をついて、盛られた餅を差し出して言う。

「お確かめ下さいませ、陛下」

鈴を転がすような声というのは、まさにこういうことを言うのだろう。

屈託《くったく》のない華やかな笑みを浮かべた顔は、これだけ近くで見ても先ほどと全く変わらないどころか、それ以上の迫力を持って凪彦を圧倒した。

こんなに間近にしても瑕疵《かし》ひとつ見当たらないというのは、生き物にしてはどうにも出来過ぎているが、作り物にしては生気にあふれ過ぎている。

「陛下？」

佳通に声をかけられて気が付いた時には、儀式は終わっていた。

何をぼんやりしていたのかと、気が抜けていた自分に驚いてしまう。

体調でも悪いのかと言いつつ、どこか不審そうな佳通に「問題ない」と返事したものの、本当は全く大丈夫などではなかった。

その後、凪彦は桜花宮への訪問を無難にこなした。

だが、全ての過程を終えて御所に戻った後に思い返しても、四姫達とどのような言葉を交わしたのか、ろくに記憶に残っていなかった。

涼《すず》み台において流れる水の中に植えられた花菖蒲《はなしょうぶ》を観賞しながら、女達による管弦や舞なども見たはずなのだが、思い出せるのはあの落女の燦然《さんぜん》たる微笑だけなのだ。

それは日を跨《また》いでも変わらず、とうとう儀式から三日経った後、凪彦は佳通を呼び出して告げたのだった。

「あの落女と、少し話をしてみたい」

紫宸殿《ししんでん》のさらに奥、金烏の半ば私的な空間とも言える昼御座《ひのおまし》に呼び出された例の落女は、しかしこの状況にも全く緊張を見せなかった。

「それで、わたくしめにどういったご用件でしょう?」

発言が許されてすぐ、挨拶もそこそこに問うて来る始末だ。

それを無礼だと思ったのか、同席した佳通はかすかに顔をしかめたが、凪彦にとってはなんとも新鮮に感じられた。

あの競馬の一件以来、ずっとこの女のことが気になっており、しかし、自分自身では、その理由がよく分かっていなかった。

確かに彼女は美人だ。だが、ただ見た目が良いというだけでこれほど気になるものなのだろうか、と。

自分は登殿の儀の最中であり、妻となるべきひとも既に決まっている身である。落女は文字通り女としての生を捨てて生きているわけであり、そういった者に自分が女性としての魅力を感じたことがしこりとなっているのかとも思ったが、どうにもしっくりこない。

はっきりさせるには、実際にもう一度会ってみるしかないと思ったのだ。

実際、こうして向き合ってみて、ひとつ得心したことがあった。

彼女はやはり全く自分を恐れていないし、馬鹿にしてもいない。そして同時に、こちらの歓心を買おうとも思っていない。

凪彦が金烏であることを忘れているかのようでもあり、そこが他の者と決定的に違うのだと思った。

――だとすれば、余計に分からなくなることがひとつあった。

「先日の競馬の時のことについて、少し訊きたい」

「わたくしが何か失礼をいたしましたでしょうか？」

「失礼というわけではないが、そなた、私と目が合った瞬間、笑っただろう。なぜあのように笑ったのだ？」

あの瞬間、はっきりと自分に笑いかけたのはどういうつもりだったのか。

しかしこれに落女は、きょとんと目を丸くした。

「は？　いや、目が合ったので」

全く迷いのない即答に、しばし、凪彦は黙り込んだ。

「……目が合ったら、そなたは誰にでも笑いかけるのか」

「誰にでもというわけではありませんが、相手は他でもない陛下ではありませんか。しっかり目が合って何の反応もしなかったら、それこそ無礼になってしまうのではございませんか？」

自分以外の者もそうではないのかと言わんばかりの身も蓋《ふた》もない返答に、それもそうかと凪彦は拍子抜けした。

考えてみれば、自分と目が合って仏頂面《ぶっちょうづら》の官吏《かんり》のほうが問題なのだ。今になって、彼女の笑顔だけに何か特別な意味を見出そうとした自分が急に恥ずかしく思えてきた。

「いちいちそなたが笑いかけていては勘違いする者も出てきそうだな……」

つい恨みがましく言えば、落女は、ほほほ、と声を上げて笑った。

「でも、陛下は勘違いなさらなかったではありませんか。だから不思議に思われて、こうして確認しようとして下さったのでしょう？　これでも媚《こ》びを売る相手は選んでおりますので、ご心配には及びませんわ」

媚びを売るという言い方に、凪彦は少しく怯んだ。

「そなたについては、私のもとにまであまり良くない風評が聞こえてくる。女の身で朝廷に出れば少なからず逆風はあるだろうと聞き流していたのだが、まさかそなた自身が意図してそのように振舞っていたのか？」

　これに、落女はちょっと決まりが悪そうに笑った。

「今のは、わたくしの言い方が悪うございました。陛下のお耳に入った噂《うわさ》がどのようなものかは存じませぬが、お察しの通り、わたくしが落女であるというだけで気に入らない方は数多くおられます。不興《ふきょう》を買ったらすぐに目の仇《かたき》にされてしまいますから、せめてにこやかでいるように努めているというだけでございますよ」

　その答えに、凪彦はほっと胸を撫で下ろした。

「しかし、話を聞くだけでそなたの苦労は察せられる。想像がつかぬわけではなかったろうに、どうして好んで落女になどなったのだ？」

　それまで楽しそうにしていた落女は、その言葉にふと真顔になった。

「失礼ですが陛下、何もわたくし、好きで落女になったわけではございません」

「何、そうなのか？」

　本人の強い希望で落女になり、しかも蔭位《おんい》の制《せい》も使わずに朝廷に入ったと聞いていた。さぞかし落女になりたかったのだろうと思っていたのだが、何か間違っていただろうか。

　これに彼女はきっぱりと首を横に振った。

「そうせざるを得なかったということと、好きでそれを選んだということの間には大きな隔《へだ》たりがございます。わたくしはむしろ女であることを誇りに思っており、決して男になりたかったわけではありません。女であることを捨てなければ政《まつりごと》には関わってはならぬという決まりを前に、そうせざるを得なかったというだけなのです」

軽やかな口調とは裏腹《うらはら》に含むものを感じ、凪彦は口を噤《つぐ》んだ。落女はさばさばと続ける。

「これは問題であるとわたくしは思っております。これまで出会った者の中には、どう考えても政治に向いていると感じた女子《おなご》もいれば、わたくしなどよりよっぽどうまく家の采配を振るえるだろう男子《おのこ》もおりました。わたくしもこれには大賛成でございますけれども、各々の才能を無駄なく活かそうとした時、無意味な男女の別はその障壁になっていると思うのです。こうして政に関わる権を正式に得た以上、今後、そういった部分もどんどん改善して、博陸侯の理想をより現実のものとしていきとうございますね」

にっこりと微笑まれ、凪彦はいつの間にか詰めていた息をそっと吐き出した。

――なるほど、自分から落女となっただけはある。

その考え方はあまりに極端で、朝廷では決して受け入れられないだろうとは思ったが、彼女なりの理念があって落女となったということは分かった。

見た目は最上級の雛人形のようであるが、彼女を特別なものとしているのは、むしろその内面なのかもしれない。

「普段、そなたはどんな仕事をしておるのだ?」

「一応は西大臣《にしのおとど》のお付きということになっておりますが、実際はあちこちの雑用でございます。最近は図書寮《ずしよりよう》の御書所《ごしよどころ》でお世話になっている時間が長うございますね」

なんでも、綺羅絵《きらえ》に興味があるらしい。

その関係で最近は芝居を見にも行ったと言うが、綺羅絵も芝居も登殿が題材になっていると聞き、凪彦は閉口してしまった。

いずれも四姫は絶世の美姫《びき》に描かれているに違いなく、より取り見取りの若き金烏代は世の男性達からさぞかし羨《うらや》まれているのだろうと、苦い思いがこみ上げる。

「……他には？」

「あとは、そうですね、外語《がいご》研究会にも伺いました」

「外界《がいかい》に興味があるのか？」

博陸侯による新体制になってからも、外に行くことが許されているのはごく一部の南家の者か、優秀な山内衆《やまうちしゅう》だけである。

外界との間に入っている天狗《てんぐ》との交易を一手に握っているのは南家のはずであり、外語研究会もその関係者がほとんどではないかと思われた。

「はい。これでも多少は外語が分かりますので、外語研究会でもいっぱい勉強させて頂こうと思ったのですが、わたくしが訪問したらびっくりさせてしまいました。丁寧に接しては下さいましたが、あまり歓迎はされておりませんでしたね」

外界とのつながりは南家のお家芸だ。突然この西家出身の姫に乗り込まれて、南家の者達はさぞや泡を食ったろうなと同情しかけ、待てよと思った。

「そなた、外語を解すのか？　西家の出身なのに、どうやって」

「私の父が元山内衆だった関係で、私の家にはよく遊学経験者が遊びに来るのです。そこで色々と教えてもらいました。あとは独学でございますね」

外界の話は面白いです、とあまりにしみじみと言うので、凪彦も少し気になってきた。

「外界の何が面白いというのだ？」

凪彦にとって外界と聞いて一番に思い浮かべるのは外書《がいしょ》だ。

教養として教え込まれるそれは単純に暗記しなければならない事項が多かったので、凪彦はあまり外に対して良い印象を持っていなかった。

これに澄生《すみき》は、そうですね、と軽く宙を睨《にら》んだ。

「山内にないもの、外界ならではの事物は全て目新しく興味深いです。でも、わたくし個人といたしましてはそれよりも、外の視点を持つことによって山内の抱える問題を認識出来ることこそが重要と思います」

「今の山内の問題とな？」

口を開きかけた澄生は、一瞬、凪彦の隣に控える佳通をちらりと見やった。

「構わぬ。この際だから申してみよ」

佳通の反応を確かめもせずに凪彦が促すと、澄生はわずかに嬉しそうになった。

「それならば、お言葉に甘えて申し上げましょう。失礼ですが、陛下は田んぼか畑の管理を直接なさったことはございますか？」

「いや……？」

突然何を言いだすのかと思えば、さらに困惑するような問いを澄生は投げつけて来る。

「では、瓜《うり》を育てたことなどは？」

「あるわけがない」

それは残念、と澄生はさして残念でもなさそうに言う。

「実際に育ててみれば分かることですが、簡単に見えてあれはとても難しいのですよ。虫には食われるし病気にはなるし出来は天候に左右されるし、上手く出来たとしても収穫直前に鳥に奪われたりします」

しかも、一度豊作になったからといって、次も同じとは限らない。

「前回と同じ条件で進めたつもりでも、実際は人の力ではどうにもならない違いで収穫に差が出て、何も採《と》れないなんてこともしばしばです」

さらに、その世話を他の者に命じてさせた場合、また違った問題が生じる。

「小作人はさぼるし、怪我をしますし、病気をします。挙句《あげく》、畝《うね》の境界ひとつ、苗一つで喧嘩をしますから、彼らをどうやってうまく働かせ、あるいはどうやって調停するかに、畑を運営する者の力量が試されるのです」

自然相手の問題も、人に関するいざこざも、常に畑を運営する者が対処していかなければならないというわけだ。

「さて。そうして数多《あまた》の問題と苦労を乗り越えた収穫でついた餅が、ここにあるとします。でも、小作人を腹八分目にさせるほどの量しかなくて、全員を満腹にさせることは出来そうにありません。こんな時、陛下ならいかがなさいますか？」

話がどこに向かっているか分からないまま、凪彦は素直に答えた。

「全員を満腹に出来ずとも、皆で等分して分け合えばよいのではないか？」

この瞬間、澄生はにやりと笑った。

「――わたくしもそういたします」

競馬の時とはまた違う、明らかに我が意を得たりとでも言わんばかりの、随分と人の悪い笑みに凪彦はたじろいだ。

その笑みをおさめ、澄生は澄ました調子に戻る。

「しかし、よくよくお考え下さい。腹八分目になった者達は『こんなに頑張ったのに満腹にもさせてもらえないなんて！』と采配をした者に腹を立てるかもしれません。今後、畑の運営がうまくいかなくなるかもしれないし、あるいは力ずくで運営する者の立場に取って代わろうとする者が出て来るかもしれません」

それを避けるにはどうしたらよいと思われますかと問われ、凪彦は小さく唾《つば》を飲んだ。

「自分の分を彼らに与えて、不満を飲み込んでもらう……？」

「お優しいこと。でも、それでは陛下が飢えてしまいますわ」

澄生は優しく窘《たしな》める。

「ではもし、小作人が一人減ったら、全員が満腹になるだけの餅の量ならどうします？」

話の先がどんどん嫌な方向に向かっていくのを感じて、凪彦は乾いた唇を舐《な》めた。

「やっぱり、自分の分を分け与えて理解を乞うしか、私には思い浮かばないが……」

他にも出来ることはございますと、澄生は面白がるように言う。

「もっとも役立たずの小作人を殺して、他の全員を満足させればよいのです」

「そなたは何を言っている！」

なんて残酷なことを言うのかと、凪彦は愕然とした。

「そんな愚《おろ》かな真似、許されるはずがない」

「許すも許さないもありませんわ。運営する側にとってはそれが一番手っ取り早いのですもの」

「手っ取り早く見えても、それは悪手だ。一緒に働いてきた者がそんな理由で殺されたら、他の小作人は満足するどころか怯えるに決まっている！　第一、小作人が減って翌年から困るのは運営する者のほうではないか」

憤激《ふんげき》しながら反論する凪彦に対し、しかし澄生は軽く続けた。

「現在それを行っているのが博陸侯で、畑というのが、山内です」

――痛いような沈黙が落ちた。

凪彦だけでなく、佳通までもが瞠目《どうもく》しているのが視界の端に映る。

澄生だけがどこまでも落ち着いている。

凪彦は小さく喘《あえ》いだ。

「それは、あまりに悪意あるたとえではないか……？」

博陸侯は厳しくも恐ろしいが、彼の行っている施策は、全て山内のためになることだ。自身の係累を宗家に嫁がせることを良しとせず、常日頃から質素倹約に努め、権勢《けんせい》を誇るような振る舞いも全くない。

私利私欲のためではなく、あくまで山内の安寧《あんねい》のために邁進《まいしん》するその姿に嘘はないはずだ。

「博陸侯が、そんな愚かな真似をするはずがない」

「でも、現にそうしておりますわ。小さな田畑でたとえたことが、そのまま山内全土の規模で行われているとご想像頂ければ幸いです」

あっけらかんと告げられた言葉の示すところに思い至り、一度頭に上った血が、今度はさっと引いていくのを感じた。

一番役立たずの一人を殺す。

この一人が――一人ではない。

「陛下、本日はもうお開きになさってはいかがでしょう？」

佳通が青い顔をして口を出してきたが、凪彦は片手を上げてそれを制した。

澄生がこちらを見ている。

それは先ほどの笑みが嘘のような、こちらに逃げることを許さない鋭い眼差しだった。

たとえ名目だけでも、金烏代を名乗る自分がここで逃げるわけにはいかなかった。

「現に、ということは、実例があるということだな？」

「はい。一例を挙げますれば、谷間《たにあい》整備などが分かりやすいでしょう」

「谷間整備？」

思いがけぬ話に、凪彦は困惑した。

それが行われたのは、五年以上前の話だ。

谷間は治安の悪い貧民街であり、荒くれ者が徒党を組み、病気の遊女が二束三文で体を売り、いかさまの博打《ばくち》が横行し、山内の法を犯《おか》した者が逃げ込む先として長年朝廷を悩ませていた悪所であったと聞いている。

存在自体が問題なのは明らかであったのに、あまりに規模が大きくなり過ぎたために、見過ごさざるを得なかったのだ。

そして、博陸侯はその状況をよしとしなかった。

改革の大鉈《おおなた》を振るい、無法者を大勢捕まえ、女達を救いだし、今は跡地を利用して身よりのない子ども達の面倒を見ていると聞いている。

一体何が問題なのかと問う凪彦を、澄生は苦く笑った。

「一口に無法者とされた者達にも、それぞれ彼らなりの事情がございます。貴族の横暴に耐えかねて谷間に逃げ込んだ者、病を得て居場所をなくした者、金に困って親に売られて遊女にならざるを得なかった者、彼らの抱えている事情はさまざまです。朝廷が取りこぼした弱き者の受け皿になっていたのが、谷間だったと言ってもいいでしょう」

だが、博陸侯はそれぞれの事情を斟酌《しんしゃく》しなかった。

「谷間を出て行くようにという命令ひとつを下して、従わなかった者をひとまとめに処分してしまわれた。反抗的な者は毒殺し、あるいは馬にして、不満を述べる者の声を奪ってしまったのです」

先ほどの陛下の疑問にお答えいたしましょう、と澄生は感情のこもらぬ声で言う。

「仲間の小作人を殺したら他の者が怯えるし、労働力が減って来年から困るのではないかとおっしゃいましたね。しかし、もとより他の者から蔑まれている身分の低い者や貧民を殺したところで、彼らを谷間に押しやっていた者達はそれを問題とは思いません。あるいは、そうして馬にした者を労働力として翌年から使えば、ほら、万事解決でございましょう？」

いかにも皮肉っぽい言い方に、凪彦は汗の滲む手を握り締めた。

違う。それは決して、解決などではない。

「馬鹿なことを！」

だが、吐き捨てるように言ったのは、凪彦ではなく、佳通であった。

「命令ひとつなどと、あなたはいかにもいいかげんに言われるが、博陸侯はきちんと事前に谷間を出た後の道を示しておられた。新たな田畑の開墾《かいこん》や治水事業の人足として使ってやると。現に、救いだされた女達は現在薬草園にてまっとうに働いているではないか！　それを突っぱねたのは、身元が明らかになれば困る者ばかりだったからだ」

後ろ暗いからこそ言うことを聞かなかったのだと弾劾《だんがい》する蔵人に、ほほほ、と澄生は場違いに高笑いしてみせた。

「蔵人殿は慧眼《けいがん》でございますこと！　それはまさに、問題の本質を突いたお言葉です。彼らを後ろ暗くさせているものこそが、畑の運営者にとって都合よく作られた法なのですもの」

畑を運営する者が――山内を統《す》べる貴族達が作った、貴族にとって都合の良い法。

澄生は佳通を褒める態《てい》でこきおろした。

「勿論、谷間の者が全員善良であったとは言いません。実際、悪者もいたでしょう。しかし裏を返せば、あの谷間に住んでいた全員が、馬にされ、殺され、自由を奪われて当然の悪者だったなどということがあり得るでしょうか？」

挙句、十把《じっぱ》一絡《ひとから》げに罪人として処断され、多くの者はその罪を明らかにされることもなく、弁明の可能性すら奪われてしまった。

「――と、谷間の整備で行われたような貴族本位の理不尽が、この山内のいたる所で行われているのでございます」

急に澄ました調子に戻った澄生に、凪彦は疲労を覚え弱々しく呟《つぶや》いた。

「それが外界を学んでそなたが感じたという、山内の問題か……？」

「左様にございます。外界においては、法を定める者と、その法をもとにして政を行う者は、厳格に分けるべきとされております。そうしなければ、その場その場で力の強い者にとって都合の良いやり方が法とされ、どんな横暴も正当なものとされてしまうからです」

しかし、山内はそうではない。

「今の山内を支配する法は、山内を運営する者にとって都合よく作られた法なのです。この問題こそが、いつか陛下と博陸侯の統治を危うくするものとわたくしは感じております」

澄生は微笑みながら、しかし研ぎ澄まされた刀のように鋭い眼差しで凪彦を見据えた。

「陛下は今、一番良い餅を召し上がりつつも、その餅のために殺され、馬にされ、言葉を奪われた者らの存在を知らぬという状態です。しかし、知ってしまった者には必ず責任が生まれます。問題は、知った後にどうするかです」

淡々とした口ぶりではあったが、その声は巫女《みこ》による神託《しんたく》のように室内に響いた。

「そなたは、私に何をせよと言うのだ……？」

凪彦の言葉に、しかし澄生は困った子どもを見るような眼差しになった。

「己が何をすべきかを決められるのは、己以外におりませんわ。もしこれが問題であるとお感じになったのならば、せめて陛下の考える、陛下の出来ることをなさるべきかと存じます」

澄生の言葉に、凪彦は呻《うめ》いた。

「自分に出来ること、などと言われても……」

恐ろしい男ではあるが、博陸侯は私心なく、彼の最善を尽くして山内を治めている。

その施策のせいで多くの者が犠牲になっているとしても、博陸侯ですら考えつかなかった解決策を自力で思いつける自信は、凪彦には全くなかった。

「真《ま》に受けてはなりません、陛下」

佳通が、慌てたように澄生と凪彦の間に割り込んで来た。澄生を睨みながら言う。

「貴族本位の理不尽などと言いますが、わたくしに言わせれば、この者の申すことこそ山烏《やまがらす》本位の理不尽です！　博陸侯の施策を悪意を以《も》って曲解し、陛下に取り入る算段なのでございましょう」

澄生は、自分を睨む蔵人に対し、にっこりと笑いかけた。

「悪意を以ってなど、滅相もない。わたくしは博陸侯が山内の安寧を目指していらっしゃることに疑いを持っていないからこそ、その施策に穴があってはいけないと思っているのでございますよ。山内の問題を認識しつつ、博陸侯が間違えるはずがないと断じて、それを正面から申し上げる官がいないというのは、むしろ博陸侯にとってもよろしくないのではありませんこと？」

それとも、博陸侯はそういった提言に耳を貸さないほど横暴なのですかと問われ、佳通は怯《ひる》む。

はああ、と凪彦は呆れと感嘆まじりの息を吐いてそっくり返った。

「そなたの言い分は一理ある。確かに、博陸侯が間違えぬという考えはよくはない」

「恐れ入ります」

「しかし、そなたの知見は一体どのようにして得たものなのだ。そなたに外界のことを教えた者の名は、なんという？」

「千早《ちはや》と申します。元山内衆ですが、今は城下にて用心棒などをやっております」

「――会ってみたいな」

陛下、と佳通が素《す》っ頓狂《とんきょう》な声を出したが、凪彦はあえて無視した。

一瞬だけ目を丸くした澄生は、しかしわずかに迷ったように言い添えた。

「陛下の思し召し、大変ありがたく存じますが、千早は相当に寡黙な男です。先ほど申し上げた話は、千早だけでなく幾人かの師のお話を統合した上で、わたくしが地方を回って考えたことをまとめたものでございますので、果たして千早を呼び出したところで陛下の御心《みこころ》に適《かな》いますかどうか……」

「師となっ」

「実の両親は勿論のこと、幼い頃にわたくしに山内のあちこちを見せてくれた医《くすし》や、ずっと馬のように振舞いつつ、子守りをしてくれた父の友人などです」

つまり、特定の誰かというよりも、澄生を育てた環境にこそ意味があるということだろう。

凪彦が口を開く前に、恐れながら陛下、と再び佳通が割り込んで来た。

「そのように大勢の者を一度に御所に呼ばれるというのは、前例がございません」

硬い表情の蔵人は、本当は人数が問題なのではなく、「そのように素性の知れない者を」と言いたかったのだろう。佳通がここまで言うということは、同じように思う貴族は決して少なくはないはずだ。

ここで無理やり押し通せば、問題になるかもしれない。

少しばかり考えて、やりようはなくもない、と思い至った。

「では、近く凌雲院に参拝することにしよう。そこに千早や、そなたの師らを呼ぶことは可能か？」

凪彦がどこまで本気なのかを疑っている感があったが、そこまで言うと、澄生はようやく腹を決めたようだった。

「わたくしの師は多うございますから、全員は無理かと存じますが、可能な限りでよろしければ」

「それで構わぬ」

「陛下！」

佳通は焦ったような声を出したが、結局、凪彦は譲らなかった。

澄生が退出して後、勝手なことをされては困ると佳通が苦言を呈してきた。

「あの者の言うことを鵜呑《うの》みにされては困ります。谷間の話だって、まさか本気になさってはいないでしょうね？」

「勿論だ。だからこそ、あの者の言うことの何が事実で、何が空言《そらごと》なのかを確かめねばならぬのではないか。そなたこそ、博陸侯の施策に全く問題がないと思うのであれば、鷹揚《おうよう》に構えていれば良かろう？」

なんとも渋い顔になった佳通は、博陸侯が凪彦のために見繕《みつくろ》った側近だ。

おそらく、澄生の意見は佳通を通じ、博陸侯にも届くことになるだろう。

澄生は博陸侯の理想を実現したいと言いつつも、実際はそのやり方を痛烈に批判しているように見えた。報告を受けた博陸侯がどう判断するのか、凪彦にも分からない。

緊張しながら反応を待ったが、結局、面会予定のその日になっても、博陸侯から制止の声は掛からなかったのだった。

凌雲院への参拝自体はつつがなく終わった。

すっかり寝たきりになってしまっているうこぎの見舞いを済ませてから、凌雲院の講堂において、澄生の「師」達との面会は実現した。

仰々しいほどの警備の兵に囲まれつつ、最初に連れて来られたのは、澄生と中年の男女であった。

女性は赤みがかった豊かな黒髪をきっちりまとめており、男のほうは義手と義足をつけていた。

「わたくしの両親です」

澄生にそう紹介されて、凪彦は少なからず驚いた。

「あなたが西家の真赭《ますほ》の薄《すすき》か！」

女性のほうに話しかけると、彼女はにっこりと笑って一礼をする。

「左様にございます。まさか陛下に我が名を知って頂いているとは、恐れ多いことでございます」

すぐに彼女が真赭の薄と気付かなかったのには理由がある。

彼女は母と同世代のはずなのだが、真赭の薄は母や双葉よりもずっと年長に見えたのだ。

それでも、目尻に刻まれた皺《しわ》も髪に混じった白いものも見苦しいとは思わなかったのは、彼女がいかにも溌剌《はつらつ》としていたからだろう。

彼女の目が生き生きと輝いているのを見て、確かに澄生に似ていると凪彦は思った。

「貧民救済のために、その身を賭《と》して働いていると聞いている。天晴《あっぱ》れな行いだ」

「なんと恐れ多いお言葉でしょう。わたくしは、せめて自分に出来ることをしているだけでございますので」

澄生が谷間にいた者に親身になっている背景には、この母親が日頃そうした者達のために働いていることが大いに関係しているのやもしれぬと思った。

真赭の薄のすぐ隣で膝をついた義手義足の男には、酷い火傷《やけど》の痕《あと》があった。最初は真赭の薄の運営する寺院で面倒を見てもらっている貧民かと思ったのだが、よくよく見ればその佇《たたず》まいは静かで、このような場に慣れている雰囲気すらあった。

「では、真赭の薄殿の隣におられるのは、元山内衆の澄尾《すみお》か？」

少しばかり緊張しながら声をかけ、はい、と返されて音もなく唾を飲む。

――凪彦の周囲からは、暗殺された次兄の話は意図して遠ざけられてきた節《ふし》がある。

だが、目の前にいる者は、次兄の最側近だった男なのだ。きっと自分のことはよく思っていないだろうが、金烏として言わなければならないことがあった。

「その体の傷は、我が兄、奈月彦《なづきひこ》の護衛の最中に負ったものと聞いている。宗家への忠心に感謝する」

「もったいなきお言葉でございます」

感じ入った風でもそっけなくもなく、ごくごく自然に澄尾は頭を下げた。

この態度にも澄生に通じるものを感じ、ふと、凪彦は自分がかけるべき言葉を間違えたことに気が付いた。

「ああ、すまない。そなたの忠心は宗家ではなく、兄上へのものであったか」

つい謝ると、驚いたように顔を上げられた。

目が合って、ふと、その表情が和らぐ。

「そんな、陛下に謝って頂くようなことではございません。お気遣いを頂き、ありがたいばかりです」

内心はどうあれそう言ってもらえたことに、凪彦はそっと胸を撫で下ろしたのだった。

ゆっくりしている時間はない。

ここまで来てくれたことへの礼を言い、早々に本題に入った。

「少し話しただけでも、澄生の考え方にはとても驚かされた。どのような教育を施《ほどこ》したら、このような奇特《きとく》な娘御に育つのだ？」

澄生は「まあ、光栄ですこと」などと言ってにここにこしていたが、当の二人は何故か、口いっぱいに塩の塊《かたまり》でも放り込まれたような顔になった。

「恐れながら申し上げます。せっかくお呼び頂いたのにこんなことを言うのは不甲斐《ふがい》ないのですが、我々は何もしておりません」

何を言っているのかと目を瞬《しばた》くと、澄尾が、まるで過去の罪を懺悔《ざんげ》するかのような表情で口を開いた。

「実は、娘は幼い頃は体が弱く、地方に住んでいる医《くすし》に預けていたのです。体調が戻り次第すぐに戻って来る予定だったのですが……途中で、その、行方不明になりまして……」

「何？」

聞き取れなかったわけではなかったのだが、理解が及ばずに訊ね返した。

楽しそうに笑っているのは、この場で澄生だけである。

「わたくし、最初はお寺で療養していたのですが、そのうち師にくっついて、山内中をあちこち回るようになったのです。とっても楽しかったですわ」

娘の言葉に、真赭の薄は自身の眉間《みけん》の皺を伸ばすように手をやった。

「こちらは楽しかったどころの話ではありません！　最初は人さらいにあったのかと思って、気が気ではなかったのです」

妻の言葉に、澄尾が深々と首肯《しゆこう》する。

「名医を訪ねて回るなどと言っていましたが、実際は物見遊山《ものみゆさん》です。西家のほうから手配をかける直前にいきなり戻ってきて、でもまたすぐにいなくなったりして……安否の確認が出来るのは、気まぐれに届く手紙だけです。いくら言っても当の本人が全く聞きやしませんし、この子に関しては生まれてから今日に至るまで、ずっとはらはらし通しで……」

「両親には心配をかけてしまいましたが、おかげさまですっかり丈夫になりました」

げんなりしている両親の隣でのんびり笑う姿に、もしやこの者は少し変わっているのかもしれない、と凪彦はちょっとだけ不安になった。

そんな凪彦の心情など全く知らぬ様子で澄生が言う。

「確かに、弟や妹に比べれば一緒にいる時間こそ少なかったかもしれませんが、この両親なくして今のわたくしはありません。とても心配しながら、結局はわたくしの好きなようにさせてくれましたし、ずっと応援してくれましたもの」

確かに、落女になりたいと言われたら、普通の貴族は必死で止めるに違いない。

そこはどう思っていたのかと訊ねると、真赭の薄は苦笑して答えた。

「わたくし自身、自分のやりたいようにここまで生きて参りました。それが叶ったのは、わたくしの父母が貴族としての体裁よりも、わたくし自身の意志を尊重してくれたからです。同じことをしてやれなくて、一体何が親でしょう」

さらりと言ったが、真赭の薄は、西家の一の姫であり、登殿までした身なのだ。

貴族として考えた時、政治上の彼女の価値は計り知れないものがある。ここに至るまでの間に、葛藤がなかったわけがない。

これに、澄尾が静かに続けた。

「この子のみならず、我が子はいずれも天から預けられた存在であると我らは思っております。親の役目は、子ども達がいつか天に戻れるよう、自由に羽ばたいて行けるように手伝うことだけです。妻とは、それを邪魔することだけはしないように気を付けようと話し合って、今に至っております」

出来ているかは分かりませんが、と神妙に言う父親に、澄生はどこか自慢げに微笑む。

「こういう方達でしたので、わたくしは今、こうして自分の好きなようにさせてもらっています」

――不思議な親子だ、と凪彦は思った。

真緒の薄と澄尾は、凪彦の知るどんな貴族の親とも違っていた。

凪彦自身には、早くに亡くなった父親の記憶があまりない。もし今も生きていて、この親子を見たら一体何を言っただろうか？

つい物思いに沈んだ凪彦に、呑気な口調で澄生が言う。

「本当は、一緒にあちこち回った師や、馬みたいに振舞っていた父の友人もご紹介したかったのですけれど、彼らは今どこにいるかも分からなくて……」

凪彦は目を見開いた。

「その者らは、今も放浪を？」

「師に関しては間違いなくそうですね。自由な方ですから」

だが、その師は勝手気ままに放浪しながらも、きっちり貴族の教養を澄生に叩《たた》き込んだのだと言う。

「いずれ貴族の世界に戻るつもりがあるなら、その時に付け入られるような隙を作るなとは再三言われました。師の教え方はとても上手でしたので、おかげで貢挙《こうきょ》もばっちり受かりましたわ」

誇らしそうに胸を張っているが、その父母はどこか遠い目をしている。

師とやらが何をどう教え込んだかは知らないが、貢挙に受かるほどの教養というのは、貴族の子女への教育としてやり過ぎているのは明らかだった。

「放浪はいいですよ。平民の生活を知り、彼らが日頃何を思っているのかを知りたいならば、いつか陛下も放浪なさってみると良いですよ」

「出来るわけがなかろう」

思わず真顔になって返してしまったが、これには、「いえ」と思わぬ所から控えめな否定が入った。

「あの、陛下の兄君はなさっていましたよ、放浪……」

「冗談だろう?」

つい笑って、しかし澄尾がそんな凪彦を気の毒がるような目で見ているのに気付き、次第に笑えなくなってしまった。

「……まさか、本当なのか」

「奈月彦さまの放浪先で、自分はあの方に出会いましたので。かつてお仕えした主君に言うことではないかもしれませんが、まごうかたなき悪癖《あくへき》でございました」

どうやら性質《たち》の悪い嘘というわけでもないらしい。

奈月彦は貴族を軽んじ、金烏としてふさわしいふるまいを疎《おろそ》かにしていた、と噂する者は確かにあった。だが、地方を放浪していたという話は流石《さすが》に聞いたことがない。

澄尾は大切な思い出を懐かしむというよりも、何か嫌な思い出がつい頭をよぎってしまったという面持ちをしていた。

「自分が最初にお会いした時、あの方は川虫《かわむし》を生《なま》で食べようとなさっていました」

川虫と聞いて、しかし凪彦はそれがどのようなものか全く想像が出来なかった。

「それは……生で食して問題がないものなのか……？」

「お止め下さい陛下。お腹を壊します！」

言った本人から本気の剣幕で止められてしまい、別に自分は生で川虫とやらを食べたいと言ったわけではないのに、と凪彦は少しばかりうろたえた。澄尾のほうもすぐに差し出がましい口を利《き》いてしまったと気付いたらしい。

「大変失礼をいたしました。少し、陛下は兄君に似ておられるように感じてしまいまして」

「明鏡院《めいきょういん》に似ているとはよく言われるが……」

「いえ、自分が似ていると感じたのは、奈月彦さまのほうです」

凪彦は言葉もなく澄尾を見返した。

彼は真面目な顔をしており、その隣の真赭の薄も、夫の言葉を否定しようとはしなかった。

「――それは、初めて言われた」

何と言っていいか分からずにそれだけ言うと、澄尾はどこか寂しそうに微笑んだ。

「お顔立ちは確かに明鏡院に似ておられますが、内面が奈月彦さまに似ておられると感じたのです。少しばかりお言葉を頂いただけで、自分のような者に何が分かるとお思いでしょうが」

ご不快でしたらすみません、と謝られ、凪彦は静かに首を横に振った。

「不快などではない。でも、兄上のほうはそれを聞いたら喜ばれないだろうな」

「そんなことはございません」

真剣な顔で、真赭の薄が嘴《くち》を挟んで来た。

「奈月彦さまは、そういう方ではありませんでした」

亡き主君を悼《いた》むかのような沈黙は、凪彦にとって意外なことに、決して居心地の悪いものではなかった。

「兄上は、どのような方だった」

凪彦の近くには、弑《しい》された奈月彦のことを遠回しに悪く言う者、弑された事実を悼みつつ、しかし仕方なかったと述懐する者はあっても、生前の彼を実際に詳しく知る者はいなかった。

澄尾が静かに答える。

「少々型破りなところはおありでしたが、人として、間違いなくお優しい方でございました。でも、本当は何をお考えになっているのか、結局わたくしどもには分かりませんでした。見ている世界が違い過ぎたのだと思います」

言葉の意味を問うような視線を向けると、澄尾はどこか痛みをこらえるような表情になった。

「誤解を恐れずに申し上げますと、自分は身分を超えてあの方と友人であったと思っております。だからと言って、何もかも言い合えるような関係ではなかったのです。心を許したか、許していないかというそんな単純な話ではなく、いくら本人がそうしたいと思ったところで、そのお立場からして決して口に出せないことが、私が認識していたよりもはるかに多かったのだろうなと……あの方が亡くなった後になって思い至りました。それを、当時全く気付いていなかった自分を、今もずっと悔いております」

項垂《うなだ》れる夫の背に、真赭の薄がそっと手を当てながら言う。

「わたくしどもはあの方にとって、あくまであの方の守るべき民《たみ》で、そこが大前提としてありましたから……」

真赭の薄にかすかに笑みを返してから、澄尾は凪彦を見上げた。

「陛下にもきっと、同じ悩みがおありかと存じます。わたくしどもが言えたことではございませんし、不敬なのは重々承知で申し上げますが、立場を離れ、ただ陛下の兄君の友人であった者として――あなたさまの幸福をずっとずっと祈っております」

そう言って深く頭を下げた二人に、凪彦はただ、無言で礼を返すほかになかったのだった。

次いで通されたのは、目つきが悪く、骨ばった感のある男だった。

元山内衆と言うには柄《がら》が悪いと思ったが、その男こそが、澄生に外界のことを語って聞かせたという千早であった。

佳通に命じて千早の経歴は調べ上げていたので、彼もまた、澄尾と同様に奈月彦に仕えていた山内衆だったことは分かっていた。

ただ、澄尾が怪我を負って退役したのとは異なり、彼は太刀《たち》を取り上げられている。澄生に話を聞いた当初、外界に遊学するほど優秀な山内衆がどうして野《や》に下って用心棒などやっているのかと不思議だったのだが、その経歴を知ればさもありなんというものであった。

奈月彦が弑された夜、その警備の責任者だったのが、他でもない千早だったのだ。

それが分かった時点で、蔵人達は千早との面会は止めるべきだと主張したが、凪彦は譲らなかった。

結局、現役の山内衆に囲まれ、武器などがないかをさんざん確認された上での面会になってしまった。仏頂面はそれを不快に思ってのことかと心配だったのだが、澄生は「千早殿はいつもこうですので」などと気にしていない。

あらかじめ澄生から釘を刺されていたものの、千早は聞きしに勝る無愛想な男であった。

「澄生から外界から得た知見を聞いたが、とても驚かされた」

「はあ」

「そなたは外界でどのようなことを学んだのだ?」

「語れるほど大したことは」

「……いや、そんなことはなかろう。現に、澄生の話は大変興味深いものだった」

「それは私ではなく、あくまでこいつの見解でしょう」

終始こんな感じなので、気を遣って色々と問いかける凪彦のほうが困ってしまった。

同席した澄生も時々補足を入れてくれるのだが、本人からは全く話そうという気概が感じられないのだ。

　これは大した話は聞けそうにないか、と落胆していたところ、澄生の言っていた『山内の問題』の話題になり、少し空気が変わった。

「今の山内は、身分の低い者にとって地獄です」

　あまりに臆面《おくめん》なく言われて、息が止まるかと思った。

「地獄とは……そこまで酷いか」

「私は、あなた方が『山烏』と呼んで蔑む階級の出身です。父母は南領《なんりょう》の綿花《めんか》畑所有の小作人でしたが、私が幼い頃、病で倒れた母の看病をした罪で父は斬足《ざんそく》され、馬にされました。母はそのまま死にましたし、今に至るまで父の行方は分かっておりません」

　ぶっきらぼうに告げられる身の上話を、凪彦は相槌《あいづち》も打てずにただ黙って聞いた。

「妹が八つの頃、畑の持ち主一家の息子に、妹は暴行されそうになりました。なんとか逃げ出して南家系列の貴族に拾われましたが、今度は私がその貴族の手足として働くことになりました」

　千早は一瞬だけ皮肉っぽく笑った。

「あのけだものみてえな息子を怪我させた罪で、そうしなきゃ俺が殺されたからだ」

　――畑の運営者にとって都合よく作られた法。

　脳裏に、澄生の言葉がよぎる。

　なんとも返せない凪彦を見限ったように、千早は再び無表情になって続ける。

「妹は目が見えなかったので、谷間の置屋に行かされました」

凪彦は息を飲んだ。

「谷間だと？」

先だっての谷間整備で、女達はどうなったか。

「妹御は、今は……」

「幸いなことに善《よ》き夫を得て、谷間の外で暮らしております」

凪彦はほっと息をついたが、その反応を千早は注視していた。

「――ですが、妹はもともと谷間を出たいとは思っていませんでした」

何を安堵していると言わんばかりの冷たい口調で言う。

「南家系列の貴族との縁が切れた後、一度自由の身になった妹は、しかし自分の意志で谷間に戻ったのです」

千早の言葉に、凪彦はぽかんとした。

「何故だ。谷間はか弱い女子《おなご》を食い物にしていた悪所であったと聞いたぞ？」

「あそこには目が見えなくても一人前に扱ってくれる者がいて、そこで妹は楽士《がくし》として育てられたからです」

千早の声は静かだった。

「あそこは、確かに悪所ではありました。でも、その悪所を悪所としていたのは住人ではなく、貴族だと私は思っております」

千早はひたと凪彦の目を見据えた。

「その谷間で、何が行われたのかをご存じで？」

陛下、と佳通が一声上げた。

そこまでだという合図だと見て取り、しかし凪彦はそれを無視した。

「詳しいことは知らないのだ。でも、知りたいと思ってはいる」

「ではお教えしましょう」

千早は凪彦を睨むような眼差しのまま口を開く。

「谷間整備では多くの者が命を落としたが、連中は罪の大小でその処遇を決められたわけではない。雪斎は谷間を出て行かなかった者のうち、頭目になりそうな者をわざわざ選んで殺したのだ。羽林天軍《うりんてんぐん》を送り込んで斬り殺し、籠城《ろうじょう》した者には毒を盛った」

何故だかお分かりかと問われ、凪彦はその勢いに呑まれたまま、首を横に振る。

千早は凄惨《せいさん》に笑う。

「反抗的な者を始末し、不平不満を口に出来ない労働力が欲しかったからだ。馬にされた者は、今は北家の統括する多くの武人の負担を肩代わりする形で、労役に使われている」

――これで私利私欲がないなどとは、笑わせる。

「そこまでです」

佳通の命令で、山内衆が凪彦の視界を遮るように千早を取り囲んだ。

「このまま話を聞かせよ！」

他でもない凪彦の制止に、しかし佳通も山内衆も耳を貸そうとはしなかった。

「いいえ、陛下。これは明らかに博陸侯へのいわれなき侮辱にございます。太刀を取り上げられ、博陸侯を逆恨みする卑《いや》しき者の讒言《ざんげん》を、お耳に入れることこそが罪です」

佳通に睨まれ、山内衆に迫られた千早は、しかしいささかも動じず、静かに凪彦ばかりを見つめていた。

「自分の都合で他者を生かしたり殺したりする貴族どもの前で、山烏はまともに生きていけない。だが、山内が緩やかに滅びに向かう以上、この体制は永続しないだろう」

「退室願います」

蔵人の怒号に、千早は仕方ないな、という素振りですっと立ち上がる。

去り際、彼は皮肉っぽく忠告を寄越したのだった。

「あなたも、どうかお気を付けて」


見送りの場に、千早の姿はなかった。

自分のせいで彼があまり良くない状況に置かれたのではないかと嫌な予感がしたが、どうなったのかを佳通に訊ねても教えてはもらえなかった。

悶々《もんもん》としつつ、寺の者や、澄生達に見送られて飛車《とびぐるま》に乗り込もうとした時だ。

「お待ちを」

突然、誰かの大声が聞こえた。

声のしたほうを振り返ろうとして、それが何者かを見定める間もなく、山内衆にさっと庇われて視界が塞がる。

「何奴《なにやつ》！」

「引っ捕らえろ」

気配だけでも、一瞬にして周囲が殺気立つのを感じる。

もみ合う音に、「違います！」と何やら必死に弁明する声が重なる。何が起こっているのか分からず硬直していると、不意に澄生の素っ頓狂な声が響いた。

「お前――マツタカか？」

そして、慌てた声が続く。

「すみません、この者はわたくしがここに呼び出した者です」

「ふざけるでない。面談者の予定にはなかったはずだ！」

佳通の怒号に、「申し訳ありません」と彼女らしからぬ殊勝《しゅしょう》な謝罪が返る。

「この者は地方に住んでおりまして。一応来られるかどうかを訊ねる便りは出したのですが、返信がなかったもので本日には間に合わぬと思っていたのです」

慌ててこちらに駆けつけて来たのでしょうという弁明を聞いて、凪彦は山内衆の陰から恐る恐る顔を出した。

山内衆に地面に組み伏せられているが、抵抗もしておらず、何か武器などを持っているわけでもないようだ。

「そのような勝手をされては困ります。事前の相談もなく陛下の前に飛び出して来るなど、この場で斬り捨てられても文句は言えぬ所業ですぞ！」

憤慨する佳通に、「よい」と凪彦は声を上げる。

「もともと、呼べる者は出来るだけ呼べと私が命じたのだ。入れ違いになってしまったのだとすれば、曖昧《あいまい》な命令をした私のせいだ」

「ですが……」

「丸腰ならば放してやれ」

男を押さえ込む山内衆は一度佳通の顔を窺ったが、彼が苦い面持ちで足を一歩引いたのを見て取り、警戒しつつもそっと男から手を離した。

何も持っていないことを示すように手を広げたまま、ゆっくりと男が体を起こす。

年は三十に届かぬくらいであろうか。

羽衣《うえ》をまとった体にはしっかりと筋肉がついており、その肌や髪も日焼けをしているせいか、油っけが感じられない。しかし思いがけずその目元は涼やかで、中々の色男であった。

「そなた、マツタカと呼ばれていたか？」

何があったと凪彦から声をかけると、その場に綺麗な仕草で礼をした。

「大変ご無礼つかまつりました。それがし、東領鮎汲郷《とうりょうあゆくみごう》の松高《まつたか》と申します」

平民にしては、その話し方には訛《なま》りがない。今の場面にはそぐわないほどに堂々とした態度には、ゆるがぬ自信が感じられた。

「澄生殿の申された通り、間に合えばこちらに参上するようにと文を頂いていたのですが、所用あって家を出ており、気付くのが遅れてしまいました。しかし陛下にお目通りが叶う機会など金輪際《こんりんざい》ないものと思いまして、慌てて駆けつけた次第です」

焦るあまり、押し入るような形になって本当に申し訳ございません、と再度謝罪をする。

「そなたが、放浪好きだという澄生の『師』か？」

それにしてはやけに若いと思ったが、これには「いえ」と澄生が答えた。

「この者とは、師との放浪中に出会ったのです。わたくしは、地方で出会った者達はある意味で全員、わたくしの『師』と思っています。地方の現状をよく知る者の代表としてご紹介出来ればと思ったのですが……」

一瞬、非難するような目を松高に向けた澄生に、松高は口の動きだけで「すまん」と返した。妙に気安げな二人の関係が少し気になったが、佳通が怒り心頭のせいで、そこに構ってはいられなかった。

「もう、陛下はお帰りになります。予定になかった者と話す時間などございません！」

「おっしゃる通りですわ。本当に申し訳なく存じます」

頭から湯気を出さんばかりの蔵人に澄生は平身低頭の態《てい》で謝り、同じく頭を下げた松高も、凪彦に顔を向けて眉《まゆ》を八の字にした。

「気がはやる余り、曲者と断じられて当然の振る舞いをいたしましたこと、心よりお詫び申し上げます。本日は退散いたしますゆえ、どうかご容赦下さいませ」

「当然です。この期《ご》に及んでなんと厚かましい！」

怒りにわななく佳通を横目に、凪彦は口を開いた。

「我が命でわざわざ遠方より参ったというのに、話も聞けずに悪いことをした」

「――いえ」

その瞬間、松高は精悍《せいかん》な顔に、どこか不敵な笑みを浮かべた。

「こうして陛下の玉顔《ぎょくがん》を拝す栄誉に与《あずか》れただけで、恐悦至極《きょうえつしごく》にございます。もしまた、地方について一平民の声を聞いてみたいと思し召《おぼしめ》しのことあらば、どうかこの松高を思い出して頂ければ幸いです」

そうして深く深くひれ伏した松高を、澄生はどこか呆れたように見やっていたのだった。


宮中に戻るための飛車の中で、凪彦は大きく息をついた。

澄生の考えをもっとよく知りたいと思って設けた場であったが、想像していたよりもはるかに得るところの多い一日となった。

殺された兄の話といい、地方や谷間の実態といい、初めて耳にすることばかりだった。佳通が止めなければ、出来れば松高の話も聞いてみたかったところだ。

知らなかったことは仕方ない。だが問題は、知った後にどうすべきかだ。

――せめて自分に出来ることを、とは誰が言った言葉だっただろうか？

物思いにふけるうちに、凪彦の乗る飛車は金烏しか使うことの許されない車場《くるまば》へと到着した。

踏台《ふみだい》と履物を用意され、手を借りながら車から降りた凪彦は、そこで自分を待ち構えていた者の姿を認めてびくりと足を止めた。

「随分と楽しい参拝であったようですね」

「治真《はるま》……」

博陸侯の代弁者というべき筆頭羽記《うき》が、にこやかに凪彦の帰りを待っていたのだった。

「何か問題が？　優秀な者を取り立てるのは悪いことではあるまい」

凪彦は、澄生に雑用をさせておくのは勿体ないと本気で思っていた。場合によっては蔵人として彼女を取り立てる道も考えており、その権限は、名目上は凪彦が握っていることになっている。

その下調べとして彼女の関係者と会って話を聞くというのは、決して羽記から咎められるような行いではないはずである。

それでも、何を言われるかと思えば心臓が早鐘《はやがね》を打つ。

身構える凪彦に、しかし羽記は怒ったりはしなかった。

「勿論でございます。陛下が下々の者に関心を寄せられるのは喜ばしいことです。ですが、事前に一言頂けたほうがありがたいですね」

今回の会談の内容は、思いのほか博陸侯批判に寄っていた。彼にはすでにその報告が上がっており、今回は見逃すが、二度目はないと釘を刺しに来たのだと悟った。

「分かった。次があれば、事前にそちらに連絡する」

「ご理解頂けたのなら結構でございます。お疲れのところ申し訳ありませんでした。さ、御座《ご ざ》所《しょ》にお戻りを」

当然の顔をして先導を買って出た治真に心中複雑であったが、ふと、この男も元は山内衆であったということを思い出した。

歩きながら問う。

「そなたは、弑《しい》された兄上と言葉を交わしたことはあったか？」

いつものっぺりした笑顔を崩さない羽記にしては珍しく、驚いた顔でこちらを振り返った。そのまま何も言わなかったので答えてもらえないのかと思ったが、ややあって、治真は感情の窺い知れない声で答えた。

「――ございます。わたくしが山内衆としてお仕え申し上げたのは、ほかでもない奈月彦さまでございましたので」

やはりそうだったかと凪彦は一人頷いた。

「羽記にとって、兄上はどのような方だったのだ？」

「わたくしの口からは何とも……」

「私には言えないほどに、思うところがあったのか？」

これに羽記は、わずかに躊躇《ためら》ってから、そうではありません、と答える。

「とても賢い方で、慈悲深い方であったとは思います。ただ、その実何をお考えになっているか、よく分からぬ方でもありました。わたくしがどれだけ彼《か》の方の心中を想像したとしても、きっと外れているだろうという思いがあるので、軽々には語れぬのです」

凪彦は羽記の言葉を咀嚼《そしやく》して、やはり、澄尾も同じようなことを言っていたと思い出す。

「そう言えば、兄上も外界に遊学の経験があったそうだな。そなた、兄上が外界について何か語っている話を聞いたことはあるか？」

これに羽記は、ゆっくりと目を瞬いた。

「外界の話でございますか？」

真剣に中空を睨む横顔に、そうすると治真は随分と若く見えることを、凪彦はこの時初めて知ったのだった。

「そう言われてみれば、ありません。あくまで、わたくしの知る限りではございますが……」

＊　＊　＊

金烏の寝所である夜御殿《よんのおとど》は塗籠《ぬりごめ》となっている。白木と漆喰《しつくい》、豪奢な金の屛風で囲まれた室内からは想像が出来ないが、この土の壁を剝《は》いだ向こうは岩肌なのだ。

他の場所と隔絶されている分、隠れて何かをする分にはちょうど良い。

凪彦は、繧繝縁《うんげんべり》の畳に上質な絹の寝具を重ねた上に一人、あぐらをかいて座っていた。鬼火灯籠の光のもとめくるのは、佳通が寄越してきた報告を記した解文《げぶみ》である。

凌雲院において澄生の縁者との面会を経た後、凪彦は佳通に対し命を下した。

千早の出身地であった綿花畑は、今どうなっているのか。

谷間の整備は具体的にどのような手順で行われたのか。

過去に谷間にいた者達は、現在どのような状況にあるのか。

それらの記録を早急に調べるように、と申しつけたのである。内容が内容なので時間がかかるものと思っていたのだが、佳通はたった二日後に結果を差し出してきたのだった。

まず、綿花畑は現在においても当時と変わらぬ一家が所有していることが分かった。運営に問題があったのは事実で、当時、南橘《みなみたちばな》家からは是正の警告があり、奈月彦の治世になってからは一旦その領地は取り上げられたらしい。

だが、奈月彦の死後、過去の所有者一族から再調査の嘆願があり、改めて領地が返還されたのだ。

小作人への横暴がどうして許されたのかが疑問だったが、問題があったのは千早のほうであるとする記録が残っていた。なんでも、綿花畑の所有者一族に大怪我を負わせたので、それを誤魔化すために妹への暴行をでっちあげたというのである。

奈月彦は自身の側近に取り立てた千早の言い分だけを信じ込み、偏った判断を下したというのが、現在の朝廷の見解であるらしかった。

そして谷間の整備は、第一に谷間の住民に新しい働き口への案内を出し、第二に違法の賭場や遊女宿に退去の勧告を行い、第三に勧告に従わない場合には強制的に身上の検《あらた》めを行う旨の警告が出され、なおそれに従わない者にはやむを得ず羽林天軍を遣わした、という次第であった。

　その過程で死者は出たものの、死者はあくまで命令に従わずに羽林天軍に対し武器を使用した者であり、手続きに問題は全くなかったという。

　結果として斬足《ざんそく》されて馬となった者は、現在は大人しく治水事業に従事し、遊女達も女工場《じょこうば》においてまっとうな生活を送っている――ということであった。

　丁寧に、誰がどこでどのように犠牲になったかの資料のほか、現在の馬の扱いは非常に手厚いものであるということ、女工場の女達は無償で医《くすし》が健康を管理しており、彼女らの生活がいかに素晴らしく、今の待遇に感謝しているかを聞き取った記録なども付されていた。

　解文は昼間に一度佳通によって読み上げられたものであるが、それだけでは咀嚼しきれず、こっそり寝所に持ち込んだのだ。

　佳通は、報告を読み終わって早々に「だからあの者達の言葉を鵜呑みにしてはならないと申し上げたでしょう」などと訳知り顔で宣《のたま》った。

　それに「そうだな」と返しつつ、凪彦は内心、全く違うことを考えていたのである。

「陛下。まだお休みになっていないのですか？」

　凪彦はハッとした。

　声を掛けたのにお返事がなかったので、と言ってこちらの許可を待たずに入って来たのは佳通だ。

　隠す間もなく、寝具に広げられた解文を見て、佳通は何とも言えない顔になった。

「……報告に不備でも？」

口を開きかけたものの、少し思案した後、いや、と凪彦は否定を返す。

「不備はない。ただ少し、読み返したくなっただけだ」

じっと凪彦を見つめた後、そうですか、と佳通は引き下がった。

「しかし、夜更《よふ》かしはお体に障《さわ》ります。こちらはまとめて昼御座《ひのおまし》のほうに置いておきますので、もうお休み下さいませ」

「ああ、手間をかけるな」

散らばった解文を素直に渡して、凪彦は寝具に横になる。

見上げれば、部屋の四隅に点《つ》けられたままの鬼火灯籠に、天井の漆喰がしらじらと浮かび上がっていた。

――今の山内を支配する法は、山内を運営する者にとって都合よく作られた法である。

最初に呼び出した日、澄生は確かそんなふうに言っていた。

その法に則《のっと》って問題がなかったと言われても、それこそ意味がないのだ。

寝所に持ち込んだ解文をめくって改めて思ったのは、やはり、これをそのまま信じることは出来ないということであった。

報告の向こうにある人々を凪彦は見ていないが、千早とは直接会い、言葉を交わしている。

千早の肩を持つわけではないが、彼の吐き捨てた「山内は地獄」という言葉は、むしろこの貴族本位に整えられた報告が証明してしまっているような気がした。

これを放置することは出来そうにない。

凪彦は、澄生に対し新たな命令を下すことに決めた。

第四章　松高

「まあ、これが全部わたくしですの？」

床に広げられた綺羅絵《きらえ》をじっくりと見回してから、澄生《すみき》は破顔一笑《はがんいっしょう》した。

「こんなに素敵に描いて頂けるなんて、とっても光栄ですわ」

この一言を受けて、絵を持ち寄った絵草子屋の店主と絵師達は一斉に笑み崩れた。

「いやあ、他でもない落女《らくじょ》殿にそうおっしゃって頂けて良かった！」

「こうして間近にお姿を拝見しますと、直したい部分がいっぱい出てきますね」

「もっといいのを描きますから、もう一回ご確認頂くことは可能ですかな」

好き勝手に言い合う男達の後ろ姿を部屋の隅から眺めて、俵之丞《たわらのじょう》は「収拾つかねえな、こりゃ」と早くも諦観《ていかん》の姿勢に入った。

大山座《おおやまざ》での一件から、既に二月《ふたつき》が経っている。

彼女を描いた雲上絵《うんじょうえ》を作りたいという店主達の要望を受けて、綺羅絵の下絵確認には、必ず澄生がついてくるようになっていた。

最初に彼女を連れて来た時は、絵師達が澄生を写生したがるので大騒ぎになってしまった。本人は笑ってばかりだったが、場を収めるのに苦労したのは毎度のことながら俵之丞である。

その時の手控えをもとにした下絵が出来たというので今回は確認に来たわけであるが、顔を合わせるのは初めてではないというのに、相変わらず澄生は大人気であった。

「ご本人がそれでよろしいとおっしゃっているなら、顔はこのままでもいいんじゃないですかね、俵之丞の旦那」

部屋の隅でやさぐれ気味に爪などいじっていた俵之丞は、いきなり期待交じりに意見を求められて泡を食った。

「いや、そりゃいかんだろう。あくまで、誰か分からないようにという決まりなんだから」

「でも、お美しい落女さまを描いた雲上絵なんて、お名前をぼかしたところでたった一人しかおられぬじゃないですか」

内心ではそりゃそうだと思いつつも、俵之丞は頑《かたく》なに「駄目だ」と繰り返した。

「一人例外を認めちまえば後で問題になるんだよ。頼むから、顔はそれなりに変えてくれ」

せっかくいい絵なのに、頭が固い、と不満を漏《も》らす絵師を後目《しりめ》に、俵之丞は壁にもたれかかった。すると、店主達のまとめ役をつとめる宝屋《たからや》の店主がそっとこちらに近付き、こそこそと囁《ささや》いてきた。

「俵之丞の旦那も苦労なさいますなあ。あれでしょ、決まり云々とおっしゃってはいるが、本当は例の噂《うわさ》が問題なんでしょう？」

痛いところを突かれて、俵之丞は閉口した。

宝屋は、絵草子屋の中では一番の大店《おおだな》だ。

絵草子は庶民の文化とはいえ、大店になれば貴族に伝手《つて》のある者も出て来る。腕利きの商人達にとって情報は何よりの武器となるため、朝廷での醜聞《しゅうぶん》なども早々に聞きつけてくるのだった。

「それ、他の連中にはあんま言いふらしてくれるなよ」

他の比じゃねえ問題になるから、と小声で言うと、「分かってますとも」と大真面目に返される。

「こちらも、流石《さすが》に金烏《きんう》陛下を飯のタネにする勇気はありませんや」

――端午《たんご》の節句《せっく》以降、后選《きさき》びを行うべき若き金烏が、肝心の四姫《よんひめ》を無視して『傾城《けいせい》の落女』殿にご執心《しゅうしん》という噂がある。

実態がどうであれ、そういう噂が出回っているという時点で大問題である。「傾城」が洒落にならないという事態に、澄生の扱いはいっそう慎重を期すようになっていた。

その話を最初に聞いた時、俵之丞は眩暈《めまい》を覚えたものだ。

ただでさえ問題児のくせに、考えられる限り最低最悪の問題をご丁寧に拾い上げてきやがった、と。

実際、競馬《くらべうま》の儀式以降、彼女が何度か若き金烏代に呼び出されているのを俵之丞は知っている。

澄生本人は「陛下は民《たみ》の苦境に興味を持って下さったのですよ」などと喜んでいたが、あの年頃の小僧の関心の在《あ》り処《か》など、小難しい政治の話よりも見た目のいい若い女に決まっているのだ。

実際のところ、芝居や綺羅絵でさんざん美化されている四姫よりも、この変人の落女のほうが単純に面《ツラ》が良いのではないかという嫌な予感もあった。

極《きわ》めつけは、治真羽記《はるまうき》から再びの呼び出しを受けたことである。

可も不可もない報告を終えた後、「これまで以上に落女から目を離さないように」と恐ろしい笑顔で厳命され、あの噂が根も葉もないわけではないことを悟らざるを得なかったのだった。

「でも、うちみたいな里烏《さとがらす》の耳にまで聞こえてきている時点で、隠したところで無駄という気もしますがねえ……」

何気ない宝屋の言葉に、俵之丞は唸《うな》るしかない。

もはや手遅れという気はするが、そういった噂が城下にも届いた時、当の金烏陛下ご執心の落女の似姿がありのままで出回っているという事態だけはなんとしても避けたかった。

最悪、売り出す前に発行を差し止められる可能性もあるが、最低限の決まりさえ遵守《じゅんしゅ》していれば上から目を付けられることはないはずである。

「……俺にも、今後どう転ぶかは分からねえんだ。出来るだけ名前を変えて、顔もそっくりにならねえようにして、とにかく問題がないように頼むよ」

俵之丞の苦しい言葉に、宝屋は物分かりよく「そうします」と返したのだった。

「あんた、好き勝手に似姿《にすがた》を売り出されて本当に大丈夫なのか？」

絵草子屋を出て、大路を歩きながら俵之丞が問うと、「気にならないわけではありませんが」と澄生は言う。

「まあ、落女になると決めた時点で、注目されるのは免《まぬが》れないと覚悟はしましたので」

「変な奴に興味持たれて、面倒事に巻き込まれるかもしれんのだぞ」

「そうならないように、俵之丞殿が規制を入れて下さるのでしょう？」

にこにこしながらそう言われて、人の気も知らねえで、と俵之丞は仏頂面《ぶっちょうづら》になった。どうにも危機感が足りない様子に説教のひとつでもくれてやらねばと口を開きかけると、ああそうだ、と先《さき》んじて澄生が声を上げる。

「実は、これから行きたい場所があるのです。俵之丞殿は先に朝廷に戻っていて下さいますか？」

あまりに急な話に、俵之丞は耳を疑った。

「話聞いてたか？　さっきの今で何をほざいてんだ」

綺羅絵が出回っていない今の時点で、すでに彼女は注目の的なのだ。今は隣に俵之丞がいるから遠巻きにされているが、一人になった途端に何が起こるか分かったものではない。

「官服姿でうろちょろしなさんな。あんた、一応は仕事中なんだぞ」

「でも、わたくしが仕えている西大臣《にしのおとど》からはどこで何をするのかを自分で決めても良いと言われておりますし……官服に関しては、そうですね」

澄生は掌《てのひら》を上に向けると、まるで染めたばかりの布を水にさらすかのような動きでゆっくりと両腕を上下させた。すると、まるで目に見えていなかった蜘蛛の糸が腕に絡《から》まるようにして、羽衣《うえ》の薄衣《うすぎぬ》が現れた。それをするりと官服の上から被《かず》くようにして、「これでよろしいでしょうか」などと言う。

貴族で羽衣をまとう者は少ない。女ならばなおのことだ。

躊躇《ためら》いなく目の前で羽衣を編まれて反応に困った俵之丞をどう思ったのか、澄生は笑顔になった。

「では、今日のところはこれにて」

「待て待て、どこに行くつもりだ。どうしてもってんなら目的地まで送ってってやるから」

「お気遣い頂いてありがたいのですが、時間のかかる用事ですから。わたくしは一人でも大丈夫です」

「ちょっと待て！」

「また明日、よろしくお願いしますね」

制止に全く耳を貸さず、黒い薄衣を翻《ひるがえ》して軽やかに澄生は駆けて行ってしまう。

俵之丞は大いに焦った。

羽記からの厳命もあり、仕事中の澄生を見張るのは自分の役目と心得ている。

澄生は現在西家《さいけ》所有の飛車《とびぐるま》を使って出仕《しゅつし》しているので、これまでは仕事終わりに西家系列の貴族の取り巻きが彼女を迎えにきていた。しかし今、中央城下で別れてしまっては、自分が彼女から目を離してしまったことになる。

ぼさっとしていては置いて行かれてしまう。

――ええい、ままよ！

なんで自分がこんなことをと内心で嘆《なげ》きながら、引き放たれた矢のようにすっ飛んでいく澄生の後ろ姿を追って、俵之丞はえっちらおっちら走り出したのだった。

澄生の足は速かった。

俵之丞は何度も人とぶつかりそうになったというのに、大勢の人の行き交う大路を、するするると滑《なめ》らかに駆け抜けていく。

どこかで横道に逸《そ》れて行ったら一瞬で見失ってしまうだろう。

何とか視界から外れてくれるなと祈りながら後を追っていたが、とうとう、澄生は角を曲がってしまった。

慌てて全速力で走り、澄生が曲がったと思しき横道に飛び込むと、幸いなことに、まだ羽衣を被く後ろ姿は消えていなかった。

一本奥に入った横道は、大通りよりもずっと通行人が少ない。

これならなんとか見失わずに済みそうだと息をつく暇もなく、澄生がひとつの建物に入って行くのが見えた。

ぜいぜい言いながら、足を緩《ゆる》めてその建物へと近付く。店構えを確認し、俵之丞は凍り付いた。

「え――逢引《あいびき》?」

そこは、まごうかたなき待合茶屋《まちあいぢゃや》であった。

大通りからすぐのところにあるだけのことはあり、規模が大きく、しっかりした造りの茶屋である。男女がしけこむ場所というよりも、芸人などを座敷に呼んで気軽に遊ぶのが主目的の場と思われたが、それにしたって待合茶屋は待合茶屋だ。

もしや自分はとんでもない場に居合わせてしまったのではないだろうか。

このまま帰るべきか、それとも相手を確認したほうがいいのか、真剣に悩んでいた時だった。

「おっさん、うちの姉貴に何か用?」

すぐ耳元で聞こえた声に、ギエッと悲鳴を上げて転びそうになる。半ば地面に手をつくようにして振り返ると、そこにはけだるそうにした色黒の青年が立っていた。

いかにもなつっこそうな童顔で、口元は笑っているが、その目つきはひどく鋭い。身長はやや低いものの体つきは武人のそれで、腰には珂仗《かじょう》を携えている。

こいつは勁草院《けいそういん》の院生だ。

よく見れば、院生の背後にももう一人いる。

こちらはまだ十歳ちょっとというところだろうか。くりくりとした目のとびきり可愛らしい子どもが、何やら荷物を抱えながら心配そうにこちらを窺《うかが》っていた。

華奢なので一瞬少女と見間違えそうになったが、よくよく見ればその服装は男ものだ。姉貴呼ばわりと二人の雰囲気から、俵之丞は彼らの正体を察した。

「……もしやあんたら、澄生の弟か？」

院生と思しき青年は、うっすら微笑《ほほえ》みつつも俵之丞の質問には答えなかった。

「で、あんたは誰？」

その声はどこまでもそっけない。

俵之丞は慌てて立ち上がり、苦し紛れに短袍《たんぽう》についた土を払った。

「俺の名は俵之丞という。澄生殿と一緒に働いているもんだ」

怪しい者じゃないと主張したかったのだが、院生の警戒は解けなかった。

「へえ。怪しくないただの同僚が、こそこそ後を尾《つ》けるのか？」

「いや……澄生殿は目立つので、何かあったらいけないと……」

「じゃあ、堂々と送ってくれればいいだろ」

それは澄生に断られてしまったし、こっちだって好きで尾行したわけではないのだが、羽記からの命令だったからなどと馬鹿正直に言えるわけがない。

口ごもった俵之丞をますます不審に思ったのか、院生はすっと形ばかりの笑みを消した。

「一緒に来てもらうぜ」

有無を言わせずに俵之丞の腰の帯を摑《つか》み、ぐいぐいと茶屋の中へと押し込む。

どうやら顔見知りらしく、店の者は院生を見た途端、こちらへどうぞと名前も聞かずに二階へと通される。院生は一室の襖《ふすま》を、中を窺いもせずに勢いよく開いた。

「おい澄生、こいつあんたの知り合い？」

華美な装飾のされた部屋には、澄生と、俵之丞の見知らぬ男が座っていた。二人の間には、びっしりと文字の書かれた書付けが床いっぱいに広がっている。

澄生は、俵之丞を見て目を丸くした。

「俵之丞殿。どうしてこちらに？」

「俺は止まれって言ったのにお前が止まらなかったんじゃねえか……」

おかげでこのざまだ、と悪さをした猫の子のように首根っこを摑《つか》んで突き出され、羞恥《しゅうち》につい顔を覆《おお》う。

「放して差し上げてくれ。本当に私《わたし》が世話になっている方だから」

どこか憐《あわ》れみを含んだ澄生の取りなしに、「ふうん」と一声上げて、院生はようやく俵之丞を捕まえていた手を放した。

先ほどの乱暴な仕草から一転し、気安く俵之丞の肩に腕をかけながら言う。

「ちょっと手荒な真似したけど、悪く思わないでね。これでも美人の姉には結構思うところがあるんだ。変な奴に絡まれないかとかさ」

間近に目を眇《すが》められて、俵之丞は生きた心地がしなかった。

「失礼ですよ、兄さん」

茶化すような言葉を、声変わり前の高い声が諫《いさ》める。色白の少女めいた顔が、いかにも申し訳なさそうに俵之丞の顔を覗《のぞ》き込むようにした。

「お気を悪くされたらごめんなさい。でも僕達、姉が心配なだけなんです」

「いや、俺も怪しまれるようなことをしたからね……」

真摯《しんし》に謝られ、後ろめたさにうまく答えられずにいると、ようやく澄生が「紹介させて下さい」と言ってきた。

「弟の照尾《あけお》と、暁美《あけみ》です」

よろしくと軽く指先を振った照尾は、やはりと言うべきか、噂に聞いていた競馬で花形射手《いて》に選ばれたという勁草院の院生であった。

会釈をした暁美のほうはまだ十一歳で、今は父母の手伝いをしているという。

「これはどうも。それで、そっちの方はどちらさんで……？」

それとなく水を向けると、乱入してきた一同をどこか面白がるように見守っていた男が、笑いながらお辞儀をしてきた。

「ご挨拶が遅れました。それがし、松高《まつたか》と申します」

低く通る良い声をしている。

体つきは頑健で、その目尻はきりりとつり上がり、顔立ちにはどことなく品がある。平民らしい服装の割に、喋り方もお辞儀の所作も妙に洗練されていたので、もしやそれなりの身分かと思って問えば、「とんでもない！」と返された。

「そのように思って頂けるとは大変恐れ多く存じますが、自分は一介の文《ふみ》売りです」

それで、その佇まいにも得心《とくしん》した。

文売りとは、主に代筆を生業《なりわい》とする者である。

中央では縁起物のような懸想文《けそうぶみ》を売る者を指すが、地方では文字通り村々の間で交わされる文書の作成を担《にな》い、陳情などを代筆する場合もある。地方には読み書きが出来る者の数はそう多くはなく、綺麗な字を書ける者はより少ないからだ。

文売りの中には本当の没落貴族もいるし、身分が低くとも時にはその陳情をしかるべきところに届ける役目を請け負ったりもするので、身なりだけで門前払いをされぬよう、威儀を正した姿の者が多いのだった。

「しかし、まさかここでかの有名な俵之丞殿にお会い出来るとは！」

「ああ？」

何を適当なことを言っているのかと柄の悪い声を出してしまったが、松高はそれにも怯《ひる》まず、両目を細めた。

「だって、貢挙《こうきょ》で満点だった『吹井郷《ふきいごう》の碩学《せきがく》』殿でしょう？」

随分昔の話を引っ張り出されて、思わず顔が引きつる。

へえ、と照尾が意外そうな声を上げたのがなんとも癪《しゃく》であった。

「俵之丞さん、そんなすごいひとだったんだ」

「忘れたわ、そんな大昔のこと！」

「またまた、ご謙遜《けんそん》を」

松高のほうを見て、暁美が長い睫毛を瞬《またた》かせる。

「貢挙で満点って、そんなに大変なことなのですか？」

「そうだよ。前代未聞だったもので、一躍有名になったんだ」

「わたくしも流石に満点は無理でした」

澄生にも苦笑しながら補足されて、俵之丞はすっと頭が冷えるのを感じた。

「――俺のことはどうだっていいんだよ。それより、あんたと松高さんはどういった関係なんだ？」

澄生のことだ。情人です、とあっけらかんと言われる可能性も十分にあると思ったが、松高の返答は想像していたよりもずっと色気のないものだった。

「澄生さんが地方を回っておられる頃、偶然、意気投合いたしまして。今でもこうして地方の土産話《みやげばなし》などをお持ちしております」

「地方の土産話をするのに、どうしてわざわざ待合茶屋なんか使うんだよ」

弟二人まで同席しているのだ。普通の茶屋か、澄生の実家で会えばいいのではと不審に思って問えば、「色々事情がございまして……」と眉尻《まゆじり》を下げる。

困ったような松高の眼差《まなざ》しと、意見を求めるような弟達の視線を受け、澄生は覚悟を決めたような顔つきになった。

「良い機会です。ここはいっそ、俵之丞殿にも事情をご説明しましょう」

なんとも嫌な予感がした。

「待て。無理やり巻き込もうとするな。厄介事は御免だ」

「ここに来てしまった時点で手遅れですわ」

ほほほ、といつものように笑い、澄生は無情に告げる。

「これは、金烏陛下からのご命令なのです」

藪蛇《やぶへび》ここに極まれりである。

なんでも、澄生から話を聞いて、主上《おかみ》は地方の現状に興味を持ったらしい。先日には澄生の関係者を呼んで直接話を聞く席を設けたが松高は遅参《ちさん》してしまったので、代わりにまとめて奏上《そうじょう》するように命じられたのだという。

「加えて、母の貧民救済についてもっと詳しくお聞きになりたいとのことでしたので」

「僕がこちらに参ったのは、母上のお使いなんです」

澄生の言葉を引き取って、暁美が大事に抱えていた文箱《ふばこ》を掲げて見せる。

「形を整えてお渡しするのがよいだろうということで、こちらで準備をするつもりだったのですよ」

暁美の視線を追えば、松高の背後の文机《ふづくえ》には、使い込まれたものと一目で分かる質の良い書道具一式と上等な紙が並べられていた。

しかし、事情を聞いても分からないことがある。

「いや、それなら余計にあんた達の実家を使えば良かっただろうよ」

わざわざ中央城下の待合茶屋でこそこそやるようなことではないだろうにと言えば、「仕方ないのです」と澄生は皮肉っぽく笑う。

「父母の家は見張られているので」

室内が静まり返る。

俵之丞はぽかんとした。

「……見張られているって、誰に」

「博陸侯《はくりくこう》の配下の方にですわ。陛下は、なるべく博陸侯に知られないようにして欲しいとおおせでしたので、こうしてこっそり落ち合うしかなくて」

当然のことのように言われても、まるで意味が分からなかった。

「いや、なんであんたの両親が？」

他でもない自分が監視についているように、博陸侯が『傾城の落女』に注目しているのは分かっている。だが、どうしてその父母に見張りがついているのか。

これには、澄生に代わって照尾が答えた。

「うちの両親は、今は亡き先々代の真《しん》の金烏陛下、奈月彦《なづきひこ》さまに仕えてましたからね。例の政変で皇后さまと内親王《ないしんのう》さまが行方不明になった時も、真っ先に関与を疑われたのがうちの両親なんです」

奈月彦が死亡した際、その後の方針をめぐって、当時山内衆《やまうちしゅう》だった博陸侯と皇后浜木綿《はまゆう》の御方《おんかた》との間で意見が分かれ、一触即発の状態に陥った。

凪彦《なぎひこ》に恭順すべきとする博陸侯に対し、皇后は自分の娘である内親王紫苑《しおん》の宮《みや》を女金烏にすべきと譲らなかったのだ。

夫を亡くしたばかりの皇后は惑乱《わくらん》しており、挙兵も辞さない姿勢であったという。結果として、戦乱を厭《いと》った博陸侯は皇后と内親王の身柄を押さえようと動いたが、それを事前に察知した彼女達はぎりぎりで行方をくらませてしまったのだ。

奈月彦の忠実な僕《しもべ》であったという澄生らの父は、主君の暗殺時は既に退役しており、母も暁美を産んだばかりでちょうど宿下《やどさ》がりをしていた。彼らを頼り、いつか皇后と内親王が姿を現すのではないかと、当時から見張りがつけられていたのだ。

「結局それは杞憂《きゆう》に終わったんで、しばらく放っておかれていたんですがね。よりにもよって澄生が博陸侯の目を盗んで朝廷に殴り込むような真似をしたんで、監視が復活しちゃったんですよ」

困ったもんだと言わんばかりの弟に、澄生も頰《ほお》に手を当てて息をつく。

「ただ、母の伝手を頼って落女となることを認めて頂いただけなので、何も心配されるようなことはないのですが……。博陸侯は、我々が陛下に対して良い感情を抱いていないのではと心配なさっているのかもしれませんね」

俵之丞は白けた眼差しを澄生に向けた。

「目を付けられているのなら、ここそするのは余計にまずいんじゃないのか？」

「でも、陛下直々のご命令なのですよ？」

「そもそも、見つかって咎《とが》められそうなことをするんじゃねえって話よ」

「それを言うのであれば、民の苦境を知りたいと願う主上のお気持ちに添って咎められること
こそおかしいのでは？　博陸侯のなさっていることに後ろ暗いところがないのであれば、堂々
としておられればよろしいだけの話でしょう」
わたくし達はありのままを奏上するだけ、その是非を判断するのは主上の御心《みこころ》ひとつですと、
澄生はぬけぬけと言う。
「博陸侯が山内をよりよくしたいとお考えであるのは存じ上げておりますが、今回、陛下はそ
のなさりように問題がないかを気にされておいでなのです。ここで博陸侯に『この内容で奏上
して問題ありませんか』などと確認をしては意味がないではありませんか」
「そりゃそうなんだがよ……」
表面上は博陸侯を持ち上げつつも、澄生の姿勢はどうしたって攻撃的だ。
羽記になんと報告したものだかと内心で悩む俵之丞に、しかし澄生は姿勢を正し、重々しく
口を開いた。
「実は、俵之丞殿にも協力して頂きたいことがあるのです」
考える前に答えていた。
「絶対に嫌だが」
「心強いお言葉感謝します。ずっと探している刷物《すりもの》があるのですが、俵之丞殿ならばそれを見
つけられるのではないかと思いまして」
このクソ女、全く話を聞きやしない。

「最初に出された『対災《たいさい》の布告《ふこく》』を、御書所《ごしょどころ》は今も保管しておりますでしょうか」

毎年内容を更新して各所に配られる『対災の布告』は、予想される災害への対策と心構えをまとめたものである。

了承したつもりは一切ないのに話を進められてうんざりしたが、確かに自分の専門とする話が出て来て、思わず耳を傾《かたむ》けてしまった。

「最初っていうと、いつ頃だ」

「奈月彦陛下が即位した直後になるかと」

言われて思い出した。

通常、布告は立て札を使って民に示されるのだが、あの時は刷物を使い、山内のあちこちに全く同じ内容のものが配られたのだ。

当時、俵之丞は十歳かそこらであったが、こういった形で金烏の命令が直接手元に来るということがあるのかと、物珍しく思った記憶がある。

奈月彦は版元を朝廷の管理下に置くことこそしなかったが、大事な布告を出すのに刷物を度々活用した。そう考えてみると、博陸侯はかつての主君のやり方を真似ているという言い方が出来るのかもしれない。

「対災の布告は、朝廷が民を守る姿勢を最も端的に示すものとわたくしは考えます。最初の頃の紙は大量に刷るために安価なものを使ったので、虫食いやら黴《かび》やらでろくな現物が残っていませんせん。でも、当時のものと今のものを比べて、どのような変化があったのか——あるいはなかったのかを見てみたいのです」

　どんな厄介事を頼まれるのかと戦々恐々としていたのだが、それくらいならば通常の仕事の範囲内である。

「それと、猿の残党に関する報《しら》せも拝見したいのですが……」

　しかし、付け加えられた内容には、やや引っ掛かるものがあった。

　大戦以降、猿の残党による被害はしばしば出ている。

　出現頻度からすれば熊とどっこいどっこいであるが、熊と違って猿は人形《じんけい》になれるし、頭を使って八咫烏《やたがらす》を狙って来るのだから厄介だ。

　治安維持に執念を燃やす博陸侯が山内に君臨して以降、その統治の中で、猿は最も危険な存在であると言っても良い。

　殲滅《せんめつ》に失敗したという点において博陸侯は忸怩《じくじ》たる思いがあるらしく、猿が出没した際は山内全土にそれが知らされるようになっていた。

　出没を知らせる演目が大宅座《おおやけざ》においてまずかかり、討伐が成功した時点で、綺羅絵の画題のもとになった博陸侯の猿退治を描いた『弥栄《いやさか》』が披露される。その後、朝廷主導の刷物によってその詳細が伝えられるというのが、一連の手順となっていたはずだ。

「陛下は猿の被害について興味があるのか？」

「いえ。これは陛下とは関係なく、わたくしの個人的な興味です」

　どうしてそんなものをと怪訝《けげん》に思えば、平然と返される。

「博陸侯による政策を考える上で、猿への対策は無視出来ないと思いまして」

「ふうん……？」

あまり納得はいかないものの、この女のやっていることにいちいち突っかかっていてはきりがない。

「そっちの時期は？」

「大戦後から、今日にいたるまで。膨大《ぼうだい》な量になってしまいますでしょうか」

「いや、猿に関する報せはそんなに多くなかったはずだ」

「それなら良かった！　こちらは急ぎませんので、『対災の布告』が見つかってからで構いません」

「対災の布告のほうはどうだろうな……。刷物ならうちが保管しているはずだが、最初期のものは管轄が違う可能性がある。一応探してやってもいいが、あんまり期待はするなよ」

あくまで見つかるかは分からない、という部分を強調したつもりだったのだが、澄生は満足気に「助かりますわ」などと頷《うなず》いたのだった。


澄生は、松高との話し合いが終わったら照尾が送って行くと言う。長居する理由もなくなった俵之丞は、暁美と共に店を出ることになった。

美少年を連れて待合茶屋から出て来た自分が傍《はた》からどう見えているかを考えるとなんとも気まずかったが、暁美はそれよりも気になることがあったようで、妙にそわそわしていた。

「あのう、困っていらっしゃるように見えたのですが、姉上があのようなお願いをして、俵之丞さんはご迷惑ではなかったでしょうか……？」

おずおずと言われ、姉とはあまりに違う控えめな態度に驚いてしまう。

「あれくらいなら大丈夫だ」

「それならば良かったです」

ほっとしている彼からは、少なくとも姉のような有無を言わせぬ押しの強さは全く感じられない。

「君もいずれ兄ちゃんみたいに山内衆になるのか？」

「いえ。僕は母上のお手伝いをするつもりなんです」

「療養院の？」

「はい。将来、医《くすし》になりたくて」

驚いて顔を見れば、暁美は恥ずかしそうに俯《うつむ》いてしまった。

「でも、あの、誰かを助けたいとか、そんな立派な志があるわけではないんです。兄も姉も頭が良くてすごく強いですけれど、僕、戦うのが恐くて……」

体を使って戦うのは勿論のこと、舌戦を間近にするだけで身が竦《すく》んでしまうのだと言う。

「母上には、本気でそれを目指すなら応援するけれど、怪我や病気を治すのも戦いなのだと言われました。甘く見ては駄目だって。でも、少なくとも誰かを打ち負かす必要はないので……弱虫だとお思いでしょうが……」

どんどん小声になっていく少年に、俵之丞は「そんなことはない」と強く言う。

「君、根っこが優しいんだな。他人の痛みが分かる奴は、きっといい医になると思うよ」

お世辞ではなくそう言うと、暁美はパッと顔を上げた。

大きな目をさらに大きくして俵之丞をじっと見つめると、じわじわと花がほころぶように微笑む。

「ありがとうございます！　そうなれるように頑張りますね」

素直に喜ぶ暁美に、なんて良い子なんだ、本当にこの子はあの女と血のつながった弟なのかと真剣に俵之丞は訝《いぶか》った。

大通りに出て帰り道が逆と知ると、暁美は真剣な面持ちになり告げてきた。

「今日お会いして、姉上は俵之丞さんのことをとても頼りにしているのだと感じました。あんな感じなので、きっとご迷惑をおかけすることもあるかと思うのですが、どうかどうか、これからも見守って頂けたら幸いです」

そう言われても困ってしまう。澄生が何をしようとしているのか、近いうちに俵之丞は羽記に報告することになるのは免れないのだ。

「まあ、出来る範囲でな……」

俵之丞は苦し紛《まぎ》れにそう答えた。

姉を案じている暁美を前にして良心の呵責《かしやく》を覚えるかと言ったら全くそんなことはなく、むしろ心配をかけている澄生に腹立たしささえ感じたのだった。

「あんた、あんまり弟さんに心配かけるなよ」

翌朝、出仕して来た澄生に出くわして、開口一番に苦言を呈《てい》してしまった。何を言うのかときょとんとしている澄生に、昨日の帰り際、暁美に姉をくれぐれもよろしくと言われたのだと教えてやる。

「暁美がそんなことを？」

驚いた様子に、こいつは周囲が見えていないのだなと俵之丞はなんとも苦々しい気持ちになった。

隣に座った澄生を横目で睨《にら》みつつ、自席で墨をすりながら言う。

「暁美くんだけじゃねえ。院生の弟だって、あれだけ俺に当たりがきつかったのはあんたを本気で心配してるからだろうさ」

あんまり好き勝手やっていると今にばちが当たるぞ、と半ば本気で言うと、澄生はふと真顔になった。

「俵之丞殿の苦言はもっともです。でも、みんな自分のしたいことをしようと決めているので」

「ああ？」

つい凄《すご》むように顔をしかめてしまったが、澄生は全く怯《ひる》まずに続ける。

「わたくしが落女を目指すと決めた際に、これでも一度しっかり話し合ったのですよ。その間《あいだ》柄《がら》がなんであれ、誰かのためにと思って自身の道を歪《ゆが》めたらいずれ禍根《かこん》を残します。だから兄弟姉妹、出来る時は助け合うけれど、基本はあくまで自分のしたいことをしよう。それだけは守ろう、と」

澄生にしては神妙な口調に、俵之丞も少し気圧《けお》されてしまう。

「それで、あれか。あんたは落女で、妹は登殿《とうでん》のお付きの女房で、弟は山内衆で、末っ子が医を目指すことにしたと」

一拍おいて、俵之丞は遠い目になった。

「改めてとんでもねえ一家だな……」

「自慢の家族ですわ」

軽やかに笑って、澄生はいつもの調子に戻った。

「でもまあ、照尾も暁美もちょっと心配性なところはありますね」

「――聞き捨てならねえな」

これには、やはり忠告しておくべきだと思った。

墨を置いて向き直ると、空気が変わったことを感じてか、澄生も背筋を伸ばす。

「あのな、俺が昨日、なんであんなに必死になってあんたを追いかけたか、分かっていないだろう。気付いていないようならはっきり言うが、あんた、相当目の仇《かたき》にされているぞ」

「目の仇って……誰にです?」

心底不審そうな澄生を、俵之丞は鼻で笑う。

「そりゃ、貴族の皆にさ」

「それは知っていますけれど」

「いいや、あんたは分かっていない」

勝手気ままに朝廷をふらふらする落女を面白く思わない者は大勢いるが、今になって何よりの問題となっているのは、澄生が今上金烏代《きんじょう》から特別扱いをされているということだ。

皇后を選ぶという、それこそ一世一代の大事な登殿の時期に、当の陛下は四家の姫よりも落女のほうにご執心なのである。

これに危機感を覚えている貴族は、決して少なくはないはずだ。

「陛下がそのようにお考えだとはとても思えませんが……」

「主上が何のつもりかは関係なく、そういう噂が出ているってことのほうが問題なんだよ」

特に、四家の中でも西家は力が弱い。

西家から登殿した桂《かつら》の花《はな》は選ばれる可能性が低く、だから代わりに搦め手として澄生が送り込まれたのだと邪推する者が出てもおかしくはないのだ。

「このままじゃ自分の家の姫が選ばれないと焦って、妨害をしてくる可能性も否定出来ないだろ」

「妨害？」

おつむは良いだろうに、ここまで言っても全く分かっていない風の澄生に、俵之丞は苦り切った顔を向けた。

「……あんたに対して、暴漢を送り込んだりするかもしれないってこと」

澄生はしばし黙った。

無表情だったが、それはどこか絶句しているように見えなくもなかった。

睨み合うようにして、しばし。

「貴族は」

ふっと微笑んでから、澄生はゆっくりと呟《つぶや》く。

「確かに、そういうところがありますね……」

その冷ややかな表情は、これまで俵之丞が見たことのないものだった。

さっきまで家族を誇っていた人物と同じとはとても思えない。

息を飲んだ俵之丞を見て、澄生はすぐにその表情を引っ込めてしまった。

いつものように微笑んで、朗《ほが》らかに言う。

「ご忠告、感謝いたします。おっしゃる通り、以後は気を付けるようにいたします」

＊　＊　＊

深い緑を湛《たた》えた水の上には、睡蓮《すいれん》と蓮《はす》が混在している。

手前には丸々とした睡蓮の葉が控えめに浮かび、奥のほうには青々とした蓮の葉と固い蕾《つぼみ》がぬっくと立っていた。

日ごとに暑さを増す桜花宮《おうかぐう》において、夏殿《なつどの》の蓮池はもっとも涼しく日中を過ごすことの出来る場所である。池の上に張り出した釣《つ》り殿に、夏殿の主《あるじ》である蛍《ほたる》と、その客分である鶴《たず》が音《ね》と山吹《やまぶき》が顔を揃えていた。

砕いた氷で贅沢に冷やされた水菓子を出されて山吹は無邪気に喜んでいたが、鶴が音はそれを楽しむ気持ちには到底なれなかった。

「陛下は、またあの女を呼び出したようでございます」

脇息《きょうそく》を神経質に指先で叩《たた》きながら言うと、薄く切った桃を口に運んでいた蛍が視線だけをこちらに向けて来た。山吹が首を傾《かし》げる。

「あの女と申しますと？」

「決まっておりますでしょう。あの西家出身の落女です」

北家《ほっけ》の情報網はあちこちに張り巡らされている。

端午の節句以降、桜花宮に新たなお渡《わた》りはなく、まるでその代わりのように、凪彦は落女を自らのもとに呼び出していることを鶴が音は知っていた。

凪彦が落女に惹《ひ》かれているのは明らかである。

「全く、どうして陛下はあんな落女なんかに……」

心底理解出来ないと吐き捨てた鶴が音に、山吹は困ったように言う。

「わたくしの目から見ても、あの落女は美しい方でしたもの。気になってしまうお気持ちは分からなくもありませんわ」

鶴が音は驚愕《きょうがく》に目を見開いた。

「馬鹿なことをおっしゃらないで下さい。まさか、陛下ともあろうお方が、ただ顔の良さに惹かれてこれほどまでに気にかけているとでも言うのですか？」

凄まれた山吹は、顔を覆うように扇を広げる。

「そこまでは分かりかねます。ただ、あの方がとてもお美しかったのは事実ですから」

「見目《みめ》の良さで皇后を選びなどされたら堪《たま》りません！　陛下には、己が金烏であるという自覚のもと、己の選択に責任をもって頂かなくてはなりません。七夕《たなばた》の宴《うたげ》では、いっそ、我々が連名でお諫めするべきではありませんか？」

「そんなことをおっしゃいましても……」

山吹はすっかり小さくなり、扇の中に隠れてしまった。

鶴が音は、呑気に落女の顔を褒《ほ》める山吹の気が知れなかった。むしろ側室《そくしつ》と目された山吹にこそ、あんな女なにするものぞと思ってもらわないと困るのだ。

そんな弱気なことでどうするのかと苦言を呈そうとした時、さくさくと、ひたすら桃を咀嚼《そしゃく》していた蛍がようやっと口を開いた。

「落ち着かれませ、鶴が音殿。余計なことをせずに待ちましょう」

わたくし達に出来るのはそれくらいなのですから、と、まるで他人事のような言いように鶴が音はかちんときた。

「皇后たらんとする方が、そんな悠長《ゆうちょう》にしていてよろしいのですか。何もせずにいたら、あなたのお義姉《ねえ》さまの撫子《なでしこ》の君《きみ》のようになるかもしれないのですよ？」

菓子切で桃をつついていた蛍の手が止まる。

蛍の年の離れた義姉、南家《なんけ》当主の実娘撫子《なでしこ》は、数奇な運命をたどった女君である。

彼女はもともと、金烏になること間違いなしと言われていた第一皇子長束彦《なつかひこ》の正室《せいしつ》になるものと目されていたらしい。

だが、長束彦は弟に日嗣《ひつぎ》の御子《みこ》の座を譲り、自身はさっさと出家してしまった。南家《なんけ》はいずれ長束彦が復権するものと長いこと思っていたのだが、結局その野望は絵に描《か》いた餅に終わってしまったのである。

長きにわたり、宙ぶらりんの立場に置かれた彼女の処遇はさんざんであった。

今ではほとんどなかったことにされているが、彼女は奈月彦の登殿の儀に参加したことがある。

奈月彦の代の登殿の儀は何やら問題ばかりだったようで、その詳細は伏せられている。だが、後に皇后となる浜木綿の君が出奔《しゆつぽん》してしまったとかで、その穴埋めのためだけに登殿し、しかしすぐに家に戻されたのだ。

一度は登殿した身であるゆえに、下手な相手に嫁がせるわけにもいかない。しかし、今に至るまで独り身でいるのには、ある理由があった。

「あたくしは知っているのですよ」

鶴が音はふふんと鼻を鳴らした。

「あの方、いつかはご自分が皇后になると信じ込んで、自身に来た縁談も全て断っていたそうではないですか。そのくせ、ご自分から何をするでもなく、日がな一日琵琶《びわ》などを弾《ひ》いているうちに行かず後家《ごけ》になってしまわれた」

すでに結構な年齢であるというのに、今でも「長束彦さまはいずれ還俗《げんぞく》し、自分を正室にして下さる」と言い続けているという噂があるのだから驚きだ。

「ぼうっとしていてはいけません。我々は、陛下と共に山内のために働かなくてはならないのですもの。時勢に対応し、その都度行動せねば！」

励ましのつもりで言った鶴が音に対し、ふと、蛍は小さく笑みを漏らした。

「鶴が音殿は、ひとつ勘違いをしておられます。我が義姉《あね》、撫子の君があんな風になってしまわれたのは、むしろ余計なことをしたからですよ」

何を言うのかと思ったが、相向かいにいる山吹も知らない話なのか、扇から顔を出してきょとんとしている。

蛍は「恥を忍んでお教えしましょう」と深く息を吐く。

「撫子の君は、確かに己が長束さまの妻になるものと信じ切っていました。でも、何もしなかったわけではありません。奈月彦さまが亡くなった後、何を勘違いしたのか、長束さまを唆《そそのか》そうとしたのです」

「唆す……？」

「主上を廃し、長束さまこそがその座に就くべきと勧めたのですよ」

山吹は鋭く息を飲み、鶴が音は呆気に取られた。

「そんな、馬鹿な！　北家にはそのような情報は入ってきておりません」

でまかせなのではと言うと、「でまかせだったらどんなに良いことか」と蛍は眉をひそめた。

「残念ながら、事実です。奈月彦さまを弑《しい》し奉《たてまつ》った逆賊高子《たかこ》に、長いことそのように吹き込まれていたものと思われます。情報が洩《も》れなかったのは、それを本気で出来ると考えていたのは撫子の君だけで、他の者はなんとしてもそれをもみ消そうとしたからでございますよ」

同じ南家の者にとっても、それはあまりに突飛《とっぴ》な考えだったのだ。

「あの方ときたら、嵐の晩に屋敷を抜け出して、一人明鏡院《めいきょういん》に乗り込んだのです。そして兵を挙げよ、今が好機と言い募《つの》って、あろうことか、困り果てた長束さまご本人から南家に連絡が来たのです」

――申し訳ないが、自分には撫子殿の気持ちに応えることは出来ない。金烏の座を狙うつもりも毛頭ないので、どうか撫子殿を引き取って、よくよく言い聞かせてやって欲しい。

「今さら自分に出来ることは何もないが、撫子殿の今後の幸福を心より祈っている、と……」

南家当主を含む本家の歴々にとっても、これは青天《せいてん》の霹靂《へきれき》であった。

撫子には知らされていなかっただけで、当時、すでに南家は長束に見切りをつけていたからだ。凪彦のために動く代わりに、先々利益を得る約束を東家《とうけ》との間で交わした後の出来事であった。

撫子の行いは南家の目指す方向と逆行しており、その時点でもはや政敵《せいてき》とも言える立場となった。

っていた長束に借りを作る羽目になったことに、南家当主は激怒したのだった。

南家当主の命令で連れ戻された撫子の姿は、今でも南家の女房らの間で語り草になっているという。

雨に濡れ、まるで罪人のように縄を打たれた撫子は、こんなはずではなかった、長束彦さま、長束彦さまと、泣きながら夫となるはずだった男の名を呼ばわっていた。

――その様《さま》は、まるで鬼女《きじょ》のようだったという話だ。

「今回、撫子の君は、仮にも登殿の経験者として、桜花宮に向かうわたくしにもわざわざ助言を下さいましたの」

蛍は淡々と言う。

「ご丁寧に、自分のようにはなるな、と。涙ながらに、たいそうな忠告を下さいました」

そして、蛍はうっすらと笑う。

「確かに、ああはなりたくないものです」

遠くで蟬《せみ》の鳴き声がしていた。

蛍の静かな語り口に呑まれて、鶴が音は何も言えなかった。

視線だけを動かして見れば、山吹も青い顔で口元を覆っている。

ふう、と蛍は大きく嘆息した。

「鬼女のようだと聞いておりましたのに、驚いたことに、あの方はしっかり正気でした。あの方なりに、当時はそれが長束さまと南家にとって最善だと信じて行動を起こしたのでしょう」

その結果は見ての通りだ。

撫子は、何も分かっていなかったのだ。

すでに南家当主と長束の間には埋めがたい溝が生じていたこと。

すでに南家当主と東家当主の間に確固たる盟約が結ばれていたこと。

すでに自分が、父親から役立たずとして見切りを付けられているということ。

「決して悪い方ではありませんでした。きっと頭もよろしかったはず。ただ、あの方には時勢を読む力が決定的に欠けていました。自分は皇后になるものと信じて疑わず、自分の頭で何も考えてこなかったから」

蛍からぞろりとした視線を向けられ、鶴が音はつい肩を跳ねさせた。

「所詮《しょせん》、我々は家の道具なのです。わたくし達に与えられる情報など、大したものであるはずがありません。身の程《ほど》を弁《わきま》えずに勝手を働けば、必ずや手痛い目に遭うことになりましょう」

蛍の迫力に、鶴が音は少しく怯んだ。

いつもは物静かである蛍が、ここまで長く喋ったのを見たのも初めてである。

「皇后になろうともいうお方が、なんと卑屈《ひくつ》なおっしゃりようでしょう……」

唾《つば》を飲み込み、なんとか声を振り絞る。

「道具などと、そんなこと思っているはずがありません。家の者は皆、我々が幸せになるものと信じて送り出してくれているのですよ。その思いを蔑《ないがし》ろにするなど、とんでもないことでございます」

少なくとも、北家は鶴が音に対して、使えそうな情報はしっかり送ってくれている。鶴が音は自分が皇后になるなんて思い上がってなどいないし、ちゃんと自分の頭で考えられているはずだ。

だからこそ、自ら行動を起こさなければと思っているのであって、蛍の意見は的が外れているとしか思えなかった。

「蛍の君も、どうか自信を持って下さい」

元気付けるつもりで言った鶴が音に、蛍は穏やかに笑いかけた。

「……あなたさまはとても愛されてお育ちになったのですね、鶴が音の君」

その笑みは嘲笑とは全く違っていたが、鶴が音にとってどこか居心地の悪いものだった。

「あなたはあなたで、ご自分の信じる道をお進みになるがよろしいでしょう」

「なんですか、まるで、あたくしを物知らずとでも言いたげな……」

もごもごと反論する鶴が音を、蛍は斟酌《しんしゃく》しなかった。

再び、手もとの桃へと視線を落としながら言う。

「とにかく、わたくしは余計なことは一切いたしません。使い手の思い通りに動かぬ道具など、捨てられる他に道はないのですから」

＊　　＊　　＊

顔を上げた凪彦は感嘆混じりの声を上げた。

「よくもまあ、この短期間でここまでまとめ上げたものだ……」

これを受けて、相対する澄生は成果を謙遜するでもなく、恐縮です、と胸を張る。

「陛下よりお褒めの言葉を賜《たまわ》ったと、尽力してくれた者達に伝えます」

昼御座《ひのおまし》において、凪彦は澄生と向き合っていた。

山内衆は傍に控えているが、極力人払いをさせた結果、彼らとの間にもそこそこの距離があり、渋る佳通《よしみち》もこの場からは追い出している。

澄生と凪彦の間に広げられているのは、凪彦が命じてまとめさせ、提出させた解文《げぶみ》であった。

佳通の寄越した報告を見て悩んだ結果、凪彦は澄生に対して、同じ命令を下すことにしたのだった。

すなわち、千早《ちはや》の出身地であった綿花畑は、今どうなっているのか。

谷間《たにあい》の整備は具体的にどのような手順で行われたのか。

過去に谷間にいた者達は、現在どのような状況にあるのか。

以上の三点を調べさせることにしたのだ。

山内を貴族本位だと切って捨てた彼女であるならば、おそらく佳通が持って来たものとは違う視点の報告を上げて来ることだろう。

両者の意見を見比べ、偏りなく判断しようと思ったのである。

その報告を今日、澄生はこの場に持ってきてくれたわけであるが、悲しいかな、内容はやはりと言うべきか、粗方《あらかた》凪彦が想像していた通りのものであった。

松高らも協力して集めて来たという聞き書きは、佳通の差し出した報告とは比べものにならないほどに詳細で、なおかつ凄惨《せいさん》なものであった。

綿花畑における所有者一家の横暴は現地では有名で、ここ数十年の間に周辺の住民達が逃げて来た小作人を匿《かくま》ったこともあったらしい。郷長《ごうちょう》に助けを求めたものの、一家と郷長は癒着しており、訴えは全く聞き入れられず、匿われていた小作人も連行されてそのまま行方が分からなくなってしまったという。

奈月彦が即位した後、各所に抜き打ちの調査が入り、一度は郷長ともども処罰が下され、心ある周辺住民は喜んだ。しかし奈月彦の死後、すぐにその体制は逆戻りしてしまったのだ。

――そして、これに類似する例は、地方では枚挙に遑《いとま》がないという。

最初は澄生が読み上げるのを待っていた凪彦も、読み上げられるのを待ちきれなくなり、途中からは自分の目で解文を読んだ。

美しい筆跡で綴《つづ》られたそれはまさしく、踏みにじられた山烏《やまがらす》達の悲鳴だった。

窃盗を、相手が貴族だからという理由で泣き寝入りせざるを得なかった商人。

上官《かんり》が税を着服していると中央に告発し、逆にその罪を着せられて斬足《ざんそく》された平民出身の地方官吏。

千早の妹のように乱暴を働かれ、貴族の子を身ごもってしまったものの、身に覚えがないと言い張られて強請《ゆす》りと誹謗《ひぼう》された飯炊きの女。

貧民救済を掲げる明鏡院が横暴な貴族の下から逃げ出した小作人の保護に乗り出したものの、彼らは自分達の財産だという貴族の主張が認められ、抵抗虚しく連れ戻されてしまったという悲惨な例もあった。

おそらくは、これらをまとめた松高の意見なのだろう。それらの事例を並べた最後は、平民の苦境に意識を向けてくれて本当に感謝していること、そして、これらを見て見ぬふりをどうかなさらないで下さい、といった意味の言葉で結ばれていた。

惨《むご》い内容に目を通しているうちに血が下がったせいか、今は背筋が冷たかった。

意識して深く呼吸をし、澄生を見る。

「……谷間についての調べは、まだ途中なのだな？」

「はい。谷間への勧告が非常に高圧的で強引なものであったということは、羽林天軍《うりんてんぐん》が入る前に谷間を出た者達から話が聞けました」

谷間を出たものの行き場がなく、真赭《ますほ》の薄《すすき》の建てた療養院に転がり込むしかなかった者も少なくないのだという。

「ですが、肝心の整備があった時に谷間にいた者は、その多くは死んだか、馬にされたか、女《じょ》工場《こうば》に収容されたかです。かろうじて逃げられた者の数は少なく、わたくしも朝廷の者として見られているので、中々本心を聞くには至りません。谷間の跡地にいる子ども達から少し話が聞けそうなのですが、こちらも警戒されておりまして、もう少々お時間を頂ければ幸いです」

力不足で申し訳ないという澄生の言葉を、凪彦は「いや」と否定する。

「命じてから今に至るまでにこれだけの話を集めたことを思えば、早過ぎるほどだろう。少なくとも、千早の言っていたことが決して大げさなものではないとよく分かった」

澄生に出会って以来、今は亡き兄に思いをはせる機会がやたらと多くなった気がする。

これまで凪彦は、弑《しい》された次兄に対し、あまり良い感情を抱いていなかった。

その話題が遠ざけられる中でも、奈月彦は四家を顧みず、自分勝手な男だったという話を耳にしていたからだ。

真の金烏、奈月彦。

山内を守る結界の綻《ほころ》びを直す力を持っていたという彼は、しかし不完全な金烏だったとも聞いている。歴代の真の金烏の記憶を引き継ぐはずであったのに、彼にはその記憶がなかったために、山内を統《す》べる主君として重大な欠陥があったのだ、と。

完全な力を持った真の金烏であるならば、結界を繕《つくろ》うだけでなく、四家を守って山内の安寧《あんねい》維持《いじ》に尽力するはずなのに、遊んでばかりでその務めを疎《おろそ》かにしていた。力をただ私欲のために使っていたので、評判は決してよろしくはなく、弑逆《しぎゃく》は決してあってはならないことではあるが、本人の軽率な振る舞いがその呼び水になったのは否定出来ない。

そのように囁く者が多かったのだ。

宗室典範《そうしつてんぱん》の守り手である白烏《はくう》には、他を憚《はばか》ることなく「彼は悪い見本だ」と再三言われていた。あなたは兄上のようになってはいけない。宗家《そうけ》の役目を疎かにしてはいけない、と。

だが、平民の解文からは、その印象とはまた違った姿が見えて来る。

現状を見たわけではなく、ただ双方の意見を聞いただけの凪彦には、どちらが正直者かは分からない。あるいは、どちらも本当のことを言っているのかもしれないし、澄生に近しい者達は奈月彦に仕えていたから、この報告は奈月彦贔屓《びいき》になっているだけなのかもしれない。でも、そうした事情を勘案しても、平民から見た時、奈月彦は決して暗愚《あんぐ》なばかりの君主ではなかったのではないかとも思うのだ。

生きているうちに、一度お話ししてみたかったな。

そう思い、凪彦はふと、自分にはもうひとり、まだ生きている兄がいることを思い出した。明鏡院長束は、彼を即位させたいと考えていた実母の思惑を裏切り、徹底して真の金烏奈月彦の味方になり続けたと聞いている。

彼と話せば、生前の奈月彦について教えてもらえるのではないかと一瞬思い、しかし、そんなにうまくいくだろうかと自問する。

凪彦はこれまで、一度も長兄と言葉を交わしたことがない。

先ほど目を通した報告の中にも何度か名前が出て来たように、明鏡院は、平民からの上訴をまとめて朝廷に提出する役割を担っている。しかし凪彦には、その内容が御前《ごぜん》会議において議論された覚えがなかった。

長束は、奈月彦の死亡と共に政治上失脚したというのが実情だろう。

当然、凪彦の存在をよく思っていないだろうことは、考えるまでもなく明らかだ。

奈月彦の忠実な臣下であり、現在貧民の救済に当たる兄の目に今の山内がどのように見えているのかは気になったが、それ以上に、彼が自分をどう思っているのかを考えると、どうにも足が竦んでしまうのだった。


報告を終え、退出していく澄生と入れ替わるようにして佳通がやって来た。

凪彦の手元にある解文をおさめた文箱を見て、不快そうに目を細める。

「何も、わたくしを追い出す必要はないではありませんか。一体、どのようなお話をなさったのです?」

つい、文箱を佳通から遠ざけるようにしながら凪彦は言い返す。

「佳通は雪斎《せっさい》の肩を持ち過ぎるきらいがあるではないか。そなたにいちいち嘴《くち》を挟まれていては、話が進まなくて困る」

全く同じことを調べさせて、出て来た結果は真逆と言っても良いものだ。

おそらく佳通があの場にいたとしたら、最後まで話は聞けなかったことだろう。

「心配せずとも、あの者の言い分をそのまま飲み込んだりはしない。双方の言い分をしっかり聞いた上で、金烏代としてふさわしい判断をするつもりだ」

不満気に話を聞いていた佳通は、そこでふと表情を変えた。

「陛下のお考えになる、金烏代としてふさわしい行いとは何ですか?」

まっすぐに佳通を見返して、凪彦は深く考えることなく答えた。

「それは勿論、山内の民のためになる行いだ」

貴族と、平民の間には明らかに歪みがある。

平民にのみ山内の問題のしわ寄せが行っているならば、それは是正しなければならないと凪彦は考えていた。

「そなたの懸念は分かるつもりだぞ」

佳通の顔を見て、ふと、凪彦はここで釘を刺しておくべきだと思った。

「私は、雪斎は山内を心より大切にしているものと知っている。私が雪斎の敵になることはないよ」

断言したというのに、佳通の表情はどうにも優れない。そんなに自分は信用されていないのかと、わずかに不満に思いながら、凪彦は無理やり話題を変えた。

「佳通は明鏡院と言葉を交わしたことはあるか」

突然の問いに、佳通は目を丸くした。

「儀式の際に同席したくらいで、わたくし個人として言葉を交わした経験はございませんが、それが何か？」

「私が命じたら、明鏡院と話をすることは可能だろうか」

「陛下……」

これに、佳通はあからさまに頭が痛い、という顔になった。

「陛下にとって、明鏡院は兄上でいらっしゃいます。血肉《ちにく》を分けた間柄として、気になるのも当然であると佳通も思います」

しかし、冷静になってお考え下さい、とまるきり凪彦が子どもの頃に戻ってしまったかのような口調になって言う。

「大変残念ではありますが、長束さまにとって、陛下は決して言葉を交わして楽しいお相手ではありません。簡単に申し上げれば、たとえ頭で陛下に罪はないと分かっていらしたとしても、お気持ちの上で陛下を恨まざるを得ない立場にあると愚考《ぐこう》いたします」

そこで無邪気に陛下が呼び出したらどうなるかと言われて、凪彦は返す言葉がない。

そう言われて咄嗟《とっさ》に頭をよぎったのは、母と羽母《うば》の関係であった。

双葉《ふたば》が母を恨んでいるように、兄も自分のことを疎《うと》ましく思っているのかもしれない。

そこに思い至ってしまえば、無理を押して会いたいとはとても言えなくなってしまった。

困ったものだと言わんばかりの態度で凪彦のための茶を淹れ始めた佳通を、凪彦はぼんやりと見つめる。

朝廷の面々は、絶対に、凪彦と長束を接触させようとしない。

互いの身の上を考えればそれも仕方ないと思う一方で、その厳しさには時々、不安になることがある。

凪彦の周囲の者は、本人に罪はなくとも、大罪人高子が母である以上、長束が失脚したことは仕方がないと口を揃えて言う。

めぼしい後継者がいなくなった時、思いがけず凪彦がいたことは本当に運がよく、山内の住人全てにとって素晴らしい僥倖《ぎょうこう》であったのだ、と。

――はたしてそれは偶然だったのだろうかという疑念は、凪彦の中にずっとある。

第五章　雪斎

七夕《たなばた》の節句《せっく》である。

桜花宮《おうかぐう》における七夕は、裁縫などの技芸の上達を祈願する行事となっている。

四姫《よんひめ》は腕によりをかけて豪華な着物を二着用意し、一着は自分でまとって儀式に参加し、もう一着は金烏《きんう》へと献上するのだ。

桂《かつら》の花《はな》はこの日のために、自分の手で着物を縫った。

西領《さいりょう》名産の蘇芳《すおう》を斑濃《むらご》に染め抜いた地に、献上する衣には金糸で太陽を、己のものには銀糸で月と村雲《むらくも》を刺繡した逸品である。

儀式用の長衣《ながぎぬ》を縫うのは一苦労であり、他の姫達は儀礼的に一刺し二刺しするだけであるとは知ってはいたが、先代の真赭《ますほ》の薄《すすき》は自力で全て縫い上げたと聞いていたので、手を抜くことが出来なかったのだ。

儀式当日、なるべく他の姫と顔を合わせないようにするため、桂の花はぎりぎりまで秋殿《あきどの》に引っ込んでいたが、いよいよ覚悟を決めて出て行かなければならない段となった。

「姫さま。舞台のほうは支度が整いましたよ」

緊張した顔の茜《あかね》がやって来て、覚悟を決める。

「分かったわ」

手を借りて儀式用の衣を纏《まと》う最中も、「わたくし達がついていますからね」「何かあったら姫さまに代わってわたくしどもが喧嘩して差し上げますから」と、口々に言って来る女房達が心強い。

彼女達に囲まれるようにして向かった舞台には、『星の座』と呼ばれる台が用意されていた。色とりどりの布や糸、金銀の針などがきらびやかに並べられ、四姫のそれぞれの座所《ざしよ》の後ろには、大きな衣桁《いこう》に四枚の豪奢な長衣が飾られている。

春殿《はるどの》のものは紺地に天の河が染めと刺繡で描かれ、夏殿《なつどの》のものは紫に絞りでこぼれんばかりの藤を表し、冬殿《ふゆどの》のものは伝統的な糸巻《いとまき》柄が描かれている。

座所には、自分以外の姫達はすでに着席していた。

端午《たんご》の節句の酒食の席以来、彼女達とは全く顔を合わせずにきた。無礼にならない程度に目礼し、足早に秋殿の座所へと向かう。

歩きながらさりげなく見比べても、秋殿の長衣の出来は良い。

上巳《じようし》の時と同様、鶴《たず》が音《ね》からまた何か言われるかとも思ったが、こちらの顔を見てわずかに唇を尖らせただけで、わざわざ何かを言ってくることはなかった。

自分以外の三姫も楽しく語らうでもなく黙っているので、こんなに大勢の女が詰めているというのに、舞台の上はしんと静かだ。

緊張感に息苦しささえ感じた頃になり、ようやく、金烏の来訪が告げられた。

金烏専用の五羽立ての飛車《とびぐるま》が、まっすぐにこちらに向かって来る。

仰々しい護衛に囲まれ、その重さを感じさせない見事な御者《ぎょしゃ》の腕で舞台の上に着地した飛車は、ゆっくりと舞台上を回り、四姫に向かって屋形《やかた》部分を向ける形でぴたりと静止した。

下簾《したすだれ》からは、儀式用の長衣の裾が覗《のぞ》いている。

御者が走り出て、足を載せるための台と靴を置く。

「金烏陛下のご到着にございます！」

恭《うやうや》しい言葉と共にさっと簾が巻き上げられる。

その向こうには、肩からさらりと簡素な紫の長衣をかけた凪彦《なぎひこ》そのひとが立っていた。

白い面《おもて》がこちらに向いて控えめに微笑んだのを見た瞬間、桂の花は自分でも驚くほどに、彼の顔が見られて嬉しいと思ってしまった。

それは桂の花だけではなかったようだ。

特に歓喜の声が聞こえたわけでもないのに、その場の熱が一気に上がったのを肌で感じた。

飛車から降りた凪彦は、自分を熱烈に見つめる女達をぐるりと見回す。

「この善《よ》き日に、貴女方《あなた》におお会い出来たことをとても嬉しく思う」

粛々たる物言いすら、こんなにも慕わしい。

「今日は、共にゆっくりと語り合おうではないか」

その言葉に、蛍《ほたる》は頷《うなず》き、山吹《やまぶき》は笑顔になり、鶴が音は満足気に鼻から息を吐き出したのだった。

腕自慢の女房が箏《こと》や琵琶《びわ》を次々に演奏する中、凪彦は姫達のもとを一人一人回り、丁寧に言葉を交わしていった。

それぞれの長衣を褒《ほ》め、酒食を交わし、笑い合う。

最初に足を運んだのは蛍のもとで、見事な外界《がいかい》好みの杯で水菓子が供されたようだ。

その次に向かった山吹の席では、彼女自身が見事な長琴《なごん》を演奏し、歓声が上がった。

楽しそうに語り合う様子を窺《うかが》いながら、順番は最後になるだろうが、凪彦は自分のもとにもきっと来てくれるだろうと桂の花は期待していた。

儀式が始まる前は憂鬱極《ゆううつきわ》まりなかったというのに、いざこの場に座ってみると、他の誰に何を言われようが構わないから、ちょっとでも凪彦と話をしたいと思ってしまった。

お渡《わた》りの時とは違い、こちらの一挙手一投足《いっきょしゅいっとうそく》に神経をとがらせる者に囲まれているので、気安く言葉を交わすことは望めない。だが、お会い出来て嬉しいと伝えられて、それに「ありがとう」と一言だけでも返してもらえれば、桂の花はそれで満足なのだ。

予想通り、凪彦は山吹の後に鶴が音のもとへと向かった。

冬殿の席は秋殿の隣である。

凪彦と鶴が音がどんな風に言葉を交わすのかが気になって、桂の花は礼儀正しく目をそらしつつも、つい耳をそばだててしまった。

当初、二人の会話は通り一遍《いっぺん》であった。

凪彦は儀礼に則《のっと》って長衣を褒め、鶴が音はそれに感謝を返し、北領《ほくりょう》名産の酒を勧める。

空気がおかしくなったのは、凪彦がその酒を口にして、鶴が音に自由な発言が許された直後のことであった。

「陛下が、西家《さいけ》出身の落女《らくじょ》を度々お召しになっているというのはまことでございましょうか？」

あまりに直截《ちょくせつ》な言葉に、無礼と分かっていながら思わずそちらを見てしまう。

凪彦も酒器を手にしたまま、虚《きょ》を突《つ》かれたように固まってしまっている。

儀式の始まる前から鶴が音は緊張した顔をしていたが、まさか、ずっとそれを言うつもりで待ち構えていたのだろうか。

――いつもの鶴が音の猪突猛進《ちょとつもうしん》ぶりを知っている身としては、嫌な予感しかしない。

きちんと答えようと思ったのか、凪彦は螺鈿《らでん》のほどこされた御台《みだい》に酒を置いた。

「事実だ。澄生《すみき》には、度々会って色々と話を聞いている」

それがどうかしたのかと訝《いぶか》し気に凪彦が問うよりも早く、鶴が音が突如として大声を上げた。

「そんなの――我々に対する裏切りではございませんか！」

大声に驚いたのか、緩《ゆる》やかに流れていた楽の音も、あちこちから聞こえていた女房の笑い声もぴたりと途切れる。

凪彦を待ち構えていた先ほどよりも、いっそう痛々しく張りつめた沈黙がその場を支配した。

「裏切りとは……どういうことだ」

驚きつつも落ち着いて凪彦は問いかけたが、鶴が音は堰《せき》を切ったようにぶちまけ始めた。

「そんな簡単なこともお分かりにならぬとは、あたくしはがっかりにございます。我々という正式な后候補《きさきこうほ》がありながら、出自の卑《いや》しい女を顔だけで寵愛《ちょうあい》なさるなど、許されるわけがないではありませんか！」

「――一体そなたは何を言っているのだ？」

明らかに凪彦の眉根《まゆね》が寄った。

「出自の卑しい女とは誰のことだ。澄生は西家の姫だぞ。それに、寵愛などというのはそなたの勘違いだ」

「何が勘違いだというのです。ご存じないのならお教えいたしますが、あの澄生とかいう女の父親は山烏《やまがらす》なのですよ。いくら上っ面が良かろうと、登殿《とうでん》すら許されぬほどにその身には卑しい血が流れているのです。陛下には、全くふさわしくない者です」

鶴が音は止まらない。その顔は興奮のためか、真っ赤に染まっている。

「そもそも、西家など見た目ばかり気にして、全く実《じつ》のない家です。そんな家の者を重用などしたから金烏奈月彦《なづきひこ》は亡くなったというのに、同じ過《あやま》ちを繰り返さないで下さいませ！」

口角泡《こうかくあわ》を飛ばさんばかりの鶴が音を、まっすぐな眼差《まなざ》しで凪彦は射る。

「西家がそのような家だとは、私は全く思わぬ。そなたの言う卑しい山烏とやらに私は先日面会したが、澄尾《すみお》殿は立派な宮烏《みやがらす》であったぞ」

ひっ、と鶴が音は息を飲む。

「そのように……そのようにたぶらかされてはなりませぬ……！」

鶴が音が必死になればなるほどに、凪彦が心を閉ざしていくのが手に取るように分かった。

凪彦が西家を庇《かば》ってくれたことも、澄尾を立派な宮烏と称してくれたことも、桂の花は素直に喜ぶ気にはなれなかった。鶴が音はもはや半分泣きながら凪彦を詰《なじ》っているというのに、冬殿の女房達はあわあわと右往左往《うおうさおう》しているばかりなのだ。

あの者らは一体何をしているのかと、桂の花の背後にいた茜が苛々《いらいら》と呟《つぶや》く。

茜の隣にいた菊野《きくの》が、見かねたように桂の花の前に進み出た。

「桂の花さま。わたくしが出て行っても？」

「お願い、菊野」

切羽《せっぱ》詰まったやり取りの後、菊野は足早に冬殿の座所へと向かった。

その間も、癇癪《かんしゃく》を起したような鶴が音の声はますます激しさを増していく。

「あたくしは、陛下のためを思って申し上げているのですよ。それなのにあんな落女に心をかけるなんて、我々に対する侮辱と同じです。許されるはずがないとお気付き下さい！」

「許されぬのは、あなたのほうです」

不意に、軽やかな声が掛かった。

菊野とは違う、少女らしい高い声である。

見れば、駆け寄る途中で足を止めた菊野の向こうに、鶴が音と凪彦の間に割り込むようにして立つ人影が見えた。

夜空を模した長衣をまとい、しゃんと背筋を伸ばすその姿は、間違いなく春殿の山吹である。

思わぬ人物の登場に、鶴が音も凪彦も呆気に取られている。

山吹は口元にだけ小さな笑みを浮かべていたが、明らかな怒りを湛《たた》えた大きな目でひたと鶴が音を見据えていた。

「鶴が音さまが失念されているようなので僭越《せんえつ》ながら申し上げますが、落女はただの女子《おなご》ではなく、女子としての戸籍を山神《やまがみ》さまにお返しした、れっきとした陛下の臣《しん》でございます。金烏陛下が優秀な臣下と親しむのは、望まれこそすれ責められるようなことではありません」

鶴が音はあんぐりと口を開けた。

その顔は、まるで花がいきなり言葉をしゃべったのを目の当たりにしたかのようであった。

「いきなり何を言うのです。そんなこと、言われなくとも分かっておりますとも」

狼狽《ろうばい》しながらの反論にも、「ではお分かりのはずでしょう」と怯《ひる》むことなく返す。

「表の問題に、わたくし達が口を挟むのは分《ぶん》を越えております」

「山吹の君《きみ》は陛下のなさりようを許すと申すのですか！」

「許すも許さぬも、わたくし達が嘴《くち》を挟む領分ではないと申し上げているのです。それを理解せず、そのように陛下を責め立てる貴女のなさりようのほうがよっぽど許されぬ行いですよ」

ぴしゃりと言い放ち、口をぱくぱくと開け閉めする鶴が音を無視して、凪彦のほうへと向き直る。

一瞬だけびくりと体を震わせた凪彦に、山吹は忸怩《じくじ》たる思いを滲《にじ》ませて謝罪した。

「せっかくお越し頂いたというのに、陛下には大変な失礼をいたしました。及ばずながら、桜花宮の一部を担《にな》う者として、心より無礼をお詫びいたします。鶴が音の君のおっしゃりようが桜花宮の者の総意ではないということだけは、どうかご理解下さいませ」

「あ、ああ。勿論だ……」

凪彦は、すっかり気を削《そ》がれた様子である。

流石《さすが》に、そのまま儀式を続けるのは無理があると判断されたのだろう。お付きの藤宮連《ふじみやれん》に促されて飛車へと向かう凪彦と桂の花が言葉を交わす機会は、結局得られずに終わってしまった。

鶴が音はしばし呆然としていたものの、凪彦の乗る飛車が見えなくなった途端、キッと山吹を睨《にら》んだ。

「山吹、どうしてあたくしの顔を潰《つぶ》したのですか！」

深刻な面持ちでじっと飛車の消えていった方角を見つめていた山吹は、どうにも呆れが隠しきれない眼差しを鶴が音に向けた。

「わたくしがあなたの顔を潰すよりも先に、あなたが陛下の顔を潰したのがどうしてお分かりにならないのですか。わたくしに怒る元気があるのならば、己の行いを今一度振り返ってお考え下さいませ」

その辛辣《しんらつ》な口調に桂の花は驚いた。

――山吹は、こんな物言いをする女だったろうか？

鶴が音もぽかんとしていたが、山吹が続けた言葉には、駄々《だだ》をこねる幼子を窘《たしな》めるような響きさえあった。

「いいですか、鶴が音さま。桜花宮は陛下にとって心安らかに過ごせる場でなければなりません。わたくし達は、最後まで陛下の味方であるとまずは信じて頂かなくてはならないのですよ。それなのに、あなたのしていることは全くの逆です」

「あたくしは、あなた達のことを思って――」

「では、考えが足りません。お気持ちだけは有難く存じますが、わたくしはあなたのなさりように大変迷惑をしております」

「なんてことを言うのです！」

鶴が音は怒りに任せて口を開きかけ、しかし、自分を見ている女達を見回して、ぎくりと固まる。

困ったような目。冷ややかな目。怒りのこもった目。

――この場に、鶴が音を進んで助けようとしている者がいないと気付いたのだろう。

動揺も露《あら》わに周囲を見まわし、徐々に赤い顔から血の気が引いていく。

「だって、だって、あたくしは……」

申し開きをしようとしたのだろうが、何を言うべきか分からなくなったらしい。

今にも泣きそうに口をきつくへの字に曲げると、耐え切れなくなったように踵《きびす》を返す。

足音も荒く逃げ出した鶴が音を追って、「鶴が音さま」「どうかお待ちを」と、ばたばたと冬殿の女房達が泡を食ったように駆けていった。

野分《のわき》のような一行を見送って、しばし。

「よくぞ言って下さいました」

ぽつりとした声に振り向けば、すぐそこに蛍がやって来ていた。

山吹はため息をつく。

それは、妙にさっぱりとした風情であった。

「鶴が音さまのなさりようは、いくらなんでも目に余りますもの。あれを前にして黙っていたほうが、陛下にとってよっぽど悪印象になってしまいますわ」

はきはきと言う山吹は、今までのおっとりとした印象とは随分と雰囲気が違って見えた。

「春殿の御方《おんかた》……？」

恐る恐る声をかけると、こちらを見た山吹が急にしおらしい顔つきになった。

「今までごめんなさいね、桂の花さま。こうなったからには申し上げますが、鶴が音のあなたに対する態度も、ずっと酷《ひど》いと思っていたのです」

今更だとお思いでしょうが謝罪させて下さいと言われ、桂の花は慌ててしまった。

「そんな、山吹さまが謝られるようなことではありませんので」

「いえ。鶴が音の行いを許していた責は確かにあるでしょう」

静かに言ったのは蛍である。

「――ですから、山吹の君と同じく、わたくしにも謝罪させて下さい」

申し訳なかったと二人揃って謝られ、今、目の前で起こっていることがにわかには信じられない。

「……そのように言って下さっただけで、わたくし、大変救われた心地でございます」

桂の花の言葉に、ようやく山吹の表情にも明るさが戻った。

「わたくしこそ、そうおっしゃって頂けると、救われたような心地がいたしますわ」

嬉しそうに笑いかけられて、桂の花もつい微笑みを返す。

桂の花は、息をするのが急に楽になったような気がした。

「それにしても、鶴が音も困ったものですね。ご自分で博陸侯《はくりくこう》の株を下げていると、どうしてお気付きにならないのかしら」

頭が痛いと言わんばかりの蛍の言葉に、桂の花はふと不安になった。

「山吹さまは大丈夫なのでしょうか。あれでは、北家《ほっけ》から睨まれてしまったのでは……」

しかしこれに、山吹は悠然《ゆうぜん》と扇を広げた。

「ご心配ありがとうございます。でも、博陸侯と繋《つな》がりがあるのは鶴が音だけではありません。正式に何があったのかの報告をわたくしのほうから東本家《ひがしほんけ》に送ります。そうすれば東家《とうけ》経由での弁解が叶《かな》うはずです。北本家《きたほんけ》はともかく、博陸侯は愚《おろ》かな方ではありませんから、事の次第をお知りになればお身内可愛さに判断を鈍《にぶ》らせるような真似はなさらないでしょう」

「そうなのですか……」

家の力が強いというのはこういうものかと、今さらながらに桂の花は思い知らされた気がした。

「しかし実際、どうなのですか？」

唐突に蛍から問われ、桂の花はつい首を捻《ひね》った。

「どうとは？」

「落女殿のことですよ」

言葉足らずの蛍を、山吹が補足する。

「鶴が音のようにいたずらに疑うわけではありませんが、陛下があの方を気に入っていらっしゃるのは事実なのでしょう？　しかも――そこにいらっしゃる茜の君は、確か、件《くだん》の落女殿の妹君なのではありませんか？」

何かご存じなのではと水を向けられて、女房達の後ろに控えていた茜へと視線が集まる。

急に話題の中心に引っ張り出された茜は、驚きつつも、至極《しごく》冷静に答えを返した。

「陛下は、姉の外界の話に興味を持たれたようだと聞いています。私が存じているのはそれだけで、女子として好意があるかどうかは分かりかねます」

「――そうですか」

蛍は物憂《ものう》げに呟き、「まあ、陛下の御心《みこころ》は陛下のみぞ知るですね」と山吹も諦《あきら》めたように言う。

「とにかく、まずは陛下に桜花宮に通いたいと思って頂かなくてはお話になりませんもの。今後どうなるかは分かりませんが、今、我々が桜花宮内で喧嘩しても良いことはなにひとつございませんわ。出来る限り、お互いに協力して参りましょう」

いつの間にか、鶴が音に代わって山吹が場を取り仕切るようになっていることに気付いたが、桂の花に否《いな》やはない。

これを機に少しでも桜花宮の風向きが変わればいいと思いながら、しっかりと頷《うなず》いたのだった。

秋殿に戻ると、茜が「今日は本当に驚きました」と開口一番に切り出した。

「鶴が音の暴走はともかくとして、まさか、春殿の御方があんなにお怒りになるなんて」

首を振りながらの茜の言葉に、菊野が訳知り顔で言う。

「薄々感じてはいましたが、今日確信しました。あの方、相当に頭が良いですよ」

ふわふわしているように見えて、その振る舞いに全くそつのないことが以前より気になっていたのだと言う。

これに、桂の花も同意した。

「そうよね。多分、今日鶴が音を言い負かしたあのお姿のほうが、山吹さまの本来のご気性に近いのではないかしら」

大紫《おおむらさき》の御前《おまえ》に似ていると感じる部分があったが、これまではそう思わせるためにわざわざ意識して振舞っていたということだろう。

菊野が言う。

「これはあくまでわたくしの推論でございますが、春殿の御方は大紫の御前に似ている雰囲気のほうが陛下に好かれると思っていたのでしょう。でも、肝心の陛下が気に入られたのがあの澄生さまと見て取って、方向を修正なさったのかもしれません」

変貌ぶりを見せつけられた今、菊野の言葉をそんなわけがないと笑い飛ばすことは出来なかった。

今日の姿には、これ見よがしに知識をひけらかす鶴が音などよりも、もしかしたら山吹のほうがずっと朝廷の事情には精通しているのかもしれないと思わされるものがあった。

「桂の花さまに親しくしてきたのも、きっと澄生との関係を聞き出すためです」

気を許しては駄目ですよ、と茜は言う。

「もちろん、分かっているわ」

だが、表向きだけでも打ち解けたほうが、圧倒的にやりやすいのも確かなのである。

気を抜かず、しかし山吹と蛍とはうまく付き合っていきましょうという結論に落ち着き、桂の花は天井を見上げた。

「鶴が音も、山吹さまのように変わってくれれば話は早いのだけれど……」

まあ、無理でしょうねえと、三人の女達は憂鬱に顔を見合わせたのだった。

＊　＊　＊

御座所《ござしょ》に戻って着替えを終えるや否や、凪彦は急に疲れを覚えて脇息《きょうそく》へともたれかかった。

「桜花宮の面々に随分と絞られたようでございますね、陛下」

佳通《よしみち》に悪戯《いたずら》っぽく言われて、凪彦はじろりと睨む。

「面白がるでない。まさか、鶴が音にあのように言われるとは思わなかった……」

これでも、彼女達に対しては出来る限り誠実に接してきたつもりだった。

澄生を身近に呼んで話を聞くのは、自分なりに金烏としての務めを果たさんとしているがためであり、女子として魅力的だからという理由ではない。

それなのに面と向かって裏切り者呼ばわりされて、彼女達に対して申し訳ないと思うよりも、理不尽だ、という気持ちが先に立った。

自分がこれだけ心を配ったというのに、結局のところはそれが本心かという、拭《ぬぐ》い難い徒労感が凪彦の肩にのしかかっていた。

「しかし陛下、姫さま達が不満に思うのは、ある意味で当然でございますよ」

最近、あまりに落女殿に構い過ぎてはおりませんかと、何気なさを装った声音で続けられ、凪彦は側近の顔を見上げた。

「落女をお呼びの際にわたくしを遠ざけられるなど、以前では考えられなかったではありませんか。陛下が今なさるべきは、まずはつつがなく后選びを終えることでしょう。落女と遊んでいる暇はありませんよ」

いくら軽口《かるくち》の態《てい》を装っていても、その言葉の裏に佳通の不満があるのは隠しきれない。

半笑いの佳通を前にして、急激に彼への信頼が熱を失っていくのを感じる。

「――私の行いは、そこまで可笑《おか》しいか？」

これまで、凪彦は子どもだった。

博陸侯に任せるほかに選択肢などなかったし、そうすることで皆が幸せになれると心から信じていた。

だが、事はそう簡単ではないようだと、今の自分は知ってしまったのだ。

凪彦はもう子どもではないし、自分なりに善い金烏であらねばと思ってもいる。

その自分が今最もすべきことは、山内《やまうち》の窮状を伝えようとする者達を無視し、一刻《いっこく》も早く自分を籠絡《ろうらく》せんと目論《もくろ》む女達のもとに足しげく通うことなのだろうか？

凪彦の様子が、いつもと明らかに異なると気が付いたのだろう。

佳通は最初こそ笑ってごまかそうとしたが、凪彦が無言のまま見続けると、徐々に表情をなくしていった。

無言で睨み合うようにして、しばし。

「これを機に、はっきりさせておきたいことがある」

低い声で言えば、佳通は無言で先を促した。

「お前は誰の臣だ」

金烏代《わたし》か――はたまた、博陸侯か。

佳通は真顔で凪彦を見つめると、ゆっくりと、しかし迷うことなくその場にひれ伏した。

「無論、陛下の臣にございます」

「よし」

ひとつ頷いて、命じる。

「これより、私が私的に呼んだ者との間で何が話されたとしても、それを博陸侯に伝えることは禁じる」

佳通が博陸侯に凪彦の動向を小まめに報告しているのは、暗黙の了解とも言うべき事項であった。それを明確に禁じるのは初めてであり、てっきり反発を示すかと思ったが、佳通は頭を下げたまま、ただ「かしこまりました」とだけ答えた。

これを白々しいとは思わなかった。

たとえ建前だけだと分かってはいても、佳通がそう答えてくれたことに、どうしても安堵してしまう自分がいた。


「本日は谷間《たにあい》整備に関する資料として綺羅絵《きらえ》を持って参りました」

その日の澄生は、荷物持ちとして一人の下官を付き従えてやって来た。ちょうどよい機会だからという澄生の進言を聞き入れてその者にも目通りを許すと、背が低くて太鼓腹の下官は、いかにも身の置き場がないといった風情で姿を現した。

　絶対に嘴《くち》を挟まないという約束で佳通もこの場に同席を許していたが、こちらはこちらで眉《み》間《けん》に皺《しわ》が寄っている。

　どことなく緊張感の漂う二人に挟まれながらも、澄生は全く気にしていない。

「まずはこちらをご覧頂けますでしょうか」

　言いながら澄生が差し出したのは、虫食いはないもののシミの浮き出た古い刷物《すりもの》であった。

　受け取ったそれに付された題字を見て取り、困惑混じりに凪彦は呟く。

「これは、『対災《たいさい》の布告《ふこく》』か？」

「はい。それも、最初に出されたものです」

　そこに記された御名《ぎょめい》に、一瞬呼吸を忘れた。

　――これは弑逆《しぎゃく》された兄、奈月彦が自身の言葉として出した布告だ。

　急いで目を通せば、それは平民にも分かりやすいよう、平易な文が綴《つづ》られていた。

　当時、それまで緩やかな減収傾向にあった山内全土の作物収穫は、大戦を境に一度大きく回復していたと聞く。だが、この布告においてはこの増収は一時的なものであり、今後は山内全体の収穫量は落ち込み、大戦直前にあった大地震のような災害が起こることが予想されるので、その分、各自気を引き締めて災害に備えるように、という趣旨のものだ。

　現在の『対災の布告』は、地震や水害の際にどこに逃げるべきか、あるいは猿の襲撃に遭った時、どこに報《しら》せるべきかなどの内容を端的にまとめている。

今のものと比べると、最初の一枚は具体的な方策というよりも、心構えを示す向きの強い内容だ。その文面には、どこか悲壮感すら漂っている。

どこまでが本当で、どこからが真《しん》の金烏の威光を示すための作り話かは知らないが、大戦の折、奈月彦やその側近達は神域で山神に出会い、山内の滅びを予言されたと凪彦は聞いていた。

それを念頭にして作られたものと推測出来た。

「わたくしは記憶にありませんが、これが配られた当時のことをこちらの俵之丞《たわらのじょう》が覚えているそうです」

それまでひたすら小さくなっていた下官が、澄生に水を向けられてひどいしかめっ面になった。

「そなたは地方の出身か」

凪彦が問えば、俵之丞は居ずまいを正して「南領吹井郷目高《なんりょうふきいごうめだか》の出身でございます」と答えた。

「一部には世も末として騒ぎ立てる神官崩《しんかんくず》れなどもありましたが、何せ大戦の勝利と数十年来の豊作に沸き返る中でしたので、そう深刻にはなりませんでした。せいぜいが『敵に勝ちて愈々戒《いよいよいまし》む』といった具合の忠告として捉えられていました。お上《かみ》の意向が刷物で配られるというこの物珍しさのほうが勝って、自分の記憶している範囲ではさして暗い影を落とすことはなかったように思います」

だが、この布告を見るに、奈月彦自身は山内はいつか滅びると信じ、民にそれに備えるようにと呼びかけていたのだ。

澄生が重ねて言う。

「奈月彦さまは、貴族をあてにしてまだ見ぬ災害に備えようとしていたようです。治水事業や中央における新田畑の開墾《かいこん》、薬草園の運営などは、もともとは四家の協力のもと進められる予定だったとか」

真赭《ますほ》の薄《すすき》の療養院も、その流れを汲《く》むものだったのだ。

「結局、それは一度白紙に戻されてしまいましたが……」

澄生にしては珍しく濁《にご》すような物言いに、ようやく、彼女がわざわざ『対災の布告』を持ち出してきた理由と、千早《ちはや》が労働力を補うために谷間を取り潰したのだと言っていたことの本当の意味を理解した。

「つまり――私の代になってから、ということだな」

薄い紙をそっと撫でながら呟く。

四家の反感を買って弑《しい》された奈月彦を鑑《かんが》みて、博陸侯は四家の負担をそのまま貧民に押し付けることにした。

そのための谷間整備であった、というわけだ。

前回の報告でも同じことを思ったな、と凪彦は苦々しく思い返す。

綿花畑において小作人に横暴を働いた者を処罰したのは奈月彦であり、彼が死んで、その横暴は復活してしまった。奈月彦の死後、仮に金烏代の地位についた父はほどなくして死んでしまったから、横暴が復活したというのは、凪彦が金烏代として即位してからの話に違いないのだ。

シミだらけの紙をじっと見つめる。

きっと、ここが分かれ道だろうという予感があった。

博陸侯に言われるがまま、桜花宮に通うか。それを無視して、澄生の言うところの「自分に出来ること」を行うか。

その答えは、自分の中ですでに出ていた。

「――そなたらの報告を、蔵人《くろうど》らがまとめて来たものと見比べて思ったことがある」

凪彦の言葉を受けて、澄生は謹聴《きんちょう》の姿勢となる。

その目を見つめながら凪彦は言う。

「山内には確かに、貴族本位のところがあるようだ」

佳通の報告からは、平民からの訴えを退けた者達の裏には、利権が深く絡《から》まっていることが見て取れた。

奈月彦の施策は平民の負担を減らす狙いがあったのだろうが、それは四家の持つ利を削ぐものであり、だからこそ大きな反感を買ったのだ。

高子《たかこ》の行いがどこまで彼女自身の狙いだったかは分からないが、奈月彦の行いが四家を軽んじていると思われていたことだけは事実である。

兄と同じ過ちは犯《おか》せない。

「私は、私の民《たみ》が理不尽な目に遭っている現状を許容するつもりはない。しかし同時に、山内の歪《ゆが》みを正すために、今の自分に何が出来るかは皆目《かいもく》分からぬといった状況だ」

現状、凪彦はお飾りであり、実権は全て博陸侯が握っている。

こんな自分に、一体何が出来るのか。

「そなたは、私に出来ることをやれと申したな。だが、それを自力で考えるには、何せ知識が不足している。私が私に出来ることをするために、どうか力を貸して欲しい」

黙って見ていると約束した佳通が、凪彦の背後で息を飲む気配があった。

澄生の隣の俵之丞も険《けわ》しい顔をしていたが、この場の全員からの注目を受けた澄生は、ただ嫣然《えんぜん》と微笑《ほほえ》んだのだった。

「わたくしに出来ることでしたら、喜んで」

これに、凪彦は密かに安堵の息をついた。

「そなたの知見が外界を学んで得たものだというのなら、外界には、博陸侯の施策の問題を解決出来る策があるのではないかと思ったのだが、どうだ？」

「おっしゃる通り、外界にはこれらの解決策を模索してきた積み重ねがございます」

「まことか！」

思わず明るい声が飛び出してしまったが、これに「でも、勘違いしてはいけません」と澄生は穏やかな口調で釘を刺した。

「最初に申し上げておきますが、きっとそれは、解決策そのものにはなりません。参考にするために外界のことを学ぶのは大変すばらしいと思いますが、外界が進んでいて、山内が遅れている、などという考えは非常に危険であると、まずはお心に留め置き下さいませ」

　澄生はどこか突き放したような物言いをする。

「何故ならば、過去の例、他者の例と全く同じ状況というものは、二度と存在しないからです。外界で成功した策も、山内で成功するとは限りません。何より、これまで山内の幸福を目指し、守るべく尽力した者達がいた結果、今の山内の状況があるということを決してお忘れになりませぬよう」

　それを念頭に置かずに外界の考え方にかぶれても、それは今まで山内で頑張ってきた者達の反感を買うばかりになってしまうだろうと澄生は語る。

「分かった。気を付けよう」

　大真面目に返答をした凪彦に、澄生は満足気に頷く。

「正直なところ、今の素朴な法だけで山内が何百年も繁栄して来られたというのは、ある意味で幸福なことであったとわたくしは思っています。しかし一方で、その幸福の陰には間違いなくその犠牲になった者、虐《しいた》げられた者がおり、これまでと状況が変わりつつある今、その虐げられた者こそが力を持つ新しい時代が来ていると感じています」

「新しい時代……」

「山内の『餅』が、どんどん小さくなる時代です」

　澄生は、凪彦の手元の『対災の布告』を指先で叩いた。

「実は、わたくしがこのままではいけないと思った理由のひとつに、『対災の布告』が関係しています」

この布告の内容はきっと事実でしょう、と澄生はさらりと言う。

「わたくしの父母は、奈月彦陛下にお仕えしていた頃、実際に山神さまと会ったことがあるそうです。その山神さまのお告げが全くの嘘とは思いません。委細《いさい》を隠しているせいで『対災の布告』はあやふやな忠告以上のものとなっていませんが、きっと、山内は滅びます」

澄生の隣の俵之丞が、思わず、といったようにのけぞった。

凪彦は動揺を顔に出すまいとしたが、それでも唾《つば》を飲み込むのを抑えられなかった。

「――随分と過激なことを申すものだ」

白烏《はくう》や博陸侯は、そこまではっきりと山内は滅びるとは言わなかった。

俵之丞の言うところの『世も末として騒ぎ立てる神官崩れ』のようであるが、澄生にふざけたつもりはないようで、凪彦の反応にわずかに眉をひそめた。

「博陸侯のなさりようを見て、少なくとも、あの方ご自身はそれを差し迫る危機と見ているものとわたくしは思ったのですが……それについて、陛下は何かお聞きになっておりませんか？」

「詳しいことは、何も」

そうですかと、澄生は釈然としない面持ちで呟く。

「まあ、ひとまずそれは措《お》くとして、これまで皆を満腹に出来ていた餅が小さくなれば、今まのように分け合うことは不可能になります。そんな状況を前にして、奈月彦陛下はより多くの餅を食べていた者に、それを分けるように命じました。それが失敗したので、博陸侯はご自身の目から見た無駄飯食いを減らし、あるいは役立たずを馬にして不足を補おうとしている、というのが現状です」

だが、凪彦はそのどちらも選ぶつもりはない。

「だとすれば、あとは民の意志で、小さくなってゆく餅を分け合うことを自ら選んでもらうしかないとわたくしは考えます」

「民の意志?」

その言葉で、初めて言葉を交わした日、凪彦が「餅を分け合うべきだ」と言った瞬間に澄生が笑った理由が少しだけ分かったような気がした。

「外界のことを学び、わたくしが一番の教訓と思ったのは、民が腹八分目で我慢するためには、より飢えている他者の問題を我がこととして共有する仕組みが必要だということです」

「仕組みとな?」

「そうです。いくら陛下がお優しくとも、慈悲を垂れ流すばかりでは、この問題を解決することは不可能でしょう」

どれだけ君主に仁愛があろうと、民は自分が飢えれば君主を恨む。

どれだけ君主が残酷であろうと、民は自分が満腹なら君主を愛す。

君主と民の関係とはそういうものですと、澄生はどこか乾いた口ぶりで言ってのける。

「陛下がどんなに民を思っても、山内が滅びに向かっていく以上、民は陛下を恨まずにおれません。貧しい者を守ろうとすれば富める者から恨まれ、富める者を守ろうとすれば貧しい者から恨まれる。そして山内全体の力が落ちて行けば、この恨みはとめどなく大きくなり、山内は本当の滅びを待たずして、内側から先に崩壊《ほうかい》することになるでしょう」

だからこそ、と澄生は苛烈《かれつ》に言い切る。

「いっそそうなる前に、滅び方を自分達に選ばせるのがよろしいかと存じます」

凪彦は、澄生の言っている意味が分からなかった。

「どういうことだ？」

「それぞれの村落《そんらく》から、その村の住人の意見を代弁する者を選んで、その者らの話し合いで今後を決めさせる仕組みを作るのです。自分達のことを自分達で決めるというのは、よく考えれば当然のことでございましょう？」

澄生は、呆気に取られている周囲の者に全く気付かずに飄々《ひょうひょう》と続ける。

「山内の現状を詳《つまび》らかにし、どんどん減収が見込まれる中、あるいは大災害が起こる可能性がある中で、対策にどのように自分達の力を振り分けるのかを決めさせます。上から無理やり押し付けられた決まりには従えなくとも、自分達で決めた方針ならば従うはずです」

段々と、話の雲行きがおかしくなっていくのを感じる。

「それはつまり……？」

「金烏の仕事を、民に肩代わりさせればいいのですよ」

しんと静まり返った。

佳通も俵之丞も、遠くからこちらを窺っていた山内衆《やまうちしゅう》達も、全員澄生に注目していながら、誰も物音ひとつ立てなかった。

澄生だけが、一人楽しそうにしている。

「勿論、上の者が新たな仕組みを作って、それを無理やり民に押し付けても、何一つ意味はありません。こういうことは、双方が、望んで進めなければうまくいきっこありませんもの」

でも、民と凪彦が望めば実現は夢ではない、と澄生は言う。

凪彦は口の中が酷く乾いていることを自覚した。

「しかし、それは」

「それを金烏が望むのは、単なる無責任となりましょう」

よく響く、低い声がした。

一瞬、凪彦はその声が誰のものか分からなかった。

だが、出入り口を守っていた山内衆達がさっと頭を下げ、衝立《ついたて》障子の陰から黒衣《こくえ》に金袈裟《きんげさ》を纏った大柄な男が現れた瞬間、凪彦は幼い頃に味わったのと全く同じ、本能的な命の危機を感じて総毛立《そうけだ》った。

その肩口から背中にかけて垂れる絢爛《けんらん》な編み込みの飾り紐には、うねる髪がかかっている。

彼の配下の多くがいつも穏やかで笑みを絶やさないのと同じように、年の割に皺の刻まれた顔にはものやわらかな微笑が浮かんでいる。

「博陸侯……」

つい、口から零《こぼ》れ落ちた声は震えていた。

百官《ひやつかん》の長黄烏《こうう》、博陸侯雪斎《せつさい》が、羽記《うき》らを従えてそこに立っていたのだった。

それが博陸侯だと分かってすぐ、凪彦は弾かれたように自分のすぐ脇に立つ佳通を仰ぎ見た。わずかに顔をそむけるようにして視線を逸《そ》らす側近の姿に、やはり、彼が博陸侯を呼んだのだと悟った。

「先触《さきぶ》れもなく申し訳ありません。しかし、大事なお話の最中のようでしたので、気を遣わせて頂きました」

博陸侯に臆面《おくめん》なく言われて、下唇を噛む。

そもそも誰であろうと、金烏の許しなく紫宸殿《ししんでん》から奥には入れない決まりとなっているはずだ。それを堂々と破ってここにいるということは、御座所を守る羽林天軍《うりんてんぐん》の衛兵、山内衆や蔵人らに至るまで、全員がこの男の思いのままとなっている現実を表していた。

最近では、博陸侯は朝議《ちようぎ》の場でも配下に任せて、自分からはあまり口を開かない。執務室に閉じ籠《こも》ってばかりで、その意向は配下を通じて伝えられることがほとんどだったのに、まさかここに自ら乗り込んで来るとは思わなかった。

澄生と出会ってこちら、それ以前よりも勝手をしてきた自覚はあった。

とうとう、凪彦が一線を越えたと判断したということだろう。

二の句を継げずにいる凪彦に対し、博陸侯はあくまで悠揚迫《ゆうようせま》らぬ足取りでこちらに近付いてきた。

「近頃、陛下は何やら落女と興味深いお話をなさっていると伺いました。これはわたくしめも是非参加させて頂きたいと思い伺った次第です」

口調こそ親し気であるが、彼が一歩こちらに近付くごとに、その場の空気がどんどん重く粘っていくような気がする。

澄生の隣の俵之丞などは顔面が蒼白となっているが、澄生は何故かすんと澄ましている。

「そなた、よほど頑張って外界のことをお勉強したと見える」

足を止めた博陸侯が、氷のような眼差しで澄生を見下ろした。

そして澄生もまた、全く臆さずに博陸侯を見上げた。

「だが、残念ながら聞きかじった程度の外界の知識だけでは、山内の未来を論じるにはとても足りぬようだ」

「これは、これは」

澄生は口の形だけで笑う。

「外界に遊学なさった博陸侯にそう言われてしまえば、浅学菲才《せんがくひさい》のわたくしなどには返す言葉もございません。赤面の至りながら、陛下に愚見《ぐけん》を申し上げてしまった後にございますれば、どうか博陸侯の正しい知見によって陛下をお導き下さいますよう、お願い申し上げます」

生意気極まりない澄生の言を聞いて、博陸侯のすぐ後ろに控えていた治真《はるま》が片方の眉を吊り上げるのが見えた。

だが、博陸侯本人の表情は変わらない。

「確かに、外界には民に政《まつりごと》をさせる仕組みがございます」

澄生に対してではなく、博陸侯は凪彦のほうに視線を移しながら言う。

「しかし、民にそれをさせるのは、この上ない愚策です」

博陸侯の断言に、凪彦は目を瞬《しばた》く。

「そう言い切れる理由は……」

「何故なら、民は愚かだからです」

それは、この世の真理を説くがごとき、迷いの一切ない断言であった。

「少なくとも、その仕組みがうまく機能するためには、自らの代表を選ぶ民が、陛下と同じような真摯《しんし》さで、陛下と同じだけの教育を受け、陛下と同等の責任感を持って政に向き合う必要があります」

でも、と博陸侯は悲しげに首を横に振る。

「残念ながら実際にその仕組みが敷かれているはずの外界では、まっとうに政を行おうという誠実さと勤勉さと責任感を持ちあわせた民など、ただのひとりも見かけませんでしたよ」

この目で見てきたのだから間違いないと、心底残念そうに言ってのける。

「民に政を任せてうまくいくというのは確かに理想ですが、現実の問題としてそれは不可能なのです。現に、外の世界で何百万人もの同族を虐殺した極悪人は、民が選んだ者でした。先ほど、落女は民に自分達の意見を代弁する者を選ばせればよいと申しましたが、実際にそれをしたところ、口がうまいだけのとんでもない極悪人が選ばれてしまったわけです」

民にそれを見破れるだけの力はありません、と博陸侯は歌うように言う。

「みんなで決めるということは、誰の責任にもならぬということなのですよ。右を向くか、左を向くかで何百万の民の命運が決まるような選択を迫られたとしても、間違ったところで自分の責任にはならぬと思えば、その誤った決断はいとも軽く下されるわけです」

責任逃れが上手になるだけで、いいことなんかひとつもないと言い切った博陸侯に、ふふ、と澄生が笑声を漏《も》らした。

「――何やら言いたいことがありそうだな？」

ちらりと視線を受けて、「発言をお許し下さい」と、あくまでにこやかに澄生は返す。

「閣下のおっしゃること、おおむね肯定いたします。確かに、民に政を任せるのは、完全無欠の方策とは言えません。でも、専制を許された君主によって暴虐の限りを尽くされた者がそれ以上にいるということを、閣下は都合よくお忘れなのではありませんか？　結局、天が賢き者を君主に選ぶことはなく、強く狡猾《こうかつ》な者こそが君主の座を得るのがこの世の理《ことわり》なのですもの」

可愛らしく首を傾《かし》げて、澄生は博陸侯を見上げる。

「責任逃れがうまくなるだけと申されましたが、少なくともたった一人に全てを委《ゆだ》ねるよりは、横暴を食い止める手立てはずっと多くなりましょう」

博陸侯は無感動に返す。

「その分、何事につけても判断は遅くなる。誰も彼をも納得させようとした結果、最善の道は遠ざかるであろう」

「かように閣下がたやすく『最善の道』とおっしゃるのは、閣下が想定されている最善は、あくまで特定の誰かにとっての最善を指すからではございませんか？　民に政をさせることの最大の意義は、誰かにとっての最悪を避けることにあるものと愚考《ぐこう》いたします」

いつの間にか、立場を超えて、博陸侯と落女の間で舌戦《ぜっせん》が始まってしまった。

ぽかんとする周囲の者が見えなくなったように、二人は立て板に水のようにしゃべり続ける。

「政というのは、何かを切り捨てぬことには何をも成し得ぬ。誰の損にもならぬような道ばかり選んでいたら、全員仲良く滅びの道に向かうのは必定《ひつじょう》である」

冷然とした博陸侯の言葉に、澄生は冷笑を返す。

「そうして切り捨てられる側に回る可能性がある者は、全員仲良く滅びに向かうほうがまだましと思うかもしれません。少なくとも、どちらか選べと言われたら、わたくしは自分の生きる道は自分で選びたく存じます」

澄生の態度に怯《ひる》むでも、不快に思った風でもなく、博陸侯は訥々《とつとつ》と自説を述べ続ける。

「船頭の多い船はどこに向かうかをご存じか？　たとえ貴女が自分の生きる道を選びたいと思ったところで、それが叶わぬのが皆で決めるということだ。理想をそうあるべきと唱《とな》え続けて実現すれば世話はない。それが出来ないからこそ苦しいのではないか」

「でも、そうあるべきという方向を目指していかなければ、ただ闇雲に滅びに対する時間稼ぎを行うだけとなりませんか。理想を目標に据え、時間がかかることは承知の上でそれに向かって進むべきです」

博陸侯が呆れたように頭を振る。

「それを今の山内で行おうというのは、あまりに現実が見えていない。滅びが間近に迫った今、悠長《ゆうちょう》に理想を追っていたら、多くの民が犠牲になるやもしれぬのだ。外界でも、急を要する事態においては代表者に意思決定は委ねられる」

澄生が白い歯を見せる。

「そもそもの前提を勘違いしておいでのご様子。閣下の言う代表者とは、民の意見の代弁者として認められた者でございましょう。その選出を受けていない者が民の代弁者を名乗ることこそ、おこがましいにも程《ほど》があるというもの」

ピンと張りつめた空気の中、二人以外の者は物音ひとつ立てられない。

「いつ滅びるか分からんのだから、出来る限り急いで備える必要があるのではないか」

「いつ滅びるか分からないからこそ、今すぐ理想に向かう必要があるのでは？」

「明日、滅びを迎えたとしても貴女は同じことを言えるのか」

「明日、滅びを迎えるのならばなおさら同じことを言いましょう」

一息に言い切って、もはや笑みを取り繕《つくろ》う余裕もなく二人は睨み合う。

博陸侯と澄生の間に割って入る勇気は凪彦にはなかったが、いつも胡散《うさん》臭い笑みを浮かべている治真すら、圧倒された顔で黙り込んでいる。

緊張感ある沈黙を破ったのは、澄生だった。

「少なくとも、確かな情報をもとに良識を問うことくらいは許されてしかるべきではありませんか。間違った情報を広めておいて、民は愚かと切って捨てるのもおかしな話でございます」

これに博陸侯は小さく眉を動かした。

「間違った情報とな？　私がいつ間違った情報を流したと？」

「近年、『対災の布告』は猿への脅威に対するものが多く、本来の目的であった山内の滅びへの注意喚起とは程遠い内容になっています」

本気で山内が滅びると知らない民が、同じような緊張感を持てるわけがないと澄生は断言する。

「百年以上前、当時の真の金烏は、己が仕えていた山神の問題を共に解決するのではなく、山内を閉じることによって八咫烏《やたがらす》を守ろうとしたそうですね。結果的に、それが原因で山内は滅ぶしかなくなった。そこを曖昧《あいまい》にしたまま災害に備えろと言ったところで、危機感がないのは当然です」

凪彦はその言葉に衝撃を受けた。

「待て。私はその話を知らない！」

山内が滅びるという話は、あくまで山神からの神託《しんたく》だと聞いていた。

その神託を受けることになった契機に、過去の金烏が関わっていたというのは初耳である。

博陸侯は初めて、心底不快そうに眉を顰《ひそ》めた。

「一体どこでその話を？」

博陸侯を見据えながら、澄生は軽い調子で答える。

「当時お仕えしていた浜木綿《はまゆう》の御方から、母が直接伺ったそうです」

浜木綿の御方――奈月彦の妻にして、その死に際して惑乱《わくらん》したという前《さき》の皇后。

困ったことだと、博陸侯はこれ見よがしにため息をついた。

「そのような重要な機密を簡単に漏らされるとは、つくづく、あの方は皇后としての自覚に欠けておられたと見える……」

凪彦は咄嗟《とっさ》に澄生の反応を窺ったが、彼女はその言葉をあっさりと聞き流した。

「浜木綿の御方の皇后としての資質に関し、わたくしは言及する立場にはございませんが、少なくともこの話が事実であったことは、今の閣下の反応を拝見して確信いたしました」

博陸侯はこれに無言を返した。

澄生は博陸侯をひたと見据えながら言う。

「過去の金烏は、自分達だけ助かればいいと思っていたから、結果として山内を滅ぼすことになったのではありませんか？　今の博陸侯のなさりようも、同じ問題を抱えているようにわたくしには思えてなりません。過去の過ちを直視して教訓としなければ、同じ間違いを繰り返すことになります」

これに、ふと博陸侯は困ったような笑みを漏らした。

「事実は正確に知ってもらわねばならぬ。浜木綿の御方が何と言ったかは知らぬが、それを主張したのはあくまで猿だ」

実際に何があったのかは誰にも分からない、と博陸侯は言う。

「それが明らかになった場に、私も同席していたのだから間違いない」

口を開きかけた澄生は、その言葉に黙らざるを得なくなったようだった。

「猿の言っていたことが真実であることの証拠は、この世のどこにも存在しない」

いっそ厳《おごそ》かに言い切って、博陸侯は瞑目《めいもく》をする。

「……奈月彦さまは記憶がないことを負い目に感じておられるようだったが、仮にそれが分かったところで、我々にもたらされるものは何もないのだ。猿の言う通りであったとしても、過去の金烏はその時最善と思った道を選んだのだろう。当時、山神の抱える問題を共に解決しようとしていたら、その時点で山内は滅んでいた可能性すらある」

それでも貴女は過去の金烏の行いを過ちだと責めるかねと、静かに博陸侯は問う。

「過去のことなら、誰でも何でも言えると思うがね？」

しばし黙っていた澄生は、ややあってすっと両眼を細めた。

「おっしゃる通り、当時の方々が愚かであったと断じるのは、傲慢《ごうまん》なのやもしれません」

彼らはその時の最善を尽くしたのでしょうから、と物分かりよく澄生は呟く。

「しかしながら、今だからこそ言えることもございましょう。彼らが身を切り、血を流して得た教訓をなかったことにすることこそ、彼らへの侮辱になるのではありませんか？」

「事実かどうかも分からぬことを喧伝しても、民は単に混乱するだけだよ」

呆れたように言って、博陸侯は澄生を傲岸《ごうがん》に見下ろす。

「私はこの黄烏という地位にある者として、山内を守る責任を担っている。現実性に乏しい夢を見ている暇はないのだ」

じっと博陸侯を見つめながら、澄生はゆっくりと口を開いた。

「――あなたは、そのやり方に問題があると分かっていてもなお、山内を守るためにその道を進んでいかれるのですね？」

「私はただ私のみ私の無私を知る。ゆえに、私がやらねばならぬ」

博陸侯の、口調だけは軽く告げられた重々しい一言は、しばしその空間を支配した。

治真を始めとする羽記ら、山内衆達は表情を変えまいとしていたが、その目は熱っぽく博陸侯を見つめ、胸を打たれた様子を隠しきれていなかった。

ずっと小さくなっていた俵之丞も顔を上げ、静かに博陸侯を見つめている。

「でも、あなたが亡くなった後は？」

唐突な、あまりに不躾《ぶしつけ》な問いは、やはり落女から発せられた。

「あなたがいなくなった後も、築いた体制は残ります。あなたの後釜に入る者が、あなたと同じような考えを持っているとは限りません」

「では精々、それまでに良い後継を見繕《みつくろ》うことにするよ」

軽く笑って、それを機に博陸侯は完全な無表情になった。

「そなたが山内の歪みを是正したいと考えていることはよく分かった。私とて、山内をよりよくしたいという思いはある。そなたは貢挙《こうきょ》の際、私の手伝いをしたいと言っていた覚えがあるのだが、今に至り、その考えに変化はあるかね？」

一瞬の沈黙の後、澄生は完璧な笑みを浮かべた。

「――いいえ。ございません」

わざとらしいほどの丁重さでもって、澄生は深々と礼をする。

「閣下が深く悩みながらも、山内のために日々邁進《まいしん》なさっておいでということがよく分かりました。このように直接閣下のご意見を伺う機会を得られるなんて、信じられぬ僥倖《ぎょうこう》にございました。あまりの幸運に舞い上がり、つい不敬な発言があったことを心よりお詫び申し上げます」

よろしい、と言って、博陸侯は慈悲深い笑みを浮かべた。

「不遜な発言は聞かなかったことにしておこう。では、今後も山内のために励みたまえ」

空気が緩んだように見えて、それでも強烈な居心地の悪さは拭い難く、凪彦は面前の二人をそっと見比べた。

笑顔で向かい合う澄生と博陸侯は凪彦の目には、何故かとてもよく似て見えたのだった。

＊　＊　＊

「まさか博陸侯があの場においでになるとは思いませんでした。陛下とも博陸侯ともお会い出来るなんて、俵之丞にとっても中々幸運な日だったのではありませんか？」

書庫の中である。

金烏に上覧賜《じょうらんたま》わったばかりの綺羅絵を元の位置に戻すべく手を動かしながら、澄生は呑気に言ってのけた。

俵之丞からすると、幸運どころか不運の極みである。

普通に荷物持ちのつもりでついていったら、思いがけず金烏の前に引き出され、挙句の果てにこの朝廷で一番おっかない男と命知らずな落女がやり合うのを目の当たりにさせられたのだ。

正直なところ、あの場にいて生きた心地は全くしなかったし、思うところも山のようにあった。

書棚の隙間から周囲を見まわし、こちらの言葉が聞こえる範囲に人がいないことを確かめてから、俵之丞は手を止めて澄生のほうを向いた。

「確認しておきたいことがある」

澄生も手を止めて、不思議そうにこちらに向き直る。

「何でしょう？」

「あんた、本当は博陸侯が気に食わなくてしょうがねえんだろ」

「あ。とうとうばれてしまいましたか」

あっはっは、と澄生は快活に笑う。

それは今までのものよりも、ずっと屈託《くったく》のない笑い方であった。

「まあ、今日は少しやり過ぎましたものね。本当は大人しくしているつもりだったのですが、こんな好機はもう二度とないかもと思ったら、つい、つい……」

「つい、であんな啖呵《たんか》切る奴がどこにいるよ。何が博陸侯のお手伝いだ。とんだ嘘つきじゃねえか！」

苛立ちに任せて言うと、それは語弊《ごへい》がございます、と澄生は不本意そうに目を見開いた。

「博陸侯への好悪の感情はひとまず措いておいて、掲げる理想に賛成しているのは事実ですもの。実力主義で人材を登用、山内をより良く、平和にしたい。大変結構ではございませんか！私《わたし》はただ、そのやり方がカスだと思っているだけです」

俵之丞は、自分の顔が反射的に引き攣《つ》るのを感じた。

「カスか」

「カスでしょう。だって今の施策と来たら、沈みゆく船の上で船客をぶっ殺して、その骨で筏《いかだ》を作るようなものではありませんこと？」

「たとえがひど過ぎる」

「だって、実際そうでしょう？」

自分の言っていることが間違っているなど全く思いもよらない調子で澄生は言う。

「博陸侯が、何を思って山内にこだわるのか、全く理解に苦しみます」

そこまでして守る価値があるのかと、蔑《さげす》むような言葉にふと気づく。

「──あんた、もしかして山内自体が嫌いなのか？」

「当然」

澄生は、相変わらず屈託なく笑いながら言う。

「大嫌いです、こんなところ」

笑いながらもその声は、もはや隠しようもなくひんやりとしていた。

「今の山内は、呆れるほど貴族中心の世界です。仮に貴族による支配が正当性を持つとしたら、それは貴族が貴族たる責務を果たしている場合のみですよ。実際のところは身分が高ければどんな理不尽も許されてしまうし、殺した者勝ち、毒殺闇討ちうまくやった者勝ちなのですもの。これで好きになれというほうが難しくはありませんか？」

皮肉っぽい言い方に、合点がいくものがあった。

「ああ……なるほどな……」

最初にこの女と会った時から、違和感はあった。

遊女のようだと揶揄《やゆ》される振る舞いの割に、どうにも何を考えているのか分からない不気味さがあったが、博陸侯に食ってかかる様子と今の話に、なるほど、こちらが本音だったかと思い至った。

「俺のところに来たのも、偶然じゃねえんだな？」

俵之丞の確信を込めた言い方に、澄生は笑みをおさめる。

「俺の経歴に目を付けて近付いてきた。違うか？」

待合茶屋《まちあいぢやや》において、松高《まつたか》が自分を知っていると分かった時点で、さてはと疑ってはいたのだ。

俵之丞の疑問に答えぬまま、つと真顔になった澄生は言う。

「俵之丞殿は、貢挙において過去最高の点数を叩《たた》き出して朝廷に入った、山内にとって得難き人材です。御書所《ごしよどころ》のお勤めを侮辱するつもりはありませんが、いきなりそこに配属されて十年以上そのままというのは、実力主義を掲げている割には全く納得のいきかねる処遇にございます」

そして、両目を猫のように細める。

「――わたくしのように雑用をこなしておられた折、上級貴族と喧嘩をして出世の芽を潰されたのでしょう？」

澄生の言うことは事実であり、間違いでもあった。

別に、喧嘩というほど大した問題を起こしたわけではない。

清書するように言われた文の中に古典の引用で間違っている部分を見つけ、修正がてら軽く指摘をした。

単にそれだけ。

たったそれだけのことで、俵之丞の立身の道は断たれた。

「今の山内、おかしいとは思いませんか」

ひたとこちらを見据えて問うてきた澄生を見つめ返しながら、俵之丞は慎重に口を開いた。

「……とっくに知っているんだろうが、俺は、山烏の出身だ。その日の飯にも困るような小作人の子でよ。ひいこら言いながらやっと作った作物を容赦なく取り立てに来るお上《かみ》に、ぺこぺこしてる両親を見て育ったわけだ」

澄生は黙って俵之丞の言葉に耳を傾《かたむ》けている。

「自分達の不細工な一人息子には、同じ思いをさせたくねえってんで、両親は小さい頃から寺に通わせてくれた。でも、そこでも俺の扱いは悪かった。別に悪いことしたわけでもねえのにな。見ての通りのご面相だからか、女にはもてねえしよ、年長の男どもには虐《いじ》められるしで、なんとか見返してやりたかったから、そのために猛勉強して、やっとこさ他の連中から一端《いっぱし》の八咫烏《にんげん》として見られるようになったわけだ」

だが、そう思い描いていた通りにはならなかった。

「見た目ばっかり馬鹿にしてくる連中も、貧しい家に理不尽な要求をしてくるお上も、みんな憎くて、こんな山内を俺が偉くなって変えてやると思って、官吏《かんり》を志したっつうのによ。朝廷でも俺はこんな扱いで、ずっと不満だった……」

では、と口を開きかけた澄生に、俵之丞はすっと目を眇《すが》めた。


「と、言うとでも思ったのか？」


きょとんとする澄生に、俵之丞は鼻を鳴らす。

残念ながら、それは大間違いなのだった。

「んなたいそうな使命感なんざ、これっぽっちもねえよ！　俺は単に、出来るだけ体を動かさねえで済むたつきを得たかっただけだ」

嫌な取り立てがあったことも、両親が自分を寺で学ばせてくれたことも、女にもてなかったことも虐められていたことも嘘ではない。

だが、だからと言って、それを山内への怨《うら》みに転換するような、たいそうな考えを俵之丞は持ち合わせているわけではないのだ。

「誰だって生きてりゃ、多かれ少なかれ嫌な目には遭うだろうよ。それをいちいち全部お上のせいにしていたら、地に足のつかねえ人生を送ることになる。俺は、今の山内に大きな不満はないね」

俵之丞の身も蓋《ふた》もない言葉に、澄生は不満そうに口を尖らせた。

「……その陰で苦しんでいる者がいても、同じことが言えますか？」

「おう」

「この世には、知らなかった罪、知ろうとしなかった罪がありますが、私は知った上でそれを見なかったことにした罪こそが重いと考えます」

その罪を背負う覚悟があるのかという澄生に、俵之丞は皮肉っぽく笑って見せた。

「それを言うならば、あんたこそ俺を焚《た》きつけて俺の将来に責任を持つ覚悟なんざないだろう。どんだけ今の山内が歪んでいようが、俺は俺が明日しっかり飯を食えるほうがよっぽど大事だね」

澄生は納得のいかないように言い募る。

「でも、今の山内の状態を放置していたら、いずれ俵之丞殿だってご飯を食べられなくなりますよ。俵之丞殿が見て見ぬふりをしているうちに、貧しい民はどんどん飢えて、現状維持は不可能になります」

「きっとそうはならねぇよ、澄生」

思わず俵之丞は脱力してしまった。

ここまで来て分かった。

――澄生は大前提として、民は飢えれば自ら叛乱《はんらん》を起こし、現体制を自らの意志で倒すと信じているのだ。

だが、博陸侯のやっていることは、民が飢える前に飢えそうな民を馬にするという行為だ。そして、残った民を姫のように大切に扱っている。

その善し悪しは別にして、実に効果的な策ではある。

仮に澄生の予想が大当たりして、貧しい民が博陸侯の統治に不満を持って立ち上がるに至ったとしても、それに呼応する者はそれほど多く出てこないだろう。馬にされるか、博陸侯にとって『良い民』で居続けるかの選択を迫られて、前者を選ぶ者はまずいないからだ。

いずれにしろ、澄生が理想とするような世界は来ないのだ。

自分のことで精いっぱいの民に、他の皆のために我慢しろと言ったところで、出来っこないのだから。

「結局あんたのやっていることは、満たされたお姫さまの道楽でしかないんだよ。馬鹿にしようと思って言っているわけじゃない。あんたなりに思うところがあってここに来たんだろうが、でも、現実はそうなんだ」

減収する。困窮する。そういう時に、民に政《まつりごと》をさせたところで、民がお互いを思いやってくれるとでもいうのだろうか？

答えは否である。

「あんたの言う通り、今の山内には問題があるんだろう。でも、仮に勢いに任せて今の体制をぶっ壊したところで、今以上に良い世界になることなんてないだろうさ。横暴なお貴族さまを皆殺しにしてハイお終いとはいかねえんだからよ。後に残ったのは、血の気の多い連中の支配する、今よりもずっと無秩序極まりない世界だ」

困難な時にこそ身を切る決まりが必要になるが、みんな我が身可愛さに逃げたがるに決まっているのだ。

「少なくとも、『良い民』に対して、博陸侯はこの上なく慈悲深い。何より、博陸侯が私欲でなく、真実山内の安寧《あんねい》を願っていると分かっている以上、それに反旗《はんき》を翻《ひるがえ》させるだけの力はお前にはねえよ」

「良かれと思って他者を自分の思い通りにしようとするのは、単なる私欲なのでは？」

なお食い下がる澄生を、「ハッ！」と倭之丞は思いっきり笑い飛ばした。

「だったとしても、大戦の折に先頭に立って戦った博陸侯と、守られておきながらその統治に不満ばっかり漏らしているあんたでは説得力がまるで違う。俺は、博陸侯のほうがまだましだと思うね」

「――本当にそれでよいのですか、俵之丞殿」

ふと、澄生が真摯な目をして言う。

「私に説得力がないというのは、反論の余地がございません。でも、理不尽を見て見ぬふりをする者は、いつか必ず理不尽に殺されます」

俵之丞と澄生は見つめ合った。

「いつ、博陸侯の望む『良い民』から自分が外れるか分からないのに、どうして自分だけは大丈夫だと思えるのですか？」

どこか切実な響きを帯びた澄生の言葉に、俵之丞は力なく首を横に振った。

「博陸侯が『良い民』を望むなら、そうなるように努力するだけさ」

澄生から目を逸らし、放置していた出しっぱなしの綺羅絵に手を付けながら言う。

「絵草子屋の宝屋《たからや》から報《しら》せがあった」

俵之丞の言葉にも、澄生は何の反応も示さない。

「あんた最近、下絵確認の時以外も、俺に隠れて版元の連中と会っているそうだな？」

澄生が自分に近付いてきたのは、俵之丞が不遇の貢挙出身者であり、なおかつ、綺羅絵の版元らと深いつながりを有していたからだ。

彼女の目当ては、最初からそこだった。

「何をするつもりだ？」

　これに、澄生は悪びれることなく、いっそ厳かに答えたのだった。

「せめて、自分に出来ることを」

＊　＊　＊

　その日、出仕して来た官吏達は、大門《おおもん》において治真羽記が二名の部下と十名もの羽林天軍の兵を従えている姿を見つけてぎょっとなった。

　朝の光の中、次々に舞い降りる飛車から高官が出てくる度に、そのものものしい様相に困惑の表情を浮かべる。

「何かあったのかね？」

　堪《たま》らず話しかけてきた者に、治真羽記は愛想よく微笑んで一礼をする。

「お騒がせして申し訳ありません。少々、お話を伺いたい方をお待ちしております」

　遠巻きに耳を澄ませていた者達は、その言葉に何が起こったのかを悟った。

　羽記は彼ら自身の官位こそ決して高くないものの、博陸侯の耳目《じもく》として全ての官吏の職務を監査する権限を持っている。

　こうして、主に高位高官が使用する大門において、武人を引き連れて羽記が誰かを待っているということが示す意味は、ただひとつだ。

「何をやらかしたのだろう」

「皆目見当がつかん」

「まだ来ていない高官は誰だ？」

ざわざわと囁《ささや》き合いながら、中下級官吏達は大門の周辺をたむろして何が起こるのかを見届けようとした。

それを咎《とが》めるどころか、素知らぬ顔で受け止める治真羽記を見るにつけ、大勢の官吏が出仕する朝を意図的に彼が選び、誰かを見せしめにしようとしていることは明らかである。

やがて、朝日を受けて一際《ひときわ》きらびやかに輝く飛車がやって来た。

あの派手な車は、西大臣《にしのおとど》、西家《さいけ》当主顕彦《あきひこ》のものである。

野次馬も「まさかあれではなかろう」と思っていたのだが、しかし、その車が石畳の広場に着地した途端、一行が迷いない足取りで進みだしたのを見て驚愕《きょうがく》した。

滑走する車がゆるゆると速度を緩め、ようやく止まる。

御者や、馬で並走して来た護衛や側仕《そばづか》えは、穏やかならぬ一行に怪訝《けげん》な顔をしていたものの、彼らが自分達のもとに向かっていることに気付くと顔色を変えた。

「何事だね？」

側近に声をかけられ、車の物見《ものみ》から顔を覗かせた西大臣は、治真羽記と目が合ってぱしぱしと長い睫毛を瞬かせた。

「やあ、おはよう治真羽記。今日も良い天気だね」

呑気な挨拶を受けて、治真羽記は笑顔で返す。

「おはようございます、西大臣閣下」

「遠乗りにでも行きたいような日和《ひより》だけれども、どうにもそんな感じじゃないみたいだね。こんなにお揃いで、朝廷で何かあったのかな？」

「ご説明いたしますゆえ、まずはお降りになって下さいませ」

丁寧に促された側仕えが不安そうな顔で足置きを用意し、外から扉の鍵を開ける。

悠々《ゆうゆう》と姿を現した深紅の袍《ほう》の貴人を前にして、治真羽記は慇懃《いんぎん》無礼《ぶれい》にお辞儀をした。

「西大臣閣下におかれましては、ご心配をおかけして申し訳なく思います。しかし、我々は博陸侯の命を受けて動いております」

「博陸侯の？　彼が私をお呼びなのかね」

「いえ」

治真は、そう言って両目を三日月型にした。

「用がありますのは、西大臣閣下ではなく、そちらの方です」

西大臣に続いて飛車を降りた落女は、真正面から男達の厳しい視線を受けても全く動じなかった。

「あら。わたくしに何か御用かしら？」

これに、治真羽記が端的に答える。

「あなたが作ろうとなさっていたものについて、話を聞きたい。大人しくご同行願おうか」

軽口にも応じないそっけない口調に、澄生は目を細める。

「――良いでしょう」

軽やかな足取りで車から飛び下りた美しい女を、すぐに兵が取り囲む。

それはまるで逃亡に備えるような仰々しさであり、重罪人の扱いと何ら変わらなかった。

「澄生や。これは一体……？」

おろおろする西家当主のほうを振り返り、彼女は「大丈夫ですよ」と宥《なだ》める。

「ご心配には及びませんわ、伯父さま。だってわたくし、悪いことは何一つしていないのですもの」

じっと自分を見る治真を横目で見やり、澄生はどこか挑発的に微笑した。

「さあ、参りましょうか」


『傾城《けいせい》の落女』がしでかしたことが朝廷中に広まるまでに、半日もかからなかった。

彼女は、『野良絵《のらえ》』を作ろうとしていたのだ。

刷物の全てに許可印が必要になった現在、朝廷の目を逃れて勝手に印刷された野良絵は、その内容如何《いかん》にかかわらず罪とされる。

しかもあろうことか落女が作ろうとした野良絵の内容は、現在の朝廷に対する真正面からの批判であったという。

御書所の官吏がその存在に気付き、城下に配られる前に羽記へと告発をしたらしい。内容を確認した羽記は、朝一番に落女の身柄を押さえた、という次第であった。

「俵之丞、羽記に告発したってのはお前だろ！」

噂《うわさ》を聞きつけて駆けつけて来た同じ御書所勤めの仲間に詰め寄られ、俵之丞は辟易《へきえき》した。

「俺だって、こんなことしたくはなかったよ……」

野良絵の片棒を担ぎそうになった版元は、本物の官吏である澄生のお願いということで、お上としても発行に問題はないと判断されたものと勘違いしていた。

その内容を見た宝屋が俵之丞に確認を取ってくれなければ、何も知らない版元も罰せられることになっていただろう。

馴染みの面々を守るためにも、自分にはこうする他になかったのだ。

「あいつは、いつか何かやらかすと思ってた」

巻き添えだけは御免《ごめん》だと、俵之丞は低く呟いたのだった。

＊　＊　＊

「澄生が捕まっただと！」

凪彦は、朝一番に佳通から告げられた報告に声を上ずらせた。

「そんな、野良絵など、どうして……」

佳通は声を荒げるでも、それ見たことかと勝ち誇るでもなく、どこか悲しそうに答えた。

「内容は、現在の政《まつりごと》を批判するものであったそうでございます」

意外ではなかった。

むしろ、博陸侯と真正面からやりあっていた彼女の姿を思い出せば、いかにもやりそうだと思ってしまった。

彼女が博陸侯に思うところがあったのは明らかだ。

だが、現在の政への批判ということは、それはすなわち、現在の金烏である自分への批判ということでもある。

これでも、澄生の言い分を聞いて、民にとって良い金烏になろうと覚悟を決めたつもりだった。野良絵を作ろうと思い立つ前に、どうして自分に相談してくれなかったのか――どうして、自分を信じてくれなかったのかと、ごまかしようのない落胆が凪彦を襲った。

「澄生と話がしたい」

「なりませぬ。今は羽記の主導で、詮議《せんぎ》の真っ最中でございます。いくら陛下ご自身の命令とはいえ、野良絵の内容が叛乱をそそのかすようなものの場合、お目通りなど許されるはずがございません。全て片付いた後、まとめて奏上《そうじょう》に参るそうです」

これに、凪彦は眉をひそめた。

「全て片付いた後とは、どういう意味だ」

「いくら陛下のお気に入りでも、重罪は重罪です」

「――野良絵作成の罰は、何だ」

口ごもる佳通に、凪彦は焦る。

「はっきり申せ！」

「……まだ詳細が分からぬので何とも申せませんが、澄生殿の場合、他でもない中央勤めの官吏がそれを行った、という点がより問題となるかと」

「免官《めんかん》されるということか？」

あれだけの覚悟で落女になったばかりなのにと言いかけた凪彦に、佳通は暗い面持ちとなった。

「いいえ、いいえ。それで済めばまだよろしいでしょう。最悪の場合を申し上げますと、過去に一揆《いっき》をそそのかすような落書を行った平民が、斬足《ざんそく》された例がございます」

凪彦は愕然《がくぜん》とした。

「斬足――」

急に自分の足の感覚が遠くなっていくような気がした。よろめいた体を咄嗟に支え、佳通はそんな凪彦をどこか憐《あわ》れむように見やった。

「内々で済めばまだやりようはあったでしょうが、現在、澄生殿が野良絵で政の批判を行おうとしたという噂は、朝廷中に広まってしまいましたので……」

澄生は変わった女だ。

正直なところ、その苛烈さに怯む時はあるし、自分は見捨てられたのかもしれないと思えば、複雑な気持ちは拭えない。しかし同時に、彼女が我欲のために野良絵を作成するなんて、絶対にあり得ないとも思うのだ。

何か彼女なりの考えがあって、そのようなことをしたはずだ。

それなのに、澄生は自分の知らぬところで、その行いの真意を明らかにされることもないまま、永遠に弁明の手立てを失うのかもしれない。

博陸侯は、反抗的な者は毒殺し、あるいは馬にして、不満を言う口を奪ってしまう。

ああ、これがそうなのかと、全身が痺《しび》れたようになりながら、凪彦は澄生の言っていたことを理解したのだった。

第六章　澄生

鬼火灯籠《おにびどうろう》に照らし出された荘厳な大広間には、高位高官が雁首《がんくび》を揃えている。

最も高位の上座には御簾《みす》内《うち》に隠れた金烏代《きんうだい》が、その一段下には博陸侯《はくりくこう》が着座し、さらに下には四家当主、下座にはその配下達と続いている。

その日も、紫宸殿《ししんでん》での御前《ごぜん》会議はいつも通りに進行していた。

祝詞《のりと》のように、抑揚のあまりない奏上《そうじょう》の声が響く。

凪彦《なぎひこ》の御代《みよ》になってからというもの、御前会議において大臣や高官達の話し合いが想定外の方向に転がったことはほとんどない。この場で論じられる議題は、議題となるまでの間に、全て四家間で根回しが済んでいるからだ。

形式的にそれをしなければならないだけというのはなんとも時間の無駄に思えて、西家《さいけ》次期当主である顕広《あきひろ》は、いつも御前会議の時間が苦痛で仕方なかった。

今日はその上、従妹である澄生《すみき》が大変なことをやらかした直後なのである。

並んだ高官からの眼差《まなざ》しはいつも以上に冷ややかで、あるいは揶揄《やゆ》するようなものばかりで、どうにも身の置き所がなかった。

顕広はもともと、あの聡明で押しの強い従妹が少し苦手だった。

幼い頃は病弱だったとかで、あまり顔を合わせたことがないというのも関係しているのかもしれないが、とにかく何を考えているのかよく分からないのだ。どこか才走っている感があるというか、話しているとどうにも油断の出来ない感じがする。

落女《らくじょ》になると聞いた時も、顕広は驚き、何も自分から苦労すると分かっている道に飛び込んでいくことはないと必死になって説いた。だが、澄生は全く耳を貸してはくれなかった。

笑顔で「ご心配頂きありがとうございます」と言っていた彼女は、思えば、あの時点でこいつには本心を言っても無駄であると顕広を切り捨てていたのかもしれない。

最初は渋っていた父も最後には諦《あきら》めて、「あの子の思い通りにさせてあげよう」などと言い出す始末だ。

実際に落女になって後も、その振る舞いにはハラハラさせられ通しだった。

ずっと危なっかしいと思ってはいたのだが、まさか西家全体を巻き込み、今まで以上に朝廷での立場を危うくするようなことをしでかすとは思っていなかった。

彼女が捕縛《ほばく》されたと顕広が聞いたのは、宿直《とのい》を終えて西家の朝宅《ちょうたく》へ帰ろうとしている最中のことであった。

何も聞かされていなかった顕広からすると驚倒《きょうとう》するほかになく、当人に対してはその身を心配するよりも、「何をやらかしてくれたんだ！」という思いしか現状は持ちえない。

澄生よりも、この件の余波を食うに違いない一族のほうが心配であり、桜花宮《おうかぐう》でただでさえ苦境にいるはずの実妹、桂の花《かつらのはな》がこれ以上辛い思いをしないようにと祈るような気持ちで御前会議に出席したのだった。

お定まりの報告と議題の承認を終え、後は金烏陛下による「そのようにせよ」という一言でお開きになるという段までできた。

どうせ終わった後も根掘り葉掘り面白半分に澄生のことを訊きたがる連中に囲まれるのだろうから、終わり次第、早々に退出することにしよう。

顕広がそう思った時であった。

「何やら、気になる話を聞いた」

その、先ほどまでつらつらと奏上文を読み上げていた男どもとは明らかに異なる高い声が、誰のものかすぐには判じかねた。しかし一拍を置いて、その声が上座から聞こえてきたということに気が付いて仰天した。

見れば、大臣や蔵人《くろうど》、羽記《うき》達も驚いた顔をしている。

無言のまま会議の流れを見守っていた博陸侯は表情こそ動かさなかったが、その冷淡極《れいたんきわ》まりない眼差しは御簾内へと向いていた。

つまりは、若き金烏代のもとへと。

「陛下、それはこの場でなくともよろしいのでは……」

「いいや。この場だからこそ、問いたいのだ」

蔵人が慌てたように制止しようとしたが、金烏代、凪彦は止まらなかった。

「西家の澄生なる下官が野良絵《のらえ》を作成し、現在その調べの最中であるそうだな？」

御簾の内側から聞こえる声は、思いのほかしっかりしたものだ。

想定外の問いを受けて、しかし先ほどまで博陸侯の代わりとして諸々の奏上を行っていた若手の羽記はややうろたえているように見えた。

「はい。おおせの通りにございます。しかしながら、詮議《せんぎ》はまだ終わっておりませぬゆえ、報告にはもう少々お時間を頂ければ幸いにございます」

「待てぬ」

それは、あまりにきっぱりとした否定だった。

羽記はぽかんとし、まるで助けを求めるように、自分の上役に当たる筆頭羽記と博陸侯のほうに視線を送った。

博陸侯の背後に控え、注意深く動静を見守っていた筆頭羽記の治真《はるま》は、一瞬「不甲斐《ふがい》ない」と言わんばかりの目で配下を睨《にら》み、すぐにいつもの笑顔になった。

「恐れながら陛下、これは手続きの問題でございますれば、いくら待てぬと仰せになられても詮議はこれ以上早くは進みませぬ」

我《わ》が儘《まま》を言うなと言外に窘《たしな》めた治真羽記に、「いいや。そんなはずがない」と確信のこもった声が返る。

「何が起こったのかを詳《つまび》らかにするだけのために、そこまで時間がかかるというほうがおかしかろう。聞けばちょうど今、野良絵を作成した城下の者と、その作成を依頼した落女、それを告発した御書所《ごしょどころ》の下官が朝廷に揃っているというではないか」

そこまで言って、ふと、御簾の内側で深く息を吸う気配がした。

「その者らをここに呼べ」

――それは明らかに、金烏としての命令であった。

「何をおっしゃるのです、陛下。紫宸殿は、限られた者しか足を踏み入れることの許されぬ神聖な場でございます」

「この私が、それを許すと言っているのだぞ」

笑い混じりにそれは出来ぬと言おうとした治真羽記がそれ以上口を開くよりも先に、超然とした声が紫宸殿を支配した。

「先だって、私は問題となっている落女に対し、民の声を聞かせよと命じた。此度《こたび》の野良絵の騒動に、我が命が関係しているのではないかと私は懸念している」

「その調べこそ、我々に任せて頂ければ」

「羽記らの働きを疑うわけではないが、一度そなたらに怪しいと断じられた者の弁明は通りにくいと聞いているぞ」

それを言ったのは、他でもないあの澄生だろうと顕広は悟った。

「羽記らの取り調べにやましいことが何一つないのであれば、この場に彼らを呼んだところで問題は何もないはずだ」

違うか、と問われ、珍しく治真羽記が返答に詰まった。

「問題がないと分かれば、以後はそなたらが自身の職責をまっとうしていることを信じると約束しよう」

治真の反応を待たず、「雪斎《せっさい》！」とよく響く声が博陸侯を呼ぶ。

「私を金烏と認めているのであれば、今すぐ彼らをここへ呼べ。それが出来ぬというのであれば、そなたは私の臣《しん》ではないと認めたものと取るが、如何《いか》に」

あまりの言いように、顕広は唖然《あぜん》とした。

――これは、どう考えても金烏から博陸侯雪斎に対する脅しである。

しかもその脅しは博陸侯よりも、むしろ凪彦の立場こそ危うくするような、半ば捨て身のものであった。

これまで、ずっと博陸侯の言いなりになっていた少年のあまりの変貌ぶりに、顕広の周囲でも戸惑《とまど》いの声がさざなみのように広がっている。

紫宸殿に集まった者達の視線が、自然と博陸侯のもとへと集中する。

当の博陸侯はそれまでと全く表情を変えず、よく言えば泰然として、悪く言えばつまらなそうな顔をしていた。

億劫《おっくう》そうに上座へ向くと、武人らしく完璧に制御された所作で礼をする。

「無論、わたくしの忠誠は陛下のものにございます」

その命令に従うことに否《いな》やなどあろうはずもないと嘯《うそぶ》き、配下のほうを見ようともしないまま命じる。

「陛下のお望み通りにせよ」

＊　＊　＊

凪彦は、御簾の内側から紫宸殿の中を一望した。

不測の事態に、この場のほとんどの者が多かれ少なかれ驚いているようだった。

凪彦の伯父にあたる東大臣青嗣《ひがしのおとどあおつぐ》は、困った顔でこちらを見ている。西大臣顕彦《にしのおとどあきひこ》は忙《せわ》しなく周囲を見回し、北大臣玄喜《きたのおとどげんき》は眉間《みけん》に皺《しわ》を寄せ、側近に何やら耳打ちをしているようであった。

この場で全く動じていないように見えるのは、博陸侯と南大臣融《みなみのおとどとおる》くらいである。

自分の行為が、羽記らの職分を侵すものであるということを、凪彦はよく理解していた。

一歩間違えれば、四家を軽んじて弑《しい》された兄と同じ道を歩みかねない行いである。

しかし同時に、今この場で自分が金烏代であるという立場を利用しなければ、一生後悔するだろうと思ったのだ。

御前会議が始まるまでに、この野良絵の内容がどういったものであったのかは辛うじて確認が出来ていた。

それで、澄生が何をしようとしていたのかを察し、凪彦も覚悟を決めたのだった。

澄生らの到着が知らされる。

本気で下賤《げせん》の者をこの場に入れるつもりなのか、やはり時と場を移したほうが良いのではないか、と羽記に提案されたが、凪彦の意思は変わらなかった。

「開けよ」

凪彦の命令を受けて、紫宸殿が開かれる。

山内衆《やまうちしゅう》によって連れて来られた者達は、縄を打たれてはいなかった。

ただ、大勢の高官達の視線を受けて、綺羅絵《きらえ》の問屋らしき里烏《さとがらす》は顔を真っ青にしていたし、青い短袍《たんぽう》姿の俵之丞《たわらのじょう》はこれが夢であるなら覚めてくれと言わんばかりの表情をしていた。

ただ一人、水浅葱《みずあさぎ》の短袍《たんぽう》をまとった澄生だけが、まるで己の置かれた立場が分かっていないかのごとく――それどころか、この場の主役は自分であると言わんばかりの態度をしていた。

二日間も拘束されていたというのに、全く憔悴《しょうすい》していないどころか血色の良い肌艶に、心配したこちらが馬鹿のようだ。いつもと違うのは、後頭部にひょろりと寝ぐせらしきものがついていることくらいである。

つと、凪彦と真正面に向かい合う位置の下座に引き出されてきた澄生と、御簾越しに目が合った気がした。向こうからは凪彦の顔などろくに見えていなかっただろうに、目が合った、と思った瞬間、彼女はニヤッと笑った。

まるで、よくやった、とでも言わんばかりだ。

――もしや、澄生の目的は最初からこれだったのでは？

自分はうまく利用されたのかもしれないが、だとしたら、こちらを利用するだけの成果を出してもらわねば困るのだ。

ふと、紫宸殿がしんと静まり返っていると気付き、あんな啖呵《たんか》を切ってしまった以上、自分がこの場を動かさねばならないのだと凪彦は思い至った。

軽く咳払いをして、口を開く。

「問題となっている野良絵をこちらへ」

まるで、練習もなしに大典《たいてん》に引き出されて、長丁場の儀礼の手順を間違いなく全てこなせと言われたかのような緊張感である。

取り調べを担当していたと思しき羽記が蔵人に紙の束を渡し、蔵人が凪彦のもとへと持ってくる。

うやうやしく広げられたそれは、美しく彩色された綺羅絵であった。

事前に聞いていた通り、その内容は先日、凪彦に対して行われた報告の一部を分かりやすく絵と文にまとめたものであった。

南領《なんりょう》における、綿花畑の一族の横暴についてである。

絵は、なんとか逃げようとして飛び上がる鳥形《ちょうけい》の八咫烏《やたがらす》と、その者を摑《つか》んで引きずり下ろし、今にも足を斬り落とそうとしている髭面《ひげづら》の男、泣いてそれを止めようとする女子《おんなこ》ども、そしてそれを悠々《ゆうゆう》と眺める宮烏《みやがらす》らしき優男《やさおとこ》が描かれていた。

まるで、その場を見てきたかのような生々しい絵である。

その絵の上には、長年の横暴が見過ごされてきたこと、奈月彦《なづきひこ》の代で一度咎《とが》められた件が凪彦の代になって取り消されてしまったこと、それを不服に思う明鏡院《めいきょういん》からの訴えが、御前会議に取り上げられる以前に却下され、全く協議されていないことなどが呆れるほどの美しい文字で綴《つづ》られていた。

凪彦は蔵人に綺羅絵を戻し、皆に聞こえるように読むよう命じた。

つらつらと内容が読み上げられる間、こっそりと臣下達の反応を窺《うかが》う。

下座のほうには互いに顔を見合わせる者の姿などもあったが、高官達はろくに顔色も変えていない。

凪彦は乾いた唇を舐《な》めた。

蔵人が読み終わるのを待って、口を開く。

「まず、事の次第を知りたい。これを作ったのは、澄生か？」

発言を許す、己の口で答えよ、と言えば、恐れた風もなくはきはきと答える。

「はい。わたくしが、こちらの絵草子屋真砂屋《まさごや》に正式に依頼をして作らせたものでございます」

真砂屋の主人に、澄生の言い分に間違いないかを問う。震え上がった男は、この綺羅絵が問題になるとは全く思っていなかった、と主張した。

「官人である澄生さまからのお頼みでございましたので、むしろ朝廷からのお話だと思い、とても気合を入れて作成いたしました」

しかも下絵の段階では、いつも確認を行っている御書所の役人も問題ないと判断したという。

これに、俵之丞は苦り切った顔で弁明した。

「自分が確認するように言われているのは下絵だけでございます。大変お恥ずかしながら、下絵の段階では文字がなく、芝居の一場面かと勘違いしてしまいました。刷られたものに書かれていた文字については推敲《すいこう》中ということで、よもやこんな内容がついているとは想像もしていなかったのです。刷る直前になって、本当に大丈夫かという確認が他の版元の店主から入り、ようやくその内容を知るに至った次第です」

慌てて調べた結果、これを作成したのが澄生と判明し、告発に至ったという。

「何故、そなたはこれを作ろうと思ったのだ？」

問題になると分からなかったわけではなかろうに、と真正面から澄生に問えば、彼女はどこかわざとらしい仕草で首を傾《かし》げた。

「恐れながら陛下、わたくしには今も、こちらの綺羅絵の何が問題なのか分かりません」

「――何？」

堪《こら》えきれなくなったように、下座の官吏達からざわめきが上がる。

澄生は大仰に嘆いてみせた。

「だって、野良絵というのは朝廷の目から逃れて、勝手に刷った物のことを言うのでございましょう？　こうして直接お話を伺ってみればささやかなすれ違いがあったようですが、まずこの絵は一度、下絵の段階で御書所からの確認を受け、問題はないとお墨付きを得ております」

俵之丞が無言のまま白目をむいたが、澄生は隣の男の様子など全く構わずに続ける。

「しかもこちらの綺羅絵は、まだ試し刷りでございます。問題であるという指摘を受けて、実際には刷られてもおりません。一体、何をもってこの絵は『野良絵』とされ、わたくしは詮議されるに至っているのでしょう？」

しれっと言われ、澄生の取り調べに当たったとみられる羽記が憤怒に顔を歪めるのが見えて、慌てて凪彦は彼らの肩を持った。

「下絵は確認を受けたと申すが、実際そうではなかったのだから、御書所の官吏の目を騙《だま》そうとしたものと疑われて当然であろう。しかも、内容は今の政《まつりごと》を批判するものだ。これを大量に刷って城下に配るつもりだったのならば、問題とされて当然であろう？」

凪彦の言葉に「その通りだ！」と言わんばかりの顔をした羽記の前で、澄生は「まあ」と目を瞠《みは》る。

「それは誤解でございます。もし城下に配るつもりであったのなら、こんな小難しい文面にはいたしませんもの」

こんな漢字ばかりで堅苦《かたくる》しい文では、そもそも城下で読める者自体が少ないと言う。

澄生が、目を細めてこちらを見る。凪彦はその眼差しの意味がはっきりと分かった。

「では、これは誰のために作らせたものなのだ？」

我ながら白々しいと思いながらも、望まれた問いを投げかける。

「わたくしはこれを、朝廷で配るつもりでございました」

澄生は凪彦に美しく微笑《ほほえ》み返し、次いで、姿勢を正して紫宸殿の皆に手を広げて見せる。

「つまりは――こちらにいらっしゃる、皆さまに向けて」

それまで他人の醜聞《しゅうぶん》を面白がるような面持ちでいた者達まで、一斉に豆鉄砲《まめでっぽう》を食ったような顔になった。

澄生は口元だけは笑みの形にしながらも、睥睨《へいげい》するようにして官吏達を見回す。

「ここで書かれた内容は、朝廷のほうで問題ないとされてしまった事案でございます。しかし、実際に現地で話を聞いてみれば、未だ横暴は続いており、明鏡院を通しての訴えも退けられてしまったとのこと。しかし、このような実態をご存じないまま、『問題なし』とされてしまった方も少なくなかったのではないかと思ったのです」

この場にいる誰にとっても無関係ではありません、と声高らかに言ってのける。

「皆さまは、まさかこれらの横暴を知って見逃していたわけではございませんでしょう？」

紫宸殿が、水を打ったように静まり返る。

凪彦は、目を瞑《つむ》って静かに息を吐いた。

次兄や博陸侯と同じ過《あやま》ちを犯《おか》さずに済むためにどうすべきかを考えていた凪彦にとって、今、この瞬間こそが、「自分に出来ること」の一歩だった。

平民を守ろうとした次兄は殺され、貴族を守ろうとした博陸侯は貧しい民《たみ》を蔑《ないがし》ろにしている。

だが、澄生に言われるがまま、民にそれを任せることは自分には出来ない。

――ならばまず、貴族の行いの是非を、彼ら自身に問うしかないと思ったのだ。

澄生が野良絵でやろうとしていることがまさにそれだと気付いた時、凪彦は、これを利用することに決めた。

山内には平民を自分と同じ八咫烏《にんげん》と思ってもいないような、悪い貴族がいるのは確かだ。

しかし凪彦には、全ての貴族が完全な悪人だとはとても思えなかった。

たとえば、凪彦の良心を形成する一助となった、守《も》り役の佳通《よしみち》だ。

彼は凪彦に仕えると言いながら、実際は博陸侯のために働いている。

それを目の当たりにした時は気落ちしたが、彼が凪彦の幼い頃から、時に父のように、時に兄のように接してくれた事実は動かなかった。もし仮に自分が金烏ではなかったら忠誠は誓ってくれなかっただろうと思う一方で、それでもきっと悪いことをした時は叱り、良いことをした時には褒《ほ》めてくれただろうという、無条件の信頼があるのだ。

まっとうな倫理観というものは、時に利害と対立するのだろう。

利害を第一に動くことこそが賢い貴族のやり方と心得ている者は多いだろうが、それでも、心を痛める者がいないとも思えない。

自分がそうであったように、正しくあらねばと考える貴族はいるはずであり、いや、どうかいてくれ、と祈るような気持ちもあった。

「ここにいらっしゃる全ての官に申し上げます。たった今、読み上げられた内容は、わたくしが実際に現地で聞いてきた事実です」

澄生の芯のある声が、下座に向けて発せられる。

「此度取り上げた事案は、明鏡院からの上訴として提出され、しかし正式に却下されております。不思議に思い調べましたところ、そもそも、明鏡院からの上訴は、ここ数年、一切御前会議にて協議されていないことが分かりました」

それはつまり、民からの訴えを、朝廷が真剣に取り上げた事例がないということだ。

「朝廷に入り、わたくしは関係各所に訊《たず》ねて回りました。これはおかしいのではないか、と。しかしそれに対する皆さまの答えは、そんな小さな問題をいちいち取り上げていては政務が回らなくなる、というものでございました」

これは仕組みが悪いからでございましょう、と澄生は軽やかに断じる。

「手が回らないだけで、問題は問題であるという認識に相違ないのであれば、その改善をするのに一体何を躊躇《ためら》うことがありましょう。はたしてこれは、陛下や博陸侯に仇《あだ》なす行いなのですか？　改善を訴えようと思ってこれを作成した結果、こうしてわたくしが逆賊のように扱われるというのは、どうにも納得のいきかねる話でございます」

くるりとこちらを振り返り、陛下、と澄生は凪彦に呼びかけた。

「わたくしは、虐《しいた》げられた民の声を代弁してやろうなどと、大それたことは思っておりません。

ただ、今の山内の支配の中で不幸にならざるを得ない者を知ってしまいましたので、それを知ってしまった自分のために、こうせざるを得なかったのです」

澄生の視線がすっと横へとずれる。

凪彦のすぐ下手――博陸侯をひたと見据えて、澄生は言う。

「政《まつりごと》をおこなう者が、理不尽を知って知らぬふりをする。その怠慢《たいまん》こそが、政をおこなう者の――貴族の罪なのではありませんか?」

そして、澄生は再び顔を下座に向けると、自分のほうを見ている官吏達に挑むような声を張り上げた。

「確かにこれは問題だと思われた方は、どうか今この時より、民のためではなく、己のために出来ることをして頂きたいのです。それがいつか、陛下を、博陸侯を、そして何より、ご自身をお助けすることになりましょう」

そんな澄生を見下ろす博陸侯の後ろ姿は、微動だにしていない。

凪彦は、震える息を吐いた。

「……そなたの言い分は分かった。私も、政をおこなう金烏としての目が行き届かず、徒《いたずら》に民に苦しい思いをさせたことを心底申し訳なく思う」

そして、大勢の臣下達を見回して宣言をする。

「諸官らも、己が貴族たる所以《ゆえん》を忘れることなく、よく努めよ」

凪彦の声に、はは、と打ち揃った声が返り、波のように諸官は頭を下げたのだった。

＊　＊　＊

「皆の反応はどうだった？」

その夜、夜御殿《よんのおとど》に入った凪彦は、佳通に問いかけた。

佳通は苦笑しながら言う。

「呆れた大演説だったと、冷笑する者がほとんどであります」

「まあ、そうであろうな……」

御前会議で澄生を呼び出すと決めた時には、自分のすべきことをやるしかないとまで思い詰めていたが、終わってみればいかにもあっけない。

やってやった、という達成感からは程遠《ほどとお》く、がっかり半分、当然そうだろうな、と思うのが半分といったところであった。

「流石《さすが》に斬足《ざんそく》はないと思いますが、澄生殿の免官が免《まぬが》れるか怪しいところですね」

凪彦は返す言葉もない。

凪彦の手前、羽記も博陸侯も大人しく引き下がったものの、やはり澄生の行いとその態度が、博陸侯らに問題視されていることに変わりはない。

現在、澄生は取り調べからは解放されたものの、正式な沙汰《さた》が下るまでの間の出仕を禁じられ、西本家《にしほんけ》の朝宅に留め置かれている。

後は博陸侯達の胸ひとつといったところだろうが、今回の一件で、むしろ反感を買ってしまった可能性は大いにあった。

やったことに後悔はなかったが、本当にあれで良かったのか、今後を思うと不安にもなる。ただ、少なくとも諸官には、凪彦が何を目指しているかは伝わったはずである。それだけをまずは良かったと思うとしようと、凪彦はむりやりに自分を納得させたのだった。

顔を上げ、茶の支度をする佳通を見て、そう言えばまだ言うべきことを言ってなかったと気が付いた。

「佳通」

「はい？」

「……助かった。ありがとう」

小声での礼に、ふと佳通は微笑する。

今日、凪彦が御前会議で自分から声を上げようと決めた最大の決め手は、澄生の作った野良絵の内容を知ったことにあった。

凪彦の日頃の政務には、形ばかりとはいえ、高官達の間ですでに協議され、取りまとめられた報告の決裁を行うというものがある。その文書の中にそっと挟まれていたものこそ、問題となっている野良絵の内容の簡単な写しであった。

当然、それが出来る者は限られている。

「はてさて。一体何のことでございましょう？」

それ以上凪彦は何も言わず、ただ無言で温かな茶を側近と酌《く》み交わしたのだった。

大仰《おおぎょう》に騒ぎ立てた甲斐があり、澄生の綺羅絵で取り上げられた南領の綿花畑には、中央から再びの査察が入ることが決定した。

そして凪彦は、長年綿花畑の持ち主から多くの賂《まいない》を受け取り、虐げられた者達の訴えをなきものとしていたのが、皇后候補である蛍《ほたる》の生家であったことを知ったのである。

＊　＊　＊

「やはり、夏殿《なつどの》の御方《おんかた》はおいでにならないそうです」

女房からの報告を受け、桂の花は「そうですか……」と力なく呟《つぶや》いた。

「出来れば直接お話を伺いたかったところですけれど、蛍さまのお気持ちを考えれば無理もありませんわね」

桂の花の対面に座った山吹《やまぶき》が、複雑そうに呟いた。

春殿《はるどの》での茶会である。

七夕《たなばた》の一件以来、春殿、夏殿、秋殿《あきどの》の三人の主《あるじ》は、それぞれの殿舎で茶会を催すことが多くなっていた。

最初こそ緊張していたものの、鶴《たず》が音《ね》のいない茶会は思いのほか居心地がよく、山吹と蛍は桂の花に対しても親しみを持って接してくれた。

それぞれの家の持つ情報を交換出来るというのも有難く、自分の代わりに鶴が音を除《の》け者にしているような今の状況にはやや思うところはあれど、桂の花はこの茶会を楽しみにするようになっていた。

しかし、以前よりも格段に朝廷の動向が把握出来るようになった分、桜花宮の面々ではどうにもならないことでやきもきする場面も増えてしまったという見方も出来る。

つい先だって、澄生が捕まったと分かった際には生きた心地がしなかった。

久しぶりに鶴が音から「だから言ったではないですか！」とでもいうような、勝ち誇った文が送られて来たのだが、それにどう返すべきかを悩んでいるうちに目まぐるしく状況が変わってしまった。

凪彦が澄生を庇《かば》ってくれたようだと知った時は安堵したものの、やがて、澄生の行いで蛍の生家が朝廷で槍玉《やりだま》にあげられることになったと知り、桂の花は動揺した。

自分が謝るのも筋違いではあるだろうが、桂の花は蛍に対し、悪い感情は全く抱いていないのだ。どうするべきか迷っていたところ、気を利《き》かせた山吹が春殿で話をする機会を設けてくれたのだが、土壇場になって蛍は来ることを止めてしまったのだった。

「夏殿はどのようなご様子でしたか」

せめてもと思って桂の花が問えば、蛍を呼びに行った春殿の女房が、言いにくそうに説明をする。

「夏殿の御方のお顔を拝すことは叶《かな》いませんでしたが、女房らは困り果てておりました。秋殿の御方に対し、お怒りになっている感じではありませんでしたけれど……」

夏殿に仕える者達にとっても、今後、どう転ぶのかは全く分からない状況なのだ。自分達の主《あるじ》に対する態度を決めかねているのかもしれなかった。

「まさか、これで蛍さまの登殿《とうでん》資格が取り消されるなどということはありませんよね？」

桂の花が、つい縋《すが》るように山吹を見ると「どうでしょうね」と渋面を返される。

「普通に考えれば、こんなつまらぬことで取り消されるとは思えません。でも、過去に南家《なんけ》は、問題を起こした登殿者をあっという間に挿《す》げ替えたことがございますから、あり得ないとも断言出来ないのが苦しいところですわ」

蛍は南本家《みなみほんけ》に生まれた姫ではない。

都合が悪くなれば、南家当主からあっさり見切りを付けられる可能性はなきにしもあらずなのだ。

「登殿資格はともかく、少なくとも、陛下の心証が悪くなったのは間違いありませんからね。そこを南大臣がどう判断するかにかかっているでしょう」

あくまで冷静に言う山吹に、桂の花は押し黙る。

もし、蛍の代わりの者がやって来ることになったとしたら、皇后の第一候補に躍り出るのは山吹なのである。

無言の桂の花に何を思ったのか、山吹はどことなく後ろめたそうに眉尻を下げた。

「余計なことをしないと頑《かたく》なにおっしゃっていた蛍さまが、一番に朝廷の余波を受けるとは、なんとも皮肉ですこと……」

この件に関して、山吹や東家《とうけ》が何かをしたというわけではない。

むしろ桂の花が意図せず山吹の後押しをしたような構図になってしまった今、何と返したらよいものか分からなかった。

大紫の御前《おおむらさきのおまえ》から突然の呼び出しがあったのは、春殿における二人だけの茶会が行われた翌日のことであった。

――今、この時に四姫《よんひめ》が藤花殿《ふじのはなどの》に呼び出されるとは、嫌な予感しかしない。

雛人形が見たいと言われた春とは全くわけが違うのだ。朝廷のほうで何か大きな動きがあり、それが四家から姫達に伝わるよりも早く、直接の沙汰が下ったに違いないと思われた。

それがどのようなものであれ、桂の花にとって良い報《しら》せでないことは確かである。

まるで薄氷の上に踏み出すような心地で向かった藤花殿において、最初に顔を合わせたのは山吹であった。

彼女も緊張しているのだろう。

言葉を交わすでもなく、お互い不安を滲《にじ》ませた顔で曖昧《あいまい》に笑い合って座所《ざしょ》へと向かう。

次にやって来たのは鶴が音で、既に座っている桂の花と山吹に気付くと、固い顔で目礼だけをして、そそくさと自分の席へと座った。

それよりいくらか遅れて入って来た、蛍の顔色は蒼白であった。

「蛍さま――」

何と声をかけるべきか考えていなかったのに、つい桂の花は呼びかけてしまった。

蛍は顔を上げて桂の花を見ると、かろうじて笑い返し、彼女もまた、何も言わないまま自席へと着いたのだった。

四姫が揃うのを待っていたのだろう。

蛍が着席してすぐに、藤宮連《ふじみやれん》の筆頭女房が姿を現し、大紫の御前のおなりを告げたのだった。

「皆さん、急な声がけにもかかわらず、すぐに来て下さって本当にありがとう」

そう朗《ほが》らかに挨拶した今日の大紫の御前は、相変わらずその実年齢を感じさせない容姿をしていた。

儀式の時とは違う、白藤を繊細に縫い取った小袿《こうちぎ》姿で、彼女の肌理《きめ》の細かさと艶《あで》やかさがいっそう際立っていた。

「今日集まって頂いたのはね、実は、皆さんにご理解頂きたいことがあるからなの」

既に皇后として選ばれた身ならばともかく、本来、大紫の御前が登殿中の四家の姫に要望があればただ命令をすればよいだけで、「理解」を求めるような事項など存在し得ない。

何を言いだすのかと固唾《かたず》を呑んでいると、大紫の御前は言いにくそうにもじもじしてから、覚悟を決めたように顔を上げた。

「実はね、新たにもう一人、桜花宮に女君を呼びたいと思っています」

――想像の埒外《らちがい》の言葉である。

隣の蛍が、大きく息を飲む気配があった。

「お待ちを！　登殿者は、それぞれ四家の中で認められた姫ただひとりと決まっております」

鶴が音の強引さが、こういう時は心強い。

大紫の御前は、鶴が音の声に驚いたように小さく首を竦《すく》めると、上座から器用に上目遣いで四姫の反応を窺った。

「びっくりさせてしまってごめんなさい。おっしゃる通り、正式な皇后の候補というわけではないわ。血筋を考えるとあまりよくないことだと言われてしまったのだけれど、でも、その方はそれを補って余りある魅力的な方だと思うの。きっと、皆さんの素晴らしいお友達になれるわ」

もしや本当に蛍が交代させられるのではと疑っていた桂の花は、どうやらそういうわけではないらしいと察して胸を撫で下ろした。

「有名な方だから、皆さんすでにご存じだと思うけれど」

そして次の瞬間――ほっとした自分がいかに浅はかだったのかを思い知らされたのだった。

「朝廷で働かれていた澄生さんを、ここに迎えたいと思うの」

寝耳に水にも程がある。

それまで静かに控えていた四殿の女房達からは絶叫が上がり、桂の花もあんぐりと口を開けてしまった。つい助けを求めるように横を見れば、蛍は声も出ない様子で瞠目し、その向こうの山吹の手から扇が落ちるのが辛うじて分かった。

「お待ち下さい、大紫の御前。きっとあたくしの聞き間違いかと思うのですが、そのすみきとやらは、まさかあの、西家の落女の澄生でございますか……？」

驚愕《きょうがく》のあまり、震える声で尋ねた鶴が音に「そうです」とあっけらかんとした肯定が返る。

馬鹿な、と卒倒せんばかりの鶴が音が叫ぶ。

「一体、どうしてそんな話に？　そんなの、朝廷が許すわけがないではありませんか……！」

どこか懇願するような響きの悲鳴に、しかし大紫の御前は、無垢《むく》そのものの瞳で首を傾げてみせたのだった。

「でも、博陸侯は賛成してくれたわ」

＊　　＊　　＊

「陛下、どうかお待ちを！」

慌てる佳通の声を無視して、凪彦は朝廷内を足音も荒く駆け抜けた。

すれ違った官人達は、それが金烏であることに気付くと驚愕《きょうがく》し、慌てて道をあけて平伏《ひれふ》したが、いちいち構ってはいられない。

本当ならば自分が彼を呼び出すべきだとは重々承知していたのだが、どうしても座して待つことが出来なかったのだ。

初めて来る場所ではあったが、目指すべきは朝廷の最上部の大極殿《だいごくでん》にもほど近い一室だ。

迷わずに辿《たど》り着くと、部屋の前を守っていた羽林《うりん》の兵がぎょっとした顔をした。

取次は頼まなかった。

陛下、と狼狽《うろた》えながら止めようとした者達を振り切って、室内へと踏み込む。

外界《がいかい》仕様に整えられたその一室は、博陸侯の執務室である。

正面とその脇に足高の卓子《つくえ》があり、それに合わせた簡素な椅子が据えられている。

博陸侯の立場からすれば呆れるほどに装飾のない部屋であり、鬼火灯籠すら明るさと耐久を重視した簡素なものだ。壁一面を覆《おお》うほどの書棚には書類や書物が整然と並べられ、部屋の隅にだけかろうじて食事や休憩のために一段高くなった畳の区画があった。

部屋の主は、中央の卓子の向こうにいた。

凪彦がやって来た騒ぎが聞こえていないわけではないだろうに、まるで気付いていないように卓子の上の文書に視線を落としている。

「どういうつもりだ、博陸侯」

低い声で呼びかけると、初めて瞳だけがこちらを向いた。

「治真」

「はっ」

名前を呼ばれただけで、博陸侯の副官は心得たように容赦なく人払いにかかる。

心配そうな佳通を体で押し出すように治真自身も外に出て、きっちり扉まで閉められたことを確認して、ようやく博陸侯は手にしていた筆を置いた。

「さて。今上金烏《きんじょう》ともあろうお方が、こうして軽々しく朝廷を出歩かれるとは、あまり褒められたことではありませんな？」

あえてこちらを煽《あお》るような言い方に、逆に冷静にならなければと思う。

一度唇を噛んでから、キッと博陸侯を睨みつける。

「そなた、澄生を私の側室《そくしつ》にするつもりだと聞いたが、それはまことか？」

「まことにございます」

表情をちらとも変えず、博陸侯はあくまで淡々と言う。

「あなたはあの落女を好いておられるのでしょう？」

まるで恥ずかしがるなとでも言わんばかりの態度に、凪彦はどうしようもなく怒りが再燃するのを感じた。

「私には、すでに四名の正式な妻の候補がいる。そのような軽薄《けいはく》な思いで、あの者の話を聞いていたわけではない！」

「さようでございますか」

それは、そんなこと心底どうでもいいと言わんばかりの態度であった。

「仮にそうであったとしても、あの落女のたいそうご立派な理想に一理あるとお思いになったからこそ、話を聞こうとなさったのでしょう」

良い機会ではありませんか、と博陸侯は感情のこもらない声で続ける。

「どうせ、今回の一件で免官です。幸いにも、大紫の御前はあの者を憐《あわ》れんで、あなたの側室候補になるのならば還俗《げんぞく》を許すとのおおせです。このまま男にも女にもなれず、落ちぶれていくだけの未来を可哀想に思うなら、側室に迎えて差し上げればよろしい。そうすれば多少なりとも、あの者の理想も叶いやすくなるのでは？」

「澄生は！」

怒りに任せて叫びかけて、博陸侯の氷のような眼差しに、ふと、凪彦は猛烈に悲しくなった。

「――澄生は」

意識して落ち着いた声で言い直し、続ける。

「何かを変える時、当事者が、自らの意志でそうすることを望む」

何を言いだしたのか分からなかったのだろう。博陸侯はかすかに眉をひそめた。

「きっと上から無理やり押し付けたのでは、意味がないと考えているからだ」

まっすぐに博陸侯を見つめながら、凪彦は必死に訴えた。

「もし、仮に澄生が皇后になり、大紫の御前として山内で一番の女君の座を得ることになろうとも、澄生の理想は叶えられない。寵愛《ちょうあい》だ、喜べとそれを強《し》いれば、むしろどんな侮辱だと怒り狂うことだろう」

私には分かる。

そう言い切った凪彦を見つめる博陸侯の目が、すうっと細くなる。

「博陸侯、そなたは何も分かっていない。これでは単なる飼い殺しだ」

言い放った瞬間、飼い殺しというべき立場に桜花宮の面々を置いている自分に気付き、凪彦は今更のようにぞっとした。

「澄生は、自由で苛烈《かれつ》な、賢い女性だ」

音もなく博陸侯が立ち上がる。

「山内で最も頭の良いそなたが、どうしてそんな簡単なことが分からぬのだ！」

言い切った瞬間、かつかつとこちらに近付いて来た博陸侯が、いきなり凪彦の襟《えり》をつかんで、勢いよく足を払った。

あっ、と声を出す暇もない。

そのまま石の床に叩《たた》きつけられるかと思って身を強張《こわば》らせたが、想像していたような衝撃はなかった。

まるで子どもの相手でもするかのような軽さですとんとその場に転がされ、襟ごと床に押し付けられる。

腕一本で凪彦の抵抗を奪った博陸侯は、無表情のまま凪彦の問いに答えた。

「あれの幸《さいわ》せなど、私にはどうだってよいからですよ、陛下」

表情の割に、その声はねっとりと陰湿《いんしつ》な響きがあった。

「あなたは、あなたの言うところの自由で苛烈で賢い女性を、その手で殺すことになっても構わないのですか？」

「――何？」

博陸侯はつとかがみ込み、怯《ひる》んだ凪彦の耳元に囁《ささや》いた。

「あれは紫苑《しおん》の宮《みや》だ」

しばし、その言葉の意味が分からなかった。

紫苑の宮。

女金烏となることを望まれた、現在は行方不明の奈月彦の一人娘。

一瞬、こんな時にもかかわらず、凪彦は博陸侯がふざけているのではないかと疑った。

だって、命の危機を感じて皇后と共に逃げ去った内親王《ないしんのう》が、まさか落女にまでなって、のうのうと朝廷に戻って来るなどあり得ないではないか。

「私があの子を見間違うはずがない」

一瞬だけ苦り切った笑みの形に顔を歪《ゆが》めて、博陸侯は吐き捨てる。

「大方、皇后と真赭《ますほ》の薄《すすき》が裏で手を回していたのだろう。葵《あおい》などという娘は、そもそもこの世に存在していないのだ」

いくら調べても、戸籍に不審な点はなかったという。だからおそらく、後になって戸籍に手を加えたのではなく、茜《あかね》が生まれたその時点で――まだ奈月彦が暗殺されるなど夢にも思っていなかった平和な時代に――あの女達は、周囲の者の目をくらますための偽の戸籍を準備していたということになる。

あの頃から、皇后はこちらを全く信用していなかったのだ、と博陸侯は囁く。

「何を勘違いして落女になったかは知らんが、一歩間違えれば今の体制を脅かす存在になりかねん。黙って側室に迎え入れろ。飼い殺せば、少なくとも我々はあの者を殺さずに済む」

博陸侯が本気でそれを言っていると分かり、凪彦は混乱していた。

こんなことを急に言われても、すぐに飲み込めるわけがないのだ。それに、澄生が紫苑の宮だというのが真実ならば、彼女は凪彦の姪ということになる。

博陸侯は酷薄《こくはく》に笑った。

「何もかも、ちょうどいいではありませんか。宗家《そうけ》の血が濃ければ、真《しん》の金烏が生まれるかもしれませんぞ」

この場にふさわしからぬ楽しそうな言い方に、不意に閃《ひらめ》くものがあった。

「――そなたはもしや、兄上ともう一度お会いしたいと思っているのか？」

真の金烏は、その歴代の記憶を継承すると聞いている。

かつて自分が仕えていた奈月彦に戻って欲しいと思ってのことかと疑ったのだが、これに博陸侯は、馬鹿な、といかにもうんざりした顔になった。

「真の金烏の記憶があろうがなかろうが、もはやどうでもいい。必要なのは、山内の綻《ほころ》びを繕《つくろ》う力のほうだ」

それがありさえすれば、山内の崩壊《ほうかい》を少しでも遅らせることが出来るかもしれないと、博陸侯は厳然と言う。

「何か勘違いをしているようだが、お前はただ宗家に生まれたというだけで、特別な存在であるというわけではない。真の金烏と違って山内を守るための能力もなく、ただ偉ぶるだけで、臣下に命令を聞かせるだけの実権も持たぬ愚《おろ》か者だ」

しかし、それは幸福なことなのだ、と博陸侯は嘯《うそぶ》く。

「命令権がないというのは、それだけ責任がないということでもあるのだから。あなたは、金烏の背負うべき重責から解放されている。これまでと同様、私が重荷を肩代わりして差しあげるから、どうかせいぜい良い君主でいて下され」

凪彦は小さく喘《あえ》いだ。

「そなたの言う『良い君主』というのは、そなたにとって『都合の良い君主』という意味なのだな……」

これに博陸侯は、場違いなほどに満面に笑みを浮かべたのだった。

「あなたが生まれて初めて、ようやくまともに言葉が通じましたな！」

そして、すうっと笑みを消す。

「さっさと女どもに子を生ませろ。それこそが、お前がこの世に生まれてきた意味と知れ」

軽く小突くようにして襟から手を放し、博陸侯はその場にしゃんと立ち上がった。

床に無様に転がされたままの凪彦を塵《ごみ》に対するかのような目で見下ろし、ささやかな衣服の乱れを整えながら部屋の外に向かって命じる。

「陛下のお帰りだ」

執務室に飛び込んできた佳通の手を借りて起き上がり、御座所《ござしょ》に戻るまでの間も、凪彦の足元は蹌踉《そうろう》として定まらなかった。

「博陸侯に何を言われたのですか！」

佳通に気遣われても、何を言えばいいのか分からない。

あまりの無力感に、涙のひとつも出なかった。

自分も、澄生も、姫達も、結局のところ、真の金烏を生みだすための装置に過ぎないのだ。

凪彦の金烏としての覚悟など、彼の前では何の意味も持たなかった。

――なんて残酷なんだろう！

山内衆に引きずられるようにして紫宸殿に入り、その扉が背後で音を立てて閉められた瞬間、凪彦は己がこの岩壁に囲まれた山の奥底に閉じ込められた、恐ろしくちっぽけな存在であることを絶望感とともに思い知ったのだった。

＊　＊　＊

「澄生を側室に？」

父である西大臣からその報せを聞いた顕広は、正気か、とまず疑った。

次いで隣にいる澄生の反応を窺えば、驚くでも恐縮するでもなく、まるでこの世で最も面白くない冗談を聞かされたと言わんばかりの顔をしていた。

西家の朝宅において、澄生の処分の通達は戦々恐々として待たれていた。

免官は免れないにしても、それ以外の処分はどうかありませんように――もっと詳しく言えば、西家に累の及ばぬ形であれと、顕広は陰に日向《ひなた》に祈っていたのだ。

ある意味で顕広の願いは叶ったと言えるが、とはいえ、この処遇はあまりに突飛《とっぴ》過ぎる。

何かの間違いではと何度も訊き直したが、疲れた顔をした父は「それが本当なんだよ……」としゅんとして繰り返すのみである。

「免官の場合、戸籍は男のまま朝廷から追い出されるだけになるけれど、桜花宮に入ることを承諾すれば、葵として還俗を許すとのおおせだ」

「待って下さい父上。澄生が桜花宮に行くということは、すでに秋殿を与えられている桂の花の立場はどうなるのです」

これで何の咎《とが》もない妹が無理やり宿下がりさせられるとしたらあまりに憐れだと思ったが、

「桂の花は今のままだ」と、顕広の懸念を父はあっさりと否定した。

「陛下が澄生を気に入っているということを受けての、あくまで特別な措置らしいからね。皇后候補ではなく、桂の花付きの女房という形で桜花宮に入ることになる。その上で、陛下に見初められたという態《てい》で側室にしてはどうかという提案だ」

どう思うかね澄生、と問いかけられて、澄生は「はあ」といかにもやる気のない返事をした。

「率直に申し上げれば、これを名案と思われた博陸侯は、きっとお昼寝中に耳の穴から蟻《あり》などに侵入されて脳みそをちまちま齧《かじ》られでもしたのでしょうね……」

「そなたは何を言っているのだ？」

突拍子もないことを言われて顕広は困惑した。

「そなたの今後を思えば、これ以上の話はないではないか！　少々年は離れているかもしれないが、陛下は聡明な良い方だと自分でも申しておっただろう」

あの御前会議は生きた心地がしなかったが、逆に言えば、奇人変人の類であるこの従妹の意見を、若き金烏は真剣に汲《く》み取ってくれるだけの器があるというわけだ。

正直なところ、落女になったという点ひとつとっても、顕広は澄生の行く末を真剣に案じていた。

表立ってというわけにはいかないだろうが、側室として若き金烏の相談相手にでもなれば、多少なりとも彼女の考える理想も政策に反映出来るかもしれない。そう考えると、一貴族の正《せい》室《しつ》として家中のことをさせるよりも、ずっと彼女の本意に適《かな》った話でもある。

「入内《じゅだい》の支度は全てこちらに任せておけ。そなたの女房装束と聞けば、喜んで腕を振るう女達が我が家には大勢いるのだからな」

性格はともかくとして、何せ見た目だけはいい娘なのだ。まっとうな女君として着飾ったら、さぞかし美しくなることだろう。

これに澄生は返事をしなかった。

父は、普段の様子からは想像出来ないような真剣な面持ちになって言う。

「まだ内々のお達しではあるけれど、西家としてはこれを断る理由がない」

澄生を落女として送り込む際、西家は出来る限りの援助をした。

しかしそれを受けての澄生の振る舞いは、恩を仇《あだ》で返すものであると言って過言ではない。この上、我が儘を言ったらどうしてくれようと顕広は身構えたが、澄生の返事は静かなものであった。

「――ここが引き時、というわけでございますね」

想像していたよりもずっと物分かりのよい返答に、いつもの慇懃無礼《いんぎんぶれい》かつ強情極《ごうじょうきわ》まりない姿を知っている顕広は却《かえ》って不安になった。

「そなたが貢挙《こうきょ》に受かるために、とても努力をしたのは私も知っている。野良絵の騒動だって、そなたなりの考えがあったからなのだろう？　道半《みちなか》ばで思うところもあるだろうが、そなたは今の時点で、女子《おなご》としてはとてもすごいことをやり遂げたのだよ。これは一生の誇りとすべきで、悔しく思うようなことではないよ」

慰めようとする顕広のほうを見ないまま、はい、とだけ澄生は返す。

父はそんな澄生に、ひどく真摯《しんし》な眼差しを向けていた。

「山内の民を思っての貴女《あなた》の頑張りには、心から敬意を表する。でも、そうだね。どうやらここが限界のようだ」

この言葉に、ふう、と澄生は大きな息を吐いた。

「分かりました」

妙にきっぱりと言い、その場で西家当主に向かい、両手を床に突いて深くお辞儀をする。

「西大臣並びに西家の皆さまには、大変な勝手を申し上げましたのに、望み得ぬほどのご助力を頂いたことに心より感謝申し上げます」

「こちらこそ、お力になれずに申し訳ありませんでした」

このやり取りに、わずかに顕広は違和感を覚えた。二人とも妙に固いと思ったが、顔を上げた時、澄生は晴れ晴れとした面持ちをしていた。

「私《わたし》が最も果たすべきと思っておりましたことは、すでに終わりましたゆえ」

もう未練はございませんと、穏やかに言ってのけたのだった。

＊　＊　＊

その時、延規《のぶき》に与えられていた命令は「落女と接触を図らんとする人物を特定すべし」というものであった。


延規は、北家《ほっけ》系列の下級貴族出身の山内衆だ。

必死の思いで勁草院《けいそういん》を卒院し、四年と少しが経つ。領境の詰所で地方警備の任を終え、最近になってようやく博陸侯からの命令を貰えるようになった。

優秀な成績の同期は、卒院してすぐに外界へ遊学に行ったり、金烏の近衛《このえ》に任命されたりしている。筆頭羽記に目をかけてもらいようやく出世の芽が出て来たと思ったが、未だ、与えられる命令は陰ながらのものばかりであった。

問題となっている落女は、以前より上のほうから問題視されていた人物だ。

博陸侯と遺恨ある家の出ということで、生家のほうにも見張りが付けられ、時に彼女自身の動向を探る任務を与えられた者もいたと聞いている。

しかし、山内衆である延規にまでお鉢が回ってきた決め手は、彼女の起こした野良絵の一件であった。

彼女自身は全て自分が手配したと言い張っていたが、その内容を見た上層部は、落女の裏に糸を引く者がいるのではないかと疑ったのだ。

何と言っても、あの女は目立ち過ぎる。

落女は朝廷に分かりやすく差し出された囮《おとり》であり、その背後で巧妙に動いている何者かがいるものと判断されたのだった。

今も、延規とは別口で、彼女と接触のあったあらゆる者達に調べが入っているはずである。

問題を起こした張本人と言えば、上も処分には頭を悩ませたらしく、あれほどの騒ぎを起こしたというのに金烏代の側室にという話が持ち上がっているのだから驚きだ。

結果として、落女が桜花宮に入るまでの間、山内衆の延規がわざわざ彼女の見張りに付かされることになってしまったのだった。

とはいえ、落女本人は西家の朝宅を出ないようにというお達しを守っており、西家内部で彼女がどう過ごしているのかを確認するのは、また別の者の担当だ。

延規の役目は、西家朝宅に怪しい人物の出入りがないかを確認し、落女の背後関係を洗うことであった。

この任務に当たり三名の手勢が貸し与えられたので、彼らをうまく動かしつつ、西家に野菜を運んで来る者やら、新作の織物を届けに来る呉服屋やらの身元をいちいち確認するのである。

延規は、この仕事にあまり乗り気ではなかった。

そもそも、落女の背後に糸を引く人物がいる、という上の見方も疑問なのである。

延規の目から見て、問題の落女は理想に燃える苦労知らずのお姫さまといった印象で、例の野良絵についても、間違った正義感を発揮して一人暴走した結果なのではないかと思っていた。だとすれば、自分のやっていることは全て徒労ということになる。

側室になるにしろ、ならないにしろ、さっさとこの役目から解放されたいものだと思いながらも、一応は真面目に西家の朝宅近辺の見張りを行っていたのだった。

普段、延規が控えているのは西家朝宅の隣にある屋敷に併設された、下男のための小屋だ。この屋敷自体、西家の係累のものであるが、彼らの忠誠は西家当主ではなく博陸侯にある。

いつも通りに日中の役目をこなした延規は、ちょうどその時、小屋の中で仮眠を取っていた。

「延規さま」

小屋の外で、籬《まがき》の隙間から西家朝宅の内部を見張っていた配下の者に声をかけられて目が覚めた。

「何事だ」

「中から羽衣《うえ》を被《かず》いた者が出て参りました。厩《うまや》に向かっていきますが、あれ、もしや落女ではありませんか？」

急いで外に出て、配下の者が身を引いた籬の隙間から見れば、月明りの中、確かに羽衣を被いて歩くすらりとした姿が見える。

確かに、あれは落女だ。

まさか自分から外に出ようとするとは思わなかった。

「いかがなさいます？」

不安そうに尋ねられ、延規は軽く唇を舐めた。

家から出るなという上からの命令を破ったという名目で、敷地を出た瞬間に彼女を捕まえるのは簡単だ。

だがそれでは、こんな夜更《よふ》けにあの女が朝宅を抜け出そうとした狙いは分からなくなってしまうし、自分達が彼女を見張っていたこともばれてしまうだろう。

そうなれば警戒は強まり、もう二度と軽率な行動はとらなくなってしまうかもしれない。

――自分に課せられた使命は、「落女と接触を図らんとする人物を特定すべし」だ。

迷ったのは一瞬だった。

「距離を取って、このまま追うぞ。馬を連れて来い」

月の明るい晩だ。尾行はそれなりに骨が折れた。

落女に気付かれてしまってはいけないが、見失っては元も子もない。

辛うじて彼女の姿が見える位置につけて飛びながら、着地した後のことについて思いを巡らせる。

もし、他に降りられる場所のない所に着地されてしまったら、こっちもばれるのを承知で突っ込まざるを得ない。

最悪なのは、見失った挙句、そのまま落女の行方が分からなくなってしまった場合だ。

あの女が抜け出した理由が誰かとの密会ならば、あの女にも密会相手にも気付かれずに、相手の身元まで突き止める、というのが最高の成果なのだ。

もしそれが難しければ、密会相手ごと身柄を押さえるのでも上出来だろう。

第一に逃がさないように、第二に気付かれぬように、という優先順位を胸に刻んで、静かに後を追う。

しかし、落女は自分が追われているとは全く考えていないようである。

幸いにも、降り立った先は他にいくらでも降りる場所のある大通り沿いの一角だった。

——明鏡院に繋《つな》がる参道に面した車場《くるまば》である。

これはもしやと、延規の中で期待が高まった。

落女が明鏡院とつながりがあるのではという噂《うわさ》は前からあったが、謹慎を言い渡されている中、隠れてここにやって来るというのは、何やら尋常ではない。

落女は車場に馬を繋いで、一人で歩き始めた。

延規は離れた所に下りて、ついて来た配下に馬を託すと、急いでその後を追った。てっきり明鏡院にそのまま入るかと思った落女はしかし、参道を外れていく。

森の中へと入って行く落女に、延規は少しばかり戸惑った。

この先は、参拝者の立ち入りが禁止された明鏡院の鎮守《ちんじゅ》の森である。

人気《ひとけ》のない所へ向かう分、ますます怪しいが、見失ってしまうのは困る。

落女を追って森の中に入り、月明りの中、そこに獣道《けものみち》と見まごうばかりの細い道があると気が付いた。

慣れた様子で、落女はすいすいとその道を進んでいく。

いつの間にか、羽衣《うえ》は外していた。

木々から差し込む月明りを受けて、色の薄い短い袍《ほう》がぼんやりと浮かび上がって見える。

この森の中でいかにも目立つその姿に、延規はまるで幽霊でも見てしまったような、寒気に近い嫌な感じを覚えた。

すでに季節は秋である。

やぶ蚊がいないのは幸いだったが、足場の悪い中を必死に進み続ける。

普段から鍛えている延規でさえ汗ばむ頃になり、低く重い音が聞こえて来た。

それが膨大な水の流れ落ちる音と気付き、ようやく、落女が目指しているのが大滝《おおたき》であると気が付いた。

滝の多い山内でも、最も大きいと言われる大滝の滝壺は、明鏡院の神官達《しんかん》の禊《みそぎ》にも使われる。祭祀《さいし》のない時期は、馬や駕籠《かご》から滝の見学が許される場合はあるが、通常は滝上も滝壺も徒歩で近付くことは許されていない。

滝の音に紛れて、密談を聞かれないようにする狙いだろうかと考えて、いや、そこまで用心深ければ、そもそももっと尾行を気にしなければおかしいと自問自答する。

やがて、頭上の木々が切れた。

岩陰に身を隠し、延規は落女を窺う。

水音は明瞭だが、滝壺から距離があるせいか、思っていたほどの轟音《ごうおん》ではない。

明るい満月に照らされた岩の上は思いのほか広々としており、祭祀に使われる祭壇には木綿《ゆう》四手《しで》が張られているのが見える。

足を止めて、落女は清涼な風の匂いを嗅ぎ、月を見上げるように顔を上げた。

落女の他に人影はない。

つと、落女は懐から何かを取り出すと、岩にそれを置き、その上から小石を置いた。

――もしや、置手紙で何か情報をやり取りするつもりなのやもしれぬ。

落女がここに手紙を置いて朝宅に帰るならば、車場で控えている配下の者が見届けてくれるはずだ。

自分はあの手紙をすぐに回収して落女の後を追うべきか、はたまた内容を確認した後、手紙を取りに来る者を待ち伏せすべきか。

そこまで考えを巡らせた延規は、しかし、自分の推測が間違っていたことに気が付いた。踵《きびす》を返してこちらに戻って来るものと思った落女が、そのまま前方に向かって歩き出したからだ。

その迷いない足取りに少しだけ惚《ほう》けて、何をしようとしているのかに思い当たり、一瞬にして血の気が引くのを感じた。

「待て！」

叫んで、岩陰から飛び出す。

ハッと振り返った落女は、延規の全身に視線を走らせると、月明りの逆光の中でかすかに笑ったように見えた。

「博陸侯の手の者か？」

落ち着き払った態度に、ますます嫌な予感が募《つの》る。

「俺は、ただの通りすがりだよ。あんたの様子がおかしいから見に来たんだ」

言いながらさりげなく近づこうとすると、「そこで止まれ」と、人に命令することに慣れた口調で制された。

「こんな所までご苦労なこと」

通りすがりだというこちらの言い分を、全く信じていない口調だった。

「博陸侯に伝えよ。全て、あなたの思い通りになるなどと思うな、と」

言うや否や、その身を翻《ひるがえ》す。

延規が駆け寄るよりもはるかに早く、全く迷いのない全速力で走り抜け、落女は滝壺に向かって身を投げたのだった。

「止めろッ！」

延規の悲鳴が聞こえていたかは分からない。

全力で崖の際まで来て、日が落ちた今、転身も出来なければ馬もいない現状に絶望する。

延規の足が蹴った小石が滑り落ちていくよりもはるかに先で、濃い影が出来るほどの眩《まばゆ》い月光に照らされ、水浅葱の短袍が輝いているのが確かに見えた。

重苦しい轟音を立てる暗く深い水底に、落女の体は真っ直ぐに突き刺さり、吸い込まれ――そしてそのまま浮かび上がって来ることは二度となかったのだった。

側室にという話があった落女が、それを苦にして自害したという報せは、瞬《また》く間に朝廷中に広まった。

どのように死んだのかは伏せられたものの、西本家の朝宅とその現場には遺書が残されていたことだけは伝わった。

そこには父母や西家当主に対するこれまでの感謝と、死を選んだことへの謝罪が綴られていたが、自身が死を選んだ肝心の理由については、何一つ言及がなかったという。

＊　＊　＊

鬼火灯籠を受け、金の鈴が怪しく光り輝いている。

豊作の果実の稔るがごとく鈴の飾られた桜花宮の透廊《すきろう》を、凪彦は藤宮連に囲まれながら歩いていた。

初めてここにやって来た時は、まだ春だった。

ほんの数か月前のことが、今ではひどく遠い昔のように思える。

鈴で飾られた道の終着点、閉じられた立派な門の前で、先導する藤宮連がぴたりと足を止めた。

「陛下のおなりにございます」

いつも通りの手順に従い、中から鍵が開かれる。

押し開かれた扉の向こうで、深々とこちらに頭を下げている姫がいる。

「顔を上げられよ」

凪彦の声を受けて、どこかこわごわとした仕草で彼女は顔を上げた。

その白い面《おもて》に、凪彦は力なく微笑みかけたのだった。

「……私を迎え入れてくれてありがとう、蛍殿」

前の訪問からは、随分と間があいてしまった。

以前と同様に酒を酌み交わしつつ、しかし、ぎこちなさはどうにも拭《ぬぐ》えない。

そうなると分かっていたわけではなかったが、凪彦が綿花畑の処分の再調査を命じたことによって、蛍は桜花宮において危うい立場に立たされたとは聞き知っていた。

しかも、この一件の余波を受け、佳通が地方に行くことが決まった。

蛍の実家はお取り潰《つぶ》しとまではいかなかったが、明確に不正に加担している一名が閑職に追いやられ、その空いた席に佳通がつくことになったのだ。

金烏の最側近から、南領南風郷《なんりようはえごう》の一地方を統括する立場へという話は他に聞いたことがない。

つまり、これは明確な左遷であった。

博陸侯はそれを告げる時、陛下の御心《みこころ》を地方に反映させるにはちょうどよかろうと宣《のたま》った。

それによって凪彦は、これが己の無謀な行いの代償と知ったのだった。

あまりに性急な別れの場において、佳通は不敬を恐れずに凪彦の手を握った。

「どうか負けないで下さい、陛下。どれだけ離れていようとも、陛下が何をなさろうとも――たとえ、もう二度とお会いすることが叶わずとも、佳通は陛下の味方であると忘れないで下さいませ」

去っていく佳通に、半身を引き裂かれるような心地がした。そして新たに側近としてやって来た蔵人は、にこやかに挨拶をした後、こう言ったのだ。

「佳通さまの代わりには到底なれぬかと存じますが、誠心誠意お仕えいたしますので、どうぞよろしくお願い申し上げます。博陸侯の望まれるような立派な金烏になって頂けるよう、私も力を尽くしますので」

博陸侯の配下達の例に漏《も》れず、あの読めない笑顔で言われ、凪彦はこれまで以上に逃げ場が無くなったと思い知らされた。

しかし、凪彦は自分のこと以上に、澄生がずっと気がかりだった。

側室の話が出て以来、凪彦がいくら望んでも、澄生とは文のやり取りすら許してはもらえなかった。

あの気性の澄生が大人しく側室におさまるというのは全く想像が出来ず、どう思っているのかをひたすら心配していたのだ。

どうか思いつめないで欲しいと密《ひそ》かに願っていたのだが、そんな折にもたらされたのが、あの澄生が自ら死を選んだという報せであった。

――まだ、凪彦はそれを事実として受け入れられていない。

そもそも、あの澄生が自死を選ぶというのが信じられない、という気持ちが大半を占める。死んだふりをしつつ、たくましくどこかに身を隠しているのではないかと思っていた。

しかしその一方で、この信じられないという気持ちが、単に自分の罪を認めたくないがための逃避であるとも思っていた。

こんなことになってしまったのは、自分のせいだ。

澄生の気性は分かっていたはずだ。それなのに、凪彦は彼女を守るために、何一つしてやれることがなかったのだ。

本当に彼女がこの世にいないと思い知った時、自分の中で何かが、取り返しがつかなくなるほどに損なわれてしまう予感があった。

しかし、呆然とする凪彦とは裏腹に、朝廷は恐ろしいほどにいつも通りであった。

澄生と親しくしていた者は残念がり、おいたわしやと嘆《なげ》く者もいたというが、それだけだ。

本当に――たった、それだけ。

御前会議で澄生の件が議題に上がることもなければ、あの綿花畑の再調査も、たった一人を処分しただけで、明鏡院の訴えの見直しなどが行われることも一切ない。

澄生と凪彦が決死の思いでなした御前会議など、ささやかなひっかき傷ひとつ、付けるには至らなかったのだ。

唯一、澄生の死を悲しんでくれたのは凪彦の母だけであった。

「わたくしが側室に、などと余計な気をまわしたから……」

そう言って涙を落とし、申し訳ありませんでしたと、大紫の御前は凪彦に向かって謝ったのだった。

「あの方ならば、きっとあなたの良い奥さんになると思ったの。一番に恋した方と一緒になるだけが幸せではないかもしれないけれど、それでも、やっぱり慕う者同士が手を取り合う幸せを、あなたにも感じて欲しいと思ってしまったのよ」

その結果、あなたを傷付けることになってしまったと大紫の御前は大いに嘆いた。

「本当に、本当にごめんなさい」

わたくしのせいだとふさぎ込む母を前にして、凪彦は無理やり首を横に振ったのだった。

「これは母上のせいではありません。全て、私の至らなさゆえです」

正気に戻れば、あまりの無力感に押しつぶされてしまいそうだった。

そろそろ夏殿へお渡《わた》りを、と蔵人越しに博陸侯の意向を受けて、拒否するだけの信念も元気も、凪彦にはすでになかった。

――なべて世はこともなし。

側室騒動も、野良絵事件も、全てはなかったことにされた。

この期《ご》に及んで一体どんな顔をして会えばよいか分からなかったが、久しぶりの訪問を、蛍は静かに受け入れてくれたのだった。


「陛下は」

しばらく無言で酒を舐めていると、唐突に蛍が何かを言いかけた。

しかし、そのまま口を閉ざしてしまう。

「何だ。何を申しても構わぬ」

なじられても当然と思って言えば、先ほどよりもはっきりした声で続けられる。

「陛下は、どうしてしばらくわたくしのもとに来て下さらなかったのですか?」

それは凪彦が全く想像していなかった、あまりにいじらしい一言であった。

「わたくし、ずっと待っておりましたのに！」

叫ぶように蛍は言い、顔を両手で覆う。

それは、いつも平静を保っているように見えた蛍の、初めて凪彦に見せた激情であった。

「わたくしには、凪彦さましかおりませんのに……！」

声を上げて泣き崩れた蛍のもとに、凪彦は駆け寄った。

わずかに躊躇って、その肩をさする。

「すまなかった、蛍。私はあまりに考えなしで、浅はかであった……」

すると、蛍はますます泣き声を大きくして凪彦に縋《すが》りついてきた。

誰も信じられないような状況にいるのは彼女も同じで、それでも、彼女は凪彦を信じて待ち続けていたのだ。こちらの歓心を買うことしか頭にないと、桜花宮の面々を軽んじた自分の愚かさに嫌気がさす。

蛍を抱きしめるようにして、凪彦自身、泣きそうになっていた時だった。

すすり上げた蛍が、そっと凪彦の耳元に口を近付けた。


「澄生さまは、生きておいでです」


――心の臓が、一瞬止まったかと思った。

瞠目《どうもく》して、腕の中の女を見る。

「そなた――」

だが、そんな凪彦の口元に、そっと蛍は指をあてた。

その目に涙はなく、表情はどこか楽しそうですらある。そっと逸《そ》らされた視線を追い、隣室に女房らが控えていることを思い出して頷《うなず》くと、蛍はにこりと笑った。

先ほどの泣き声などよりも、ずっと小さな声で告げる。

「伝言がございます。『こんなことになって申し訳ありません。でも、こうなったのは陛下に不満があるというわけではございませんので、どうかお気になさらず』とのことでした」

全身から力が抜ける。

先ほどとは全く逆で、崩れ落ちそうになった凪彦を、今度は力強く蛍が支えた。

震える手で、口元を押さえる。

「そうか。生きているか……！」

彼女が死を選んだと聞いて以来、目の前にかかっていた昏《くら》い紗《しゃ》が、この瞬間に取り去られたような気がした。

何度も喘ぐように息を吸う。蛍には、山のように訊きたいことがある。

凪彦が何かを言う前に、蛍が察したように顔を寄せてすばやく囁いた。

「澄生さまの背後には、明鏡院がおられます。そして、明鏡院と撫子《なでしこ》さまが、裏で繋がっておられるのです」

撫子の君《きみ》――明鏡院の正室になるつもりが果たせずに、おかしくなったと噂されていた南家の一の姫。

彼女は、おかしくなったふりをしているだけなのだと蛍は小声で説明した。

「そして私《わたし》は、撫子さまのお考えに共感いたしましたので、私なりに明鏡院らに協力しております」

出来ることはほとんどありませんが、と苦笑しながら言われて、そんなわけがない、と凪彦は強く思った。それを周囲の者に気付かせないままこの場に至った心根の強さは、並大抵のものではない。

「撫子殿の考えというのは……？」

蛍に倣《なら》って小声で問う。

「皇后となった高子《たかこ》さまも、皇后になれなかった撫子さまも、結局、家の道具にならざるを得ませんでした」

だが撫子は、もうこんなことは止めたほうがいい、と蛍に言ったのだという。

「私も、家の道具として一生を終えるのはまっぴらごめんでございますし――そのように、他の者達を扱いたくもございません」

ちらりと微笑み、四家の姫は、いずれも同じ巣の雛のようなものですから、などと言う。

「だから、出来る範囲で、それを強いて来るもの達に抗《あらが》ってやろうと思ったのです」

小声ながら、意思の強さを感じさせる口調ではっきりと言い切り、蛍は凪彦の目を優しく覗《のぞ》き込む。

「陛下もそうなのではございませんか？」

「うん」

泣きそうになりながら、凪彦は頷く。

「そうだ。私もそなたと同じように思う……」

これを聞いて、蛍は本当に嬉しそうに微笑んだ。

「私は、御前会議で何があったかを伺って、心が震える思いがいたしました。私はあなたさまに恋こそしておりませんが、それでも苦難を同じくする仲間なのだと思いましたよ」

――この言葉が、どれだけ凪彦にとって心強かったか、きっと蛍本人にも分かるまい。

蛍は、そんな凪彦を、どこか微笑ましげに見つめている。

「明鏡院も、あなたさまを案じておいでです。宗家の在《あ》り方は間違っていた、と」

凪彦は息を飲んだ。

「兄上は、私を恨んでいないのか」

「恨むなどとんでもないことです。むしろお会い出来ない分、陛下の心身を真剣に案じておいでした」

宗家の者には、宗家の者にしか分からぬ重みがある。ましてや、金烏の座にあるならなおのことだと明鏡院は言っていたらしい。

「陛下がそれを望んで下さるならば、兄として力になりたいとの仰せだったようです」

まだ見ぬ兄を思い、凪彦は全身にあたたかな震えが走るのを感じた。

蛍はさらに言う。

「陛下や澄生さまのなさったことは、決して無駄ではありません。隠れているだけで、博陸侯のやり方を問題視しているのは、何も澄生さまだけではないのですから」

凪彦の手を、蛍は力づけるようにぎゅっと握り締めたのだった。

＊　＊　＊

「閣下。もしかして、わざと逃がされましたか？」

午後の政務の最中、自分の机で確認した文書を博陸侯のもとに持って行きがてら、治真は声をかけた。

誰がとは言わなかったものの、博陸侯は文書を繰る手を止め、心底嫌そうにこちらを睨んだ。

「ふざけるな。あの無能を見張りに付けたのはそもそもお前だろうが」

「でも、閣下だって反対しなかったではないですか」

「お前は私を何だと思っているんだ……」

呆れ返った主の声に、治真は澄まして答える。

「それはもう、やることなすこと深謀遠慮《しんぼうえんりょ》の塊《かたまり》、博陸侯雪斎さまでございますとも」

大滝の捜索の結果、落女澄生の遺体は見つからなかった。

西家関係の有象無象《うぞうむぞう》は「あんな命令を出したから」などと煩《うるさ》かったが、治真も、勿論博陸侯も、彼女がここで死んだとは全く思っていない。

目の前で落女に身投げされた延規はあまりの失態に死人のような顔色をしていたが、治真からすると、もっと厳重な態勢を敷くなり、もっと要領の良い山内衆を付けるなりすれば避けられた話なのである。

手配をした段階で、博陸侯から何かしらの指示が重ねて入るものと思っていたのに、そのまま見逃されたことがやや気になっていたのだ。

そうしたら、案の定のこれである。

下流まで探しても死体は上がらなかったとする最後の報告を手にして、治真が窺うような視線を投げると、博陸侯はとうとう観念したように呟いた。

「わざというわけではないが、もうしばらく泳がせておくのも悪くはないとは思っていた」

回収自体はいつでも出来るのだからとさらりと告げられ、治真もようやく納得がいった。

「ああ、なるほど。そういったお考えでしたか」

「思っていた以上に、貴族の中に『猿』がいるようだからな」

皮肉っぽい言い方に、「そうですね」と軽く返す。

山内の安寧《あんねい》を脅かす者は、いずれも『猿』に違いない。澄生の存在は、うまく使いさえすれば、『猿』を釣り上げる良い生餌《いきえ》として働いてくれるに違いなかった。

「当面、我々はまんまと逃げられたということにしておけばいい。証拠を集めて根こそぎ叩くぞ」

付すにはやや懸念が残る。


澄生は、民が大規模な叛乱《はんらん》を起こすと考えていた節《ふし》がある。

朝廷の大半はこれを戯言《たわごと》と相手にしなかったが、外界の思想を多少知る者とすれば、一笑に付すにはやや懸念が残る。


　不穏な動きは確かに各地に見られるものの、どれも脅威となりそうな規模ではなく、何か見落としがあるかもしれないと思わされるのはあまり気持ちの良いものではなかった。

「外界遊学者からの報告で、体制が民の手によって崩される際、象徴として扱われるのは捕まった反体制の者の解放だそうです」

　山内に即して言うならば、一番危ういのは谷間《たにあい》から召し取った馬どもが該当するだろうか。

　治真は、博陸侯の反応を窺いながら進言した。

「そろそろ、谷間の馬に造らせている堤《つつみ》は完成します。徹底的な何かが起こる前に、あらかじめ手を打っておくという選択肢もございますが……」

「やめろ」

　それは、反射的な制止だった。

　治真とは目線を合わせないまま、博陸侯はぽつりと呟く。

「なるべく殺したくはない」

　一瞬の沈黙の後、「では、そのように」と治真は答えた。

「差し出口を申しました」

「いや」

そなたの懸念はもっともだ、と博陸侯は疲れ切ったように嘆息する。

「……代わりとなる対策は、十二分に用意しておかねばなるまい」

まずはそれを防ぐための策と、そして、いざそうなってしまった時の策の両方が必要となる。

「そちらも、すみやかに準備いたします」

粛然とした治真の言葉を受けて、博陸侯は何もかも嫌になったように筆を置いて机の上で伸びをした。

「一旦、休憩にいたしましょうか」

明るく言って、治真は博陸侯の手にあった文書を取り上げた。そのまま茶を淹れる支度をしていると、外から配下の声が掛かった。

「外界からの、急ぎの報せです」

「通せ」

顎《あご》でそうしろと示してきた主に代わって治真は報せを受け取り、さっと内容に目を通す。

報告の分量はそう多くない。

詳しい内容は後で来るだろうから、これは本当に第一報というところだろう。

「何だって？」

目頭を揉んでいた博陸侯に問われ、治真は即座に返す。

「最近は嫌な話ばかりでしたが、珍しく良い報せですよ。先ほど、大天狗《おおてんぐ》から連絡があったとのこと。いよいよ、荒山《あれやま》の権利が動いたそうです」

博陸侯の動きが止まる。

――荒山は、山内を内包する外界における山の名称だ。

外から荒山に人間が手を加えれば山内にどのような影響があるか分からないため、外界における荒山の権利獲得は、その存在を知った時から博陸侯の悲願でもあった。

指の合間から鋭い目がこちらを向く。

「掌握は可能か？」

急いで、端から端まで目を通す。

「今の時点ではあくまで印象に過ぎませんが、問題はなさそうに見えますね」

新しい山の持ち主は、金のない風来坊らしい。

未だ外貨を豊富に持っているとは言い難い八咫烏にとっては手痛い出費になると覚悟していたが、もしかすると、想定よりも簡単に権利を買い取れるかもしれない。

「その人間の名は、『安原《やすはら》はじめ』というそうです」

＊　　＊　　＊

「落女殿のことは残念だったな……」

そう気を落とすなよ、という一言と共にそっと干菓子を渡されて、俵之丞はぎこちなく笑みを返した。

「ああ、お気遣い頂き、どうも」

素直に菓子を受け取ると、たまに澄生とその菓子で茶を飲み交わしていた同僚は、なんとも物憂《ものう》げな視線を寄越して去っていった。

落女が自害したという一報が入って以来、俵之丞は朝廷において、なんとも居心地の悪い日々を送っている。

てっきり彼女の信奉者から面と向かって罵《ののし》られるものと覚悟していたが、意外とそういったことはなく、むしろ気を遣われる場面のほうが多かった。

「残念だが、お前の立場を思えばあれは仕方なかった」

「まさかあんなことになるなんて夢にも思わんよな」

「あの綺麗なひとが亡くなるなんて、世界の損失だよ……」

火の消えたようになっている連中には神妙に返しながら、内心で俵之丞は叫んでいた。

——馬鹿め。あいつがそんな殊勝《しゆしよう》なタマかよ！

以前、澄生が野良絵を作らせようとしていると知って何をするつもりなのかを尋ねた時、澄生は「せめて、自分に出来ることを」と答えた。

「私は、今の貴族は山内で苦しんでいる人を見て見ぬふりをしていると思っています。だからこそ、一度は面と向かって『それはおかしい』と言ってやらねばならないのです」

「なんでだよ」

「だってそうでなければ、言い逃れが出来てしまうでしょう？」

いざことが起こった時、知らなかったと言わせはしないと澄生は決然と言ってのけた。

「それに、本当に今の山内の問題に気付いていない者が全くいないとは言い切れません。真正面から指摘してやれば、我がこととして現状を変えたいと思う者も出て来るかもしれません。敵に見える者を自陣に引き入れるのも、戦い方のひとつですわ」

大真面目に宣《のたま》う落女に、俵之丞は大いに引きながら呻《うめ》いた。

「お前、あれだな。前に喧嘩をしにきたわけじゃないって言ってたが、本当は朝廷の息の根を止めにきやがったんだな……」

これに、澄生は軽やかに笑った。

「喧嘩なんかで済ませて堪《たま》るものですか！　こちらは本気で現状を変えるつもりで来ているのです」

私をここまで怒らせた朝廷が悪い、とあまりに不遜に言い切った澄生は、しかしつと切実な顔になった。

「お願いです、俵之丞殿。もし、今の博陸侯を中心とした朝廷のやりように少しでも違和感があるのであれば、せめて俵之丞殿の出来る範囲で協力をして下さい」

澄生が野良絵を作ろうとしているという告発を、指定した時期に行って欲しいのだと澄生は言った。

「もうちょっとだけ待って頂くだけで良いのです。あとは、こちらが何とかします。やりようはいくつかございますので」

知ったことか、俺は俺のやりたいようにやるからなと言い返した俵之丞は、しかしその実、相当に悩んだ。

――澄生が自分に調べるようにと言った猿の出現場所や、その犠牲となった者の記録を見ていて、気が付いてしまったことがある。

ここ数年、猿の被害があるのは、いずれも博陸侯との間にきなくさい噂があった場所や人ばかりだった。

谷間の残党が逃げ込んだと訴えのあった場所。それを匿《かくま》った家。博陸侯への暗殺未遂疑惑があった高官。

実に博陸侯にとって都合のよい時と場所に、猿は現れる。

そして澄生と博陸侯の言い合いの最中、博陸侯が「民は愚かだ」と言い放った瞬間、これは自分の思い違いなどではないと俵之丞は悟ってしまったのだ。

結局、俵之丞は澄生の願い通り、わずかに告発を待つことにした。

澄生達が言うほど、貴族中心の今の山内を変えるのは容易ではないだろう。しかし同時に、博陸侯が思うほど、朝廷は盤石《ばんじゃく》ではないのではという気もしている。

「まあ、せいぜい頑張れよ、姫御前《ひめごぜ》」

小さく呟いて、俵之丞は軽く自分の頬を叩く。

そうして背筋を伸ばし、今日も綺羅絵の整理をすべく、書庫の中へと入っていったのだった。

終章

「博陸侯《はくりくこう》の栄華《えいが》に一点の陰りなし！　まさに望月《もちづき》とたとえるにふさわしいではありませんか」

そう言って機嫌よく去っていく伯父を見送り、雪哉《ゆきや》はこっそりと嘆息した。

観月《かんげつ》の宴《うたげ》は、いよいよたけなわといったところである。

望月はあまりに大きく煌々《こうこう》と輝き、その光に青白く照らし出された湖上の宴は、まるでこの世のものとは思えない美しさだ。

確かに伯父の言う通り、今宵は栄華の極《きわ》みと言うにふさわしい夜なのかもしれなかった。

「満《み》ちた月は、あとは欠《か》けゆくのみだというのにな……」

「八咫烏シリーズ」好評既刊

シリーズ4 空棺《くうかん》の烏《からす》

文春文庫

宗家を守る山内衆と呼ばれる上級武官を養成する訓練所・勁草院。厳しい訓練を経て優秀な成績を収めた者のみが護衛の栄誉に与る。平民の茂丸、下人の千早、大貴族の明留、武家の雪哉。生まれも育ちも異なる少年たちの胸が熱くなる青春！（解説・大森望）

シリーズ5 玉依姫《たまよりひめ》

文春文庫

舞台は現代日本。両親が亡くなり祖母と暮らす女子高生の志帆は、閉ざされた村の儀式の生贄に選ばれてしまう。彼女が連れて行かれた山奥で見た驚きの光景とは——。八咫烏たちの世界の成り立ちが明かされるシリーズのエピソード0。（対談・荻原規子）

シリーズ6 弥栄《いやさか》の烏《からす》

文春文庫

大地震が山内を襲い開かれた禁門の扉の先に現れたのは宿敵・大猿。彼らに連れられていった神域には山神が！ その強大な力は日嗣の御子たる若宮をも圧倒し、厄災が八咫烏たちに次々ともたらされる。参謀・雪哉はこの危機を救うためにある作戦を——。（対談・夢枕獏）

シリーズ1 烏《からす》に単《ひとえ》は似合《にあ》わない

文春文庫

山内で始まった世継ぎの若宮の后選び。宮廷に集められた四人の姫それぞれの陰謀や恋心が火花を散らす。だが肝心の若宮が現れないままに次々と事件が！ 失踪する侍女、後宮への侵入者、謎の手紙……。果たして若宮に選ばれるのは？（解説・東えりか）

シリーズ2 烏《からす》は主《あるじ》を選《えら》ばない

文春文庫

后候補の姫を擁する東西南北四家。北家と縁ある少年・雪哉は、ひょんなことからうつけと評判の若宮に仕えることに。兄を追い落として世継ぎとなった若宮の周囲は敵ばかり。陰謀うごめく朝廷内で、二人は危機を乗り越えられるか。（解説・大矢博子）

シリーズ3 黄金《きん》の烏《からす》

文春文庫

仙人蓋と呼ばれる危険な薬の出所を追って旅に出た、日嗣の御子たる若宮と郷長のぼんくら次男・雪哉。二人が北の地で発見したのは村人達を喰らい尽くした大猿だった。生存者は少女がひとり。山内を揺るがす大事件の真相とは。（解説・吉田伸子）

外伝 烏百花《からすひゃっか》　蛍《ほたる》の章《しょう》

文春文庫

しのぶひと
… 雪哉の勁草院草牙時代
すみのさくら
… 浜木綿の子供時代
まつばちりて
… 反若宮派の落女の話
ふゆきにおもう
… 雪哉の母親の物語
ゆきやのせみ
… 雪哉の勁草院入学前
わらうひと
… 猿襲撃以降の真赭の薄ら

シリーズ7 楽園《らくえん》の烏《からす》

文春文庫

7年前に失踪した父から「山」を相続した、安原はじめ。そこへ現れた〝幽霊〟と名乗る美女に導かれ、はじめは山の〝中〟へと案内される。その場所は山内と呼ばれる異界。人の形に変じることのできる八咫烏の一族が統治する世界だった。(解説・瀧井朝世)

外伝 烏百花《からすひゃっか》　白百合《しらゆり》の章《しょう》

文春文庫

かれのおとない … 茂丸実家
ふゆのことら … 市柳
ちはやのだんまり … 千早
あきのあやぎぬ … 西家
おにびさく … 里烏の職人
なつのゆうばえ
… 大紫の御前の子供時代
はるのとこやみ
… あせびの母
きんかんをにる
… 紫苑の宮、雪哉、奈月彦

シリーズ8 追憶《ついおく》の烏《からす》

文春文庫

山内で何が起こり雪哉は変わったのか――奈月彦と浜木綿の間に生まれた紫苑の宮を側で支えるべく奔走していた雪哉が外界留学。すると対抗勢力の陰謀も蠢き出す。前作『楽園の烏』で描かれなかった山内の〝その後〟の事件が明らかに!
(解説・吉田大助)

シリーズ9 烏《からす》の緑羽《みどりば》

単行本

生まれながらに山内を守ることを宿命づけられた皇子・長束。「なぜ、私の配下になった?」と、配下の路近に対して疑問を持ちつつ、さらにかつて勁草院で教えていた翠寛も迎え入れようとする。因縁は過去へと遡り、葛藤を抱えながらも成長する彼らの先には――。

2012年に『烏に単は似合わない』からはじまった「八咫烏シリーズ」は、最新刊『望月の烏』で12巻目に到達。シリーズを読む順番としては本編、外伝ふくめて「刊行順」をお勧めしています。第1部の6巻の後、外伝『烏百花　蛍の章』を経て、第2部『楽園の烏』へ、続いて外伝『烏百花　白百合の章』『追憶の烏』『烏の緑羽』、そして本作『望月の烏』となります。

著者プロフィール

阿部智里
(あべ・ちさと)

1991年、群馬県前橋市生まれ。早稲田大学文化構想学部在学中の2012年、『烏に単は似合わない』で松本清張賞を史上最年少受賞。17年、早稲田大学大学院文学研究科修士課程修了。デビュー作から続く壮大な異世界ファンタジー「八咫烏」シリーズは現在は第２部へと突入、外伝も含めて『望月の烏』で12冊を数える。24年４月からNHK「烏は主を選ばない」放送開始予定。ほかの作品に『発現』。

望月《もちづき》の烏《からす》

二〇二四年二月二十五日　第一刷発行

著者　阿《あ》部《べ》智《ち》里《さと》
発行者　花田朋子
発行所　株式会社　文藝春秋
〒一〇二-八〇〇八
東京都千代田区紀尾井町三-二三
電話〇三-三二六五-一二一一
印刷所　萩原印刷
製本所　大口製本

ISBN 978-4-16-391806-8